COLLECTION FOLIO

Pascal Quignard

Carus

Édition revue
et corrigée par l'auteur

Gallimard

Pascal Quignard est né le 23 avril 1948 à Verneuil-sur-Avre, dans l'Eure. Il appartient au comité de lecture des Éditions Gallimard.

à M.-F. Q.

AVERTISSEMENT
DE LA SECONDE ÉDITION

Horace vieillissant, comme il réfléchissait à sa vie, l'estima pure de tout reproche parce qu'il avait été cher à ses amis : carus amicis. *Il se trouve en outre que Carus est le cognomen de Lucrèce, qui est le patron secret de ce livre. Chaque roman a le saint qui le protège, le lecteur ancien qu'il rêve, auxquels il ne voue d'ailleurs jamais une dédicace directe, suivant en cela une étrange superstition.*

Et aussi une mer qui l'appelle et commande son flux comme l'océan le fait du fleuve. Le fleuve prend ordinairement ses premières gouttes dans la montagne, le froid, le silence et beaucoup de blancheur. L'amitié est le cœur de ce livre. Deux amis, Louis-René des Forêts et Emmanuel Hocquard, furent les seuls à m'aider à maintenir ce titre alors qu'il suscitait des réserves de la part de ceux qui l'avaient lu. Il reçut le prix des Critiques et il fut pilonné. L'amitié est le seul sentiment généreux et le seul vérifiable. Tous les amis souhaitent les disgrâces parce qu'elles la signalent, puisque c'est le désintérêt qui la juge. J'ai écrit ce roman il y a onze ans. Je l'ai relu en ôtant deux ou trois mots par phrase.

Un homme est enchanté par le malheur : cet enchantement s'appelle de nos jours la dépression nerveuse. Enchanter cet enchantement par le langage est ce que cherchent les amis. Dans ce sens l'amitié est la seule vraie société secrète. Ou du moins une association fondée à partir de la langue et presque intérieure : ce n'est pas encore la société mais c'est plus que soi. Elle est un plaisir de circulation intime qui attache plus que la réflexion des miroirs.

« A qui la vie est-elle vivante, disait Ennius, s'il n'a l'oreille d'un ami pour la lui faire partager ? » Le besoin de témoigner sa joie est une part actuelle du bonheur. L'amitié est l'unique sentiment humain dont le corps est la langue pure. Elle est cette oreille toujours ouverte pour l'aveu qui s'ignore et qui erre, l'occasion pour l'embarras de s'épancher, la planche offerte au souvenir pour cesser de s'enfouir. Elle n'est pas infiniment loin de la lecture. Elle est le bonheur du langage qu'on partage, au contraire de l'amour qui met en commun des membres nus et des halètements plus intenses mais qui ne sont pas caractéristiques de l'espèce humaine et qui déchoient la langue. Elle est le seul lien entre les hommes où l'inavouable se dissout, où l'abandon reçoit une hospitalité, où le cœur pressé de soucis et de chagrins se transforme non en larmes, non en insomnies, non en angoisses, non en mort volontaire mais en toutes petites phrases qu'on s'échange, qui dissimulent si peu qu'elles deviennent elles-mêmes presque involontaires, où il n'est même plus besoin de tout dire, et où des hommes s'oublient.

CHAPITRE PREMIER

M. vint me voir le jeudi 8. Il lui avait paru en assez bonne forme. Elle-même paraissait assez bien.

Je le vis le lendemain dans la rue. Je ne le trouvai pas si bien que Marthe m'avait dit. Il rasait les murs. Il marchait avec lenteur et les marques d'une appréhension infinie étaient peintes sur son visage. A chaque pas qu'il faisait — chaque pied si prudemment mis en avant — il semblait qu'il n'était parvenu que de justesse à éviter un immense danger. Je craignis d'ajouter à sa peur. Je n'ai pas entrepris de l'approcher. Je le contemplai. Il prit la rue de Tournon.

Le 11, j'allai chez lui. Il était extrêmement tourmenté, en proie à un chagrin particulier et dont (selon Élisabeth) il a prétendu qu'il n'était pas capable de rien dire. Il ne tenait plus en place, sans cesse l'oreille au guet, tout l'écorchant. Près de cinq mois resté enfermé chez lui saisi d'horreur. Et solitaire. Épris d'une effroyable solitude.

E. était belle, et sa retenue si grande qu'elle m'a ému. Elle me parla du petit D. et me dit qu'il ne s'étonnait, auprès d'elle, de rien. Elle attestait une patience, une réserve assez abrupte, de peu de tendresse, d'une extrême pudeur, dont j'ai imaginé tout à coup qu'elles étaient les marques les plus convaincantes de l'amour. Gravité d'un attachement qui feint de ne montrer qu'indifférence pour rasséréner, et qui désigne dans sa froideur une intense douleur stupéfaite à laquelle E. refuse de donner visage.

Le mardi 12 septembre j'allai rue du Bac vers huit heures. Dans l'entrée, près du corridor, une bruyère un peu sèche, usée, que je n'avais pas remarquée la veille.

Après le dîner nous passâmes dans sa chambre. Nous nous tûmes. Sinon quelques instants où il me dit qu'il avait peur des souvenirs que, sans qu'il les contrôle, sa mémoire rappelait. « Ils mettent le nez sur le *rebut*, dit-il, ils confrontent à soi, à la veulerie de soi, et cette confrontation provoque sur-le-champ un dégoût que je n'ai pas le moyen d'empêcher. » Il s'écria soudain :

« La lourde odeur, qui fait un peu suffoquer, du cabinet de repassage !... »

« La nuit — reprit-il — ces souvenirs viennent l'un après l'autre pour soulever le cœur et lorsque, dans la violence de la lumière électrique, les deux genoux sur le carrelage, et le corps nu, pris de frissons... » Mais il s'interrompit et me prenant le bras : « Dites-moi, dis-moi... » Et puis : « A peine suis-je alors un bout de ce que je vomis. Et... », mais il ne termina pas. Il pleura tout à coup, avec de gros sanglots. Je détournai la tête.

Le 13 septembre. J'achetai trois paquets de tabac, une livre de carottes, une d'oranges. Selon W., pour cent vingt grammes : un ziste long comme un doigt avec un résidu de sa pelure.

Jeudi 14 septembre.

Je bourrai une pipe *Peterson.* Je trouvai le résultat humide. Et je le jugeai d'un goût infect.

Le vendredi 15 septembre. Je passai rue du Bac au début de l'après-midi. Le petit D. était rentré en classe le matin. A. n'était pas bien. Il était couché. Il parla longtemps, mais par à-coups. Par des sortes de sautes :

« Tout ce qui m'attache, dit-il, se ressent d'un extrême abandon, et d'une extrême usure. Je suis un homme usé et qui a l'usage d'une langue usée. Je suis comme leurre. Aussi tout ce qui est à sa place, si bien rangé, est-il parfaitement en exil. Et tout *dégoulinant* de mort ! » Il ajouta : « ... comme les statues romaines suaient le sang tout soudain, autrefois, sans raison apparente ».

Puis : « Oui, c'est cela, tout se dédouble et, une fois séparé, alors erre assez considérablement à sa place... A midi : quand Élisabeth est à la galerie. Quand D. mange à la cantine de l'école. Je suis seul. Sur ma table devant moi il y a la fatigue, le morceau du pain qui est entamé de la veille, oui, beaucoup de lassitude et de fatigue, la sorte de conviction tout à fait capable de terrifier qu'il y eut des sacrifices jadis qui nous entraînent encore, — le papier qui enveloppe le coulommiers, le verre de vin, la bouteille de vin, la tache de vin maculant le bois de la table, ou plutôt la macule de vin tachant le bois de table, le supplice de l'antique Tantalus, midi qui sonne, ma main, leur effacement, ma main... » Je l'interrompis. Mais un instant après, et avec plus de véhémence : « C'est cela, dit-il, la perdition... Une menace sans raison. Abandon évident. C'est une morsure. Ce n'est pas la peur, c'est une *intense morsure tenace,* — si étroite, immobile, incessante, pressante... »

A l'instant de le quitter, je le prévins que je serais absent du mardi 18 au lundi 25. Hélas pour mon travail. Que je prendrais l'avion le 17. Que le début de l'automne m'échapperait.

Le 16, rue de l'Abbaye, une manière de vieillard marchait devant moi, avançant trop lentement pour mon goût, s'appuyant sur un parapluie. Je m'apprêtais à le dépasser. La longue gabardine voûtée et ocre avança la main et se saisit de mon bras : c'était Ieurre.

Mardi 26 septembre. Dans la soirée je téléphonai à Élisabeth. D. se faisait bien à l'école. « Je passerai demain, au début de l'après-midi, lui dire bonjour. »

E. me dit que A. n'allait pas mieux. Que la solitude, l'ennui, la curiosité malencontreuse qu'il portait aux symptômes de son mal (E. dit que la nuit, comme il demeurait assis dans le lit, il « s'écoutait ») l'avaient détaché des livres dont il avait si souvent exalté la persuasion, et qui lui procuraient, du moins quand il les lisait le soir, du plaisir. Pis : commençaient à le détourner de la musique. Tout lui paraissait insurmontable, et lui paraissait fastidieux. Il n'ouvrait plus le courrier. Le petit D. s'appliquait à trancher les enveloppes avec toute la gravité que requérait à ses yeux pareille fonction. Elle-même lisait les lettres. Elle en communiquait le résumé à A. qui haussait les épaules. Quelquefois (les très bons jours), à l'annonce des mauvaises nouvelles, il affectait de rugir de plaisir.

Le mercredi 27, je jouai une heure avec le petit D. Tout ce temps, nous restâmes assis, à même le plancher de la chambre, confrontés aux nombreux problèmes que soulevait un immense embouteillage de petites voitures. A., toujours alité, dormait. Du moins mimait le sommeil. Après que D. a eu mangé, fut parti se coucher, je demeurai un peu.

E. les paumes abandonnées dans le creux de sa jupe.

Elle dit que les « mauvaises pensées » ne cèdent pas. Comme il est malheureux ! Il est malheureux comme les « pierres ».

Le dimanche 1er octobre il fit froid. Le vent venait du nord, frappait le quai de face. Je demandai qu'on mît la chaudière en route. Je passai la journée sous deux chandails.

T. E. Wensleydale téléphona le mardi : pas de *Columbus Day* le 8. Il avait joint Ieurre, Recroît, Karl. Que je fisse signe à Marthe et à Thomas.

Le lendemain je passai rue du Jardinet, chez Recroît. Revenu de vacances. Hâlé. Il préparait, dit-il, son cours. Vers dix-huit heures nous allâmes chez A. D. était chez un ami. E. remit de l'eau sur le thé.

A. particulièrement déprimé. Décrépit et aigri. Il parla du nouvel ami de D., qui habitait dans de hautes constructions modernes près de Montparnasse :

« Ceux qui engendrent désormais ne donnent même pas le jour... L'ombre que fait l'immense béton des villes... »

Recroît haussa les épaules. Il se lança dans une évocation confuse :

« Jadis on aurait dit les considérations morales. Mais l'expression n'est plus très bien comprise et elle fait entrer sans doute trop de jugement, une sorte de crédit de nature, trop de dessein et de nécessité dans l'apparence de nos actions, de nos visages, des étoffes dont nous nous couvrons, de nos petits rites, des fleurs d'Élisabeth, de tout notre petit *mobilier...* »

On voyait mal où il voulait en venir. A. tenait les yeux écarquillés.

« J'aime les calculs et les supputations concernant les mœurs d'autrui — dit enfin Recroît —, la musique de chambre, le plaisir dû à la lecture des livres. Ce sont là trois divertissements propres à la bourgeoisie et à peu près à elle seule. Comment n'éprouverais-je pas un sentiment de gratitude à l'égard des villes, — à l'égard de cette vie de part en part citadine, arbitraire, c'est-à-dire anonyme, réservée, contrainte, empierrée, malheureuse, policée ? »

Nous nous regardâmes.

« Curieux amis que j'ai », dit A. enfin.

Prétextant la préparation de son cours, R. nous quitta à la hâte.

« Je me lave dans le malheur, dit A., au point que de mauvaises nouvelles dont Élisabeth m'avertit m'apparaissent comme des consolations. Je les range dans ma tête et, à l'occasion, je m'efforce de les utiliser. J'en attends du secours, ou des comparaisons pour moi rassurantes. Mais c'est en vain. Je n'ai même plus la santé nécessaire à ces joies que procurent le malheur s'abattant sur les autres et les expiations. »

Jeudi 5 octobre. V. me téléphona. Recroît m'appela dans la soirée : si nous pouvions dîner ensemble le lendemain ? Th. me téléphona.

Vendredi 6. J'appelai Élisabeth. R. passa me chercher. Nous traversâmes l'eau. Il voulut me montrer la rue de la Colombe. Il m'imposa une station aux pavés de la première enceinte. Regretta Bauge pour le prélèvement.

Puis il fallut descendre la rue Basse-des-Ursins, pour le deuxième étage du 7.

Samedi 7 octobre. Je passai rue du Bac. Dans le coin plus obscur, à gauche du corridor, des fleurs mises à sécher, la tête en bas, aux hautes tiges et aux pétales blancs, dont j'ignorais le nom. D. était enrhumé. Je ne trouvai pas A. si mal. Nous passâmes dans sa chambre.

Comme il avait été dispendieux, se plaignit-il. Rien qui arrivât désormais qui réserve un peu de surprise, d'assaut, de rebondissement. C'était épuisé. Le corps lâchait ; seul le cœur battait trop fort ; les veines bourdonnaient... Il me demanda tout à coup pourquoi nous ne jouerions pas ensemble. Je rétorquai qu'il y avait si peu de partitions piano-alto...

« Moi, je n'arrive plus à jouer seul », dit-il. Puis : « Les sons que rendent les instruments — le piano, le violon de Marthe, la voix même de l'enfant... —, ils sont étouffés. Et le jour sous lequel les choses visibles apparaissent, il semble qu'il est considérablement *dénudé.* Il présente un grain épais, que la vue ne perce pas complètement ; il fait voir une sorte de trame ou d'obstacle... »

Je ne sus que dire.

A peine de la sueur : une buée sur le visage de A. Tête transpirant une crainte fascinée et qui paraît malsaine, avec une sorte d'adhésion à l'effroi.

Le 9 octobre, je rencontrai Ieurre rue de Buci, achetant des poirées. Il soutint que « bettes » était préférable. Il prétendit que A. prononçait « pèlerinage, égrèner, extrêmité, irreligieux, allègrement, empiètement... ». Dans ce cas, méritait-il de guérir ?, me demanda-t-il. Je haussai les épaules.

« Il faut changer une peur trop absolue contre un cent de frayeurs diverses », conseillait Ieurre (il dit qu'il avait appelé E. dans ce dessein). Je ne partageai pas cet avis mais je ne trouvai pas un mot pour dire pourquoi.

Rue du Bac. Le 10 octobre. Il me confia un souvenir d'enfance. Le jour avait été humide, il faisait lourd malgré le froid. A. me dit qu'il haïssait l'orage, la fébrilité qui monte avec lui, la détestable impression de dessaisissement et de folie à laquelle les signes avant-coureurs, et l'extrême lenteur de leur progression, le vouaient. Enfant, il avait vécu au bord de la mer et, tout enfant, avait été frappé par le relief prodigieux que la lueur propre à l'orage donne le long des côtes aux aspérités des roches qui se dressent sur le rivage, avant que le ciel immense et noir — du noir des merles — crève, tonne, s'illumine, et qu'il pleuve. Aussi conservait-il une mémoire vive de la plage déserte, de sa grandeur, et du caractère « inhumain » — si inhumain voulait dire quelque chose — qui dans son souvenir lui demeurait attaché. Il me fit part avec une précision méticuleuse des signes précurseurs de l'orage qui était monté ce jour-là sur la mer. Il devait avoir huit ans. Il évoqua une à une les roches gluantes, bises, les chapes d'algues noires que la mer descendante lentement avait découvertes. Il dit que la diffusion si curieuse de la lumière dans les instants qui précédèrent l'orage jeta alors sur elles une sorte de *jour absolu.* A la fois brusque, cru. Comme proéminent. Elle découpa les contours et l'avancée blanche de la falaise. Elle creusa un à un les corps bleus, tout à coup enfiévrés, craillantes, soudain rauques, des mouettes sur la mer. Elle projeta soudain ce point très chétif et mouvant, qui se détacha à la limite des vagues. Il affirma avec excès que ce corps, au loin, au bord des vagues, lui semblait, dans la mémoire, encore *ruisseler de silence.* La course alors, à perdre haleine, de ce point lumineux, qui était un corps, sur le sable humide. Puis l'arrêt tout à coup derrière la Roche aux Cris (il dit qu'elle était appelée aussi la Roche où crie la mer, ou bien le Cri-la-mer), — et son affaissement.

Alors, il guettait, rencoigné — fils unique, fils de vieux —, le nez sur la vitre, dans l'une des hautes fenêtres du salon. Il sortit aussitôt. Il courut. Il traversa la plage jusqu'à ce qu'il eût l'impression de perdre le souffle. Passa devant les Cous, et comme il approchait la Roche où crie la mer la voix l'interpella vivement :

« Tu es mort ! »

Il s'immobilisa, découvrit la fillette, grêle, brune, qui avait dû l'épier et qui, avec autorité, lui adressait un signe obscur.

C'était un jeu. Il fallait faire mine de s'écrouler à terre. Il s'écroula à terre. L'orage craqua alors, et les éclairs, et une pluie extrêmement violente.

Et la peur. Tous deux trempés, blottis vainement, sous la Roche. Et le contact de sa peau nue, et la vulgarité, dans son souvenir pleine de prestiges, digne non seulement d'affection mais encore d'admiration, de sa voix.

Le mercredi 11 octobre. Je passai rue du Bac. A. dormait. Je jouai avec D.

Au retour, je rencontrai R. rue Jacob, lui-même revenant de chez I.

« Ieurre et la grammaire, me dit-il, — une dépendance comme du bœuf à l'herbe. »

Vendredi 13 octobre.

E. dit qu'il prenait cérémonieusement le journal, clignait les yeux comme dans un suprême effort, faisait semblant de lire.

A la vérité il ne lisait pas un mot.

Samedi 14 octobre. Je marchai avec Véronique. Nous rencontrâmes Ieurre, le visage enfoui dans une grosse écharpe jaune. Véronique lui dit qu'il faisait bien, que c'était un automne glacial, et que le froid, aujourd'hui, s'était encore *accentué.* Il pleurait de rire.

« Vous avez de ces images, disait-il, vous avez de ces images... »

Dimanche 15 octobre. Je déjeunai rue du Bac.

A. n'était pas si mal. Il mangea avec nous. Au fromage, il dit qu'il lui manquait de quoi *s'envelopper la tête pour pleurer.*

« Comme chez les Phéaciens... », ajouta-t-il en se levant.

Lundi 16. Nous sommes sortis, avons traversé la rivière, gagné les Tuileries ; nous piétinâmes les feuilles mouillées.

C'était assez beau. A. a ramassé des bogues pleines, à peine fendues, ou à peine éclatées. Le petit D. les ouvrirait au retour de l'école, il dévêtirait alors d'admirables marrons intacts, roux, et nus.

Mardi 17 octobre.

I. me fit remarquer que le verbe abstraire ne possédait pas de passé simple.

Mercredi 18 octobre. D. était chez un ami.

« Trouvez-moi — se mit à crier A. — un vrai médecin, un vrai rebouteur ! Je suis atteint dans ma volonté, dénué d'énergie devant ce qui m'habite. Tout ce gouffre, ce gouffre engouffré en moi, en ma place. Ou bien tout ce qui se passe en moi vraiment m'échappe. Ou bien je suis trop complice de ce que je ne maîtrise plus. »

Puis ce fut la ritournelle, la liste des demandes :

« Des *trucs*, dit-il, des *trucs* pour distendre les liens qui m'emprisonnent... Mais il n'y a rien en moi ! Personne au fond de moi. Il n'y a pas de prisonnier possible !...

« Des ruses, — des astuces de transition ou de passage. Des cérémonies, des chants, des prières, des cadeaux, des vêtements, des voyages...

« Une petite première communion ; un échange de bagues ; une relique-talisman... Qui arrêtent l'impression atroce de non retour. Et cette sorte de surgissement imparable de l'évidement !

« Un réseau de malices, d'appâts pour *ferrer* le pire, pour le mettre en *besace*, afin de le tenir entre les pierres...

« Des expédients, des ressources industrieuses, frauduleuses. Il faut des stratagèmes contre le *traquenard*.

« Des échappatoires. Des artifices. Des substituts. Des simulacres. Des besoins. Du goût. Des manques à combler. Des désirs à assouvir !... »

Il dit qu'il craignait le bourdonnement des guêpes. Il redoutait l'approche de l'orage. Il n'aimait pas le vertige qui enveloppe la mort.

Jeudi 19. Je dînai avec R. Il m'apprit que Gladys était enceinte. Hélas Ieurre ne devenait-il pas avec l'âge lassant ? et haïssable ? Comment le « moucher » ? Comment Gladys faisait-elle pour le supporter ? Qu'il nous avait assez rebattu les oreilles avec ses histoires de grammaire et de langue.

Il dit que son cours était « fin prêt ». Qu'il avait une « bonne quinzaine » d'avance. Il passerait me prendre samedi comme nous étions convenus.

Le 20. Rue du Bac. Nous eûmes une longue discussion vaine :

« L'illusion de la joie possible, comme elle n'est pas éprouvée, dit-il, combien elle est angoissante !

— Et en quoi donner du sens à la vie — me risquai-je à dire —, ou à quoi que ce soit qu'on éprouve, et même à ceux qui meurent, protégerait ? Graines atroces que les désillusions font mûrir. C'est l'horreur. »

Nous nous tûmes. Puis : « En effet — ajouta-t-il plus bas —, Adolf Hitler parlait du *sens* de la terre... »

« Au vrai, repartis-je, pour que nous redoutions ce que nous redoutons tellement dans l'angoisse, ne faut-il pas que ce nœud de vipères qui inspire la crainte n'ait pas déjà, dans le passé, un petit peu eu lieu ? Ne devrions-nous pas plutôt nous reconnaître, et cesser d'anticiper de tout le corps un souvenir qui ne sait pas revenir ? Ce que nous espérons ne saurait par là nous surprendre, ni nous emplir de bonheur. Ni ce que nous craignons nous remplir d'épouvante. Alors, ce que nous espérons, nous serions à même de l'oublier. Et capables ce faisant de nous laisser surprendre... » Mais je m'embarrassai dans mes raisons.

Il dit encore : « ... des instants qui sont moins hors de l'histoire de ceux qui les vivent qu'en deçà des discours qui prétendent mettre de l'ordre dans le monde et des directions dans le temps. Des bouts de moments vides, où ce qui n'est pas se fait jour. Dénude tout. Fauche. Tout cède alors. Des défaillances plutôt que des renversements ou des révolutions. Des mortes-eaux au contraire des pinacles ! Piètres vestiges de rien, qui n'ont aucune référence, et qui ne font affleurer aucun souvenir. Imperceptibles spectacles qu'on éprouve, durant lesquels on ne voit vraiment pas et on voit ! »

Samedi 21 octobre. R. passa. Je débouchai une bouteille de vin blanc. Nous parlâmes peu. Il me dit que le temps gris lui pesait déjà. Il espérait la campagne. Un coin herbeux, le soleil.

Veteran's Day. Marthe prit A. et E. dans sa voiture. R. et moi passâmes rue de Nesles chez Ieurre qui décréta qu'il faisait beau et que nous joindrions le Champ-de-Mars à pied. Gladys — qui avait un mauvais teint translucide, et le cœur sur les lèvres — nous dit qu'elle était grosse. Nous la félicitâmes. Qu'elle préférait marcher.

Nous arrivâmes avenue de La Bourdonnais la première heure bien sonnée. Wensleydale nous en fit reproche d'autant plus vivement qu'à son arrivée Marthe n'avait pas trouvé mieux que de parler à A. d'une analyse. Il s'était emporté :

« Il n'y a pas de comportement qui suppose la volonté d'un homme comme un effet sa cause, criaillait-il. Ce sont des hypothèses de prêtre, de psychologue, de crétin, de policier, de romancier... »

La discussion s'éternisa.

« Voyez-vous, tout ce qui recherche des causes, des fins, des justifications, des motifs, des significations, me paraît particulièrement impropre à vous sauver de ce qui n'en a pas. Vous auriez beau superposer quelque ordre que ce soit à l'irréfutable désordre où je suis, vous ne feriez qu'éloigner ce que je suis, et qui est sans raison. Ce faisant, ce n'est qu'à vos propres phantasmes que vous apporteriez un très insuffisant poison, ou bien le ridicule remède, non à l'absence des miens. Je n'ai pas le moyen bien sûr de faire obstacle à ce qu'on parle sur mon silence, mais c'est dessus, et toute la *bavasserie peureuse* ne le rendra pas plus loquace ni plus intelligible...

— Le *qua* de loquace ne se prononce-t-il pas *koua ?*, suggéra Ieurre.

— La misérable règle du romain !, rétorqua A. avec un courroux renouvelé. Il est vrai qu'il faut qu'un tel mot sonne dur. Qu'il ne jette pas un voile onctueux et doré sur la violence et l'infection qui le portent. Toute l'interprétation possible au monde — tous discours, toutes civilisations — ils n'ont jamais eu le pouvoir de toucher ce qui est. Ce sont des êtres de raison.

— N'ont-ils pas existé ?, interrogea R.

— Précisément !, hurla-t-il. Et qu'est-ce qui m'est venu d'ailleurs du simple fait que je sois ? Sans doute, ce que je suis, je serais tout à fait impuissant à le dire. Même, je ferais preuve de beaucoup de présomption en prétendant aussitôt après le demeurer. Même, dans le *je suis,* le *je* lui-même me paraît assez difficile à soutenir. *Qui* est vain. Rien ne présente d'autre dépendance que d'être. Vous ne trouverez de raison à ce que je suis ni à l'extérieur de moi, ni à l'intérieur de moi. Dans les vieilles tragédies ce n'est pas le héros qui est l'artisan de sa propre perte, mais le simple fait de s'être trouvé là ! »

On crut que la discussion avait enfin trouvé son terme. W. servit un peu de porto. Mais A. ne l'entendit pas de cette oreille. Exigea avec une véhémence qui continua de nous surprendre qu'on ne lui *serinât* plus jamais de tels conseils. Qu'on laissât définitivement tomber ces techniques de religieux qui eussent cherché à épouvanter, parce qu'ils auraient eu le dessein d'asservir. « Je n'ai pas besoin d'aller chez le raccommodeur ! », dit-il. Il se lança dans une nouvelle et vigoureuse diatribe : qu'on ne pouvait donner sa confiance à des romantiques, à des wagnériens. Que les actes votifs, les petites stratégies propitiatoires, les sacrifices d'objets coûteux ou adulés, la superstition de dates et de chiffres, la haine des pianos, les cigares, les calembours, les catalogues de totems, de rites, de rêves et de petites gravures, les collections et ruses effrayées et pingreries d'un riche prétextant l'indigence n'étaient certes pas des ressources propres à ce si récent mort, — mais qu'il dût recourir à elles ne plaidait pas tout à fait en faveur de celles que ses livres avaient mises en avant. « Le réel est quelque chose de tout à fait irresponsable, poursuivit-il. Sans raison ni excuse. Sans cause ni coupable ! » Son débit était trop rapide. Sa voix se chevauchait. Il tremblait un peu.

J'abondai dans le sens de A. Recroît le secourut de même. Se tournant vers Marthe il dit que le rêve consistant dans des images, cette matière de part en part visible opposait peut-être par sa nature même un refus des plus intransigeants à la médiation de la parole. Cette indépendance si absolue à l'égard du langage ne rendait-elle pas suspecte leur traduction ? Ce mutisme des images, cette stricte visibilité ne faisaient-ils pas le principal de leur attrait, et l'essentiel de leur pouvoir ? En sorte qu'à ses yeux leur nature, constitutivement silencieuse, obérait pour une large part la sorte d'avantage qu'on pouvait espérer retirer du « petit bavardage autour » dont avait parlé A.

La discussion prit un tour plus compassé. A. paraissait plus calme, plus apaisé — comme si un grand danger eût été évité.

« On peut toujours rendre compte, dit-il, de la nécessité de ce qu'on fait dans la mesure où il nous faut l'inventer préalablement. Mais plus on en apporte les raisons, plus elle atteste qu'il n'en est rien, et combien elle souffre ridiculement de ce défaut insupportable. »

Ieurre crut accroître l'argument avec de la grammaire. Il déclara que c'était pure croyance que l'ordre des choses que nous pensions eût eu son sort lié à celui de toutes les choses qui existent. Quand tout le vœu que toutes paroles, toutes pensées au monde d'emblée auraient formé, c'était fuir, échapper, nier en ordonnant, peinturlurer de sens, élever des barrières, brûler les vaisseaux ! « Comment un hasard — dit-il sans trop d'emphase — pouvait-il modifier un hasard ? Il n'y ajoute rien qu'il ne soit ; il n'apporte aucune modification à une modification qui est inlassable.

— Vive l'insignifiant !, plaisanta R.

— Comment sacrifier de l'existence à de l'idée, dit A. alors presque enivré. Dans les martyrs de missel, toutes les patriciennes préférant la mort à abjurer leur foi, Blandine... » A. développa l'argument selon lequel on se serait tué jadis pour des raisons de vivre. Qu'on préférait trouver une raison de mourir plutôt que de se dessaisir d'une raison de vivre. « Plutôt se trancher la gorge en *pays de connaissance*, que vivre dans l'imprévisible, la peur et l'insensé ! Des raisons de vivre ou la mort ! C'est là le cri des saintes ! Des analystes ! Je ne ferai pas d'analyse ! » clama-t-il de nouveau.

E. lui dit qu'il se calmât. Mais Ieurre le justifia de ne pas se fier aux « nouveautés ». R. répondit qu'il n'était pas efficace de recourir aux vieilles stratégies inutiles, parce qu'elles seraient fondées sur quelques millénaires. Chacun blessé d'une plaie invisible. Qui occupait le corps entier. Dont rien n'était capable de distraire. Que tout ce qui eût cherché à la panser eût avivée.

Que c'était de la nudité — seulement — de la plaie qu'on pouvait attendre du secours peut-être. Qu'elle s'ouvrît à ce qui l'avait ouverte et ne cessait pas de rouvrir. Que la frayeur suscitait l'effroi. Qu'il souhaitait qu'il trouve un jour plus judicieux de nourrir cela qui ronge. Ne lui avait-il jamais paru que la peur, parfois, aurait pu être rassasiée ? Aussi toutes précautions, toutes formulations, tous vêtements, irritaient-ils la plaie en la protégeant de la lumière. N'était-ce pas une chose au fond peureuse, qu'il fût possible d'affirmer que chaque corps se fût *monté la tête* avec un petit double atroce — et inventé dans le même temps bien sûr que la niaise espérance d'être soi — et aux pouvoirs duquel sa proximité même interdisait de percevoir notre servitude, notre total abandon — sinon aux instants où sans savoir nous ne nous conformions pas à son modèle, nous ne remplissions pas toutes ses volontés, nous désobéissions à ses prescriptions, se faisant reconnaître à nos yeux sur-le-champ sous le masque de l'angoisse ou par les voies si confondantes et si brutales des remords et des hontes ? Ieurre se moqua. Nous passâmes à table.

Comme nous le quittions, T. E. Wensleydale me dit que sans musique ces *fêtes américaines* — auxquelles il tenait tant — rendaient un son sinistre.

Lundi 23 octobre. Marthe me téléphona. Elle avança cent arguments pour que nous reprenions le quatuor. Que la conduite de A. devenait raisonnable.

Que Thomas et Ieurre en étaient tombés d'accord. Qu'il fallait faire une diversion pour apaiser cette ferveur d'apocalypse. J'objectai que Quoeun n'était pas rentré de Bavière. — Que nous fissions des trios, des duos, il importait peu, dit-elle. Je parus perplexe. Connaissait-elle beaucoup de trios de cette espèce ? Avec le *mi* bémol majeur — ou n'importe quelle passion de A. — n'était-ce pas plutôt mon alto qui tombait que le violoncelle de Quoeun ? Et pensait-elle que nous fussions vraiment capables de le secourir ? Que nous suffissions jamais à le remettre d'aplomb quand il avait honte de lui, ne souhaitait plus si visiblement se montrer à nous tous, craignait de nous revoir ? — Il fallait faire quelque chose. Elle concevait l'amitié ainsi. Quoi qu'il dût en résulter, cela brusquerait le cours, romprait l'enfermement. Dans le cas d'un accès de néant, ajouta-t-elle, ne fallait-il pas compter sur *rien ?* Et compter sur cette métamorphose de ce *rien* dans le temps ? Je dis que cet espoir frappait d'étonnement. Mais je ferais comme elle voudrait. Je dis que j'appellerais Quoeun.

Le 24, Ieurre m'appela. « C'est l'humeur noire, l'air sombre et *chagrin* des romans du XVIIIe siècle », me confia-t-il.

R. m'appela. Son cours reprenait la semaine suivante. Que nous dînions ensemble vendredi.

Je passai le mercredi. Le petit D. avait des invités. Ils hurlaient à l'envi. Ils brandissaient des armes qui étaient très conventionnelles sans doute mais d'une matière et d'une forme qui étaient ahurissantes. Parfois, le plancher tremblait. Je vis une ficelle qui était une épée. Et parmi les rangs de l'armée ennemie (je fus assailli par elle, puis encerclé, après que j'eus sonné), de façon toute paradoxale, les chapeaux de cow-boy faisaient fonction de boucliers romains.

Je passai chez A., replié dans sa chambre. Il avait fait un rêve durant la sieste dont — curieusement, dit-il — il se souvenait. A l'aide de mots, il le reconstituait péniblement de la sorte :

« Dans un jardin d'Éden je crois que je me contente d'une récolte aléatoire de racines et de fruits talés ou suris, ainsi que de la capture rudimentaire du gibier en l'appelant par son nom.

« Parfois en frappant des mains.

« La précarité des conditions de vie offertes, les ravages fréquents dus au vent, pluie, foudre, neige, soleil, etc. ou encore résultant des incursions des troupeaux laissés en vaine pâture, et encore celles des hardes, hordes sauvages, que je ne sais nommer — enfin l'insuffisance des techniques de prédation (appeler par son nom, frapper des mains ; pourtant il me semble avoir vu une bête, une sorte de femme qui se récrie : " La voix est une plaie contuse ! La voix est une plaie contuse ! ") font que les sédentaires, la plupart des amis qui m'entourent, du moins les survivants, émigrent vers d'autres régions.

« Il s'ensuit un éparpillement des hommes sur la terre, une diversité de leurs voix, une distance qu'ils ne peuvent pas combler entre leurs visages, enfin une sorte d'invention irréparable : l'espace qui va des lèvres aux oreilles. »

Il prétendit qu'il s'était réveillé en larmes. Je trouvai tout cela sans gravité, — bien littéraire.

Vendredi 27 octobre. Il faisait froid et beau.

En marchant nous arrivâmes près de ce que Ieurre nommait — R. me le rappela — l'*église cathédrale.* R. m'entraîna sur le parvis. Il chercha à revoir, devant le portail nord — face à Pierre le Jeûneur —, le gibet de l'évêque. Et le poteau des routes aux armes du Chapitre.

Nous dînâmes rue de Brosse.

Le samedi 28. E. m'ouvrit la porte. Sévère, le chignon extrêmement tiré, dans une robe mi-partie de bleu-gris et de noir. Elle me demanda si elle pouvait profiter de ma présence ici pour sortir un peu. Je l'engageai à partir au plus vite, et rentrer au plus tard. Elle s'inquiéta du goûter de D. Je dis que je le préparerais. Que je connaissais l'usage des théières. Qu'elle partît sans crainte. Qu'elle se divertisse, qu'elle s'ébroue.

Elle parut contente. Le visage de A. rayonnait moins.

Nous nous installâmes au salon. D. — dans sa chambre — construisait une manière de péniche (c'était un avion) en emboîtant des cubes en matière plastique rouges, bleus, et jaunes. Du salon, on l'entendait chantonner.

A. ne fut guère bavard. Il tripotait un briquet en argent, laid, et qui ne paraissait plus guère fonctionner. Un instant, il crut qu'il m'associerait au rangement d'une collection de cartes postales héritée de je ne sais quel parent : je fis le thé.

Plus tard : que lors du *Veteran's Day*, plutôt que de « mélancolie », on aurait dû parler d'un « appauvrissement ».

« Comme c'est creux, dit-il, comme c'est creux ! Et comme tout ce creux rend peu de son ! »

Plainte risible de l'appauvrissement, continua-t-il. Plainte que rien ne fondait. Et le moyen que le vide se rendît perceptible, tangible ? Non, c'était un sentiment sans fécondité propre. Une sorte de fastidieuse évidence qui s'échangeait au bout du compte à l'ennui.

« Solitude, solitude — dit-il alors en me prenant le bras, avec un ton plus vibrant —, solitude même en te tenant le bras ! Sentiment de désastre. Et rien qui justifie, qui rende nécessaire, qui fonde tout cela. Et rien n'aura de place, jamais, et il n'y a place pour rien ! » Je lui dis que tout cela me paraissait d'une grande orthodoxie ; qu'il devenait sensé. Mais aussi qu'il fît attention que de telles pensées n'avaient pas moyen de fonder le malheur.

Le dimanche matin, j'allai trouver Ieurre. Il m'avait demandé mon aide afin de descendre une petite commode dans sa cave. (Gladys exhalait trop de plaintes sur sa grossesse, ses vertiges, ses vomissements, pour qu'il lui demandât rien.)

La raison pour laquelle nous nous sommes querellés dans l'escalier :

Ieurre soutenait que le chien de Véronique était si petit qu'il n'était pas capable d'abois. C'était à peine s'il avait admis qu'on pût parler de « jappement » à son égard.

Je m'empressai de dire que tout ce qui mord (et le chien de V. m'a mordu), je le trouvais aussitôt capable d'aboiements et — quand sa taille serait celle d'un cochon d'Inde — presque de feulements. I. me fit remarquer que mon cas n'était déjà plus du ressort de la grammaire. Le ton s'éleva.

Nous nous quittâmes fâchés, et la petite commode à mi-étage.

Lundi 30 octobre. J'allai saluer A. avant mon départ. Je ne pus rester. Bauge était là. E. était à la galerie. Il parla peu. Il évoqua le temps d'extrême automne humide, lamentable, l'enfance poings, mâchoire, cœur serrés, la fête des morts, les morts mêmes, le *pulvis es*, le *dies irae*, les fleurs... Que tout se résumait pour lui à ceci : « Les chants sont mal chantés. »

Que I. était venu ce matin. L'avait entretenu du *froid* entre nous. Puis — comme il lui avait dit que cela n'allait pas, qu'il ne « surmonterait pas ». Plus jamais. — Ieurre aurait dit :

« Qui ne demeure capot devant le malheur ? »

Il sourit un peu. Je fus moins convaincu par les archaïsmes du déménageur.

Le 31, avant de prendre le train, j'appelai Marthe. Je lui dis que j'allais dans la maison de Bavière de Quoeun pour la Toussaint. Que je lui parlerais du quatuor. Marthe me dit que Paul n'allait pas bien, n'assistait plus aux cours. Qu'il faudrait que nous en reparlions.

Toussaint. Q. prévenant et simple, toujours hanté par le culte des morts. La saison se faisant plus froide, il me dit qu'il me suivrait de peu. Il rejoindrait Neuilly, soit le 5, soit le 12. Il ne savait pas encore. Bien sûr, il y passerait l'hiver. Je lui fis part de la suggestion de Marthe, — que nous nous réunissions de nouveau, formant quatuor. Occuper A. si possible et — plus que tout — ses mains. Le remettre à l'aplomb.

Quoeun ne parut pas ravi en extase à cette idée. Si peu enthousiaste, même, qu'il éluda :

« Aidez, me dit-il, à subvenir aux besoins d'Élisabeth. N'hésitez pas à vous adresser à moi. »

Je rétorquai que E. refusait tout secours. Qu'elle formait le vœu que rien ne fût changé dans leur manière de vivre. Sans doute avait-elle cette *idée de derrière la tête* — d'une manière toute superstitieuse — qu'en se laissant assister elle apporterait presque des preuves qu'elle ne nourrissait plus d'espoir. Il était possible qu'elle craignît d'attirer une espèce de mauvais sort : que, comme elle aurait cessé de compter sur lui, rien ne serait plus capable de le rappeler à lui.

Jeudi 2 novembre.

Quoeun me montra un Caxton pas très remarquable. Deux nouveaux Alde aux grecques complexes et ligaturées. Un Verard très beau. Enfin une des sept ou huit préoriginales des *Maximes* (il l'avait acquise récemment), rompue encore que blanche, peu souillée.

Quelque effort que je fisse, il ne consentit pas à m'en dire le prix.

Nous séparant pour regagner nos chambres :

« Allons, dit-il, démailloter la momie pour mourir. »

Vendredi 3. Dans le train, le matin, j'ai vu un peuplier encore vert — dans le froid —, la blancheur comme enveloppée du jaune des boutons d'or. Puis le champ immense étendu sans couleur. Je les jugeai beaux.

Dimanche 5. Je passai rue du Bac. Je rapportais au petit D. un modèle réduit allemand de ferme rutilante. Il n'en parut pas exalté. Du moins le remarquai-je à l'extrême politesse qu'il mit dans son remerciement.

A. me parut pis. Mais E. ne confirma pas cette impression. Il parla cauchemar :

« Cette nuit, à la fois l'invasion et le siège des murailles, dit-il. Oui, en même temps. Même pas tour à tour. Envahi *par* cet assiégement. Complètement cerné. Complètement percé. Un lacet autour du cou. Une lance à la base de la nuque. Le prodigieux *étau* au beau milieu du corps...

« Le corps en *eau* soudain dans la nuit... J'étais un cauchemar dans la main de la terreur. »

E. me retint pour le thé. Comme nous étions en train de le prendre, A. se leva tout à coup pour partir, me serra la main. Ayant passé la porte du salon, passant la tête il nous dit énigmatiquement qu'il « allait au puits se regarder dans l'eau du seau ». E. fit mine de ne pas prêter attention à cette phrase qui me parut étrange. Elle m'expliqua que le fils de Marthe était tombé amoureux.

Le 6. Quoeun m'appela. Le temps là-bas avait empiré. De retour à Paris plus tôt qu'il ne l'avait prévu, que j'aille faire un tour rue des Poissonniers quand l'occasion s'en présenterait. Nous convînmes du mercredi. Dans la soirée.

Mardi 7 novembre. Thomas au téléphone. Il avait vu A. Il avait vu Marthe. Il fallait tout faire. Il craignait de perdre son emploi.

Mercredi 8 novembre.

J'arrivai chez Quoeun vers neuf heures. Nous parlâmes de A. J'entrepris une nouvelle fois de le convaincre d'un renouveau du quatuor. Q. rétorqua qu'il avait laissé un peu *à bandon* le violoncelle. Qu'il n'était pas *chaud* pour que nous nous réunissions de nouveau : le quatuor ne reposait-il pas entier sur A. ? Sur cette passion précisément qui lui faisait soudain défaut, — celle-là même qu'il avait su nous insuffler ? Sur la joie qu'il savait alors communiquer ? Sur la qualité de son jeu ? Sur son oreille ? Ses transpositions au piano ? Son sens du temps ? Sa maîtrise ?... Quoeun estimait notre « sacrifice » à l'avance stérile : quelque effort que nous fissions, nous ne le rendrions pas heureux en pianotant. Nous ne pouvions longtemps *porter* celui-là même qui jusqu'ici nous *portait.* Au contraire, il y avait toutes chances pour que nous missions tout par terre, et définitivement. Et par surcroît que nous nous ennuyions.

Je défendis comme je pus l'idée. — Et puis ces repas somptuaires et sinistres de Wensleydale, ces discussions vaines et lourdes... J'insistai : il consentit enfin qu'il ferait comme feraient Thomas et Marthe. J'affirmai de nouveau la volonté de Marthe, la résolution de Thomas. Il accepta. Nous convînmes d'épouser, comme avant, les jours *sino-américains,* le grand salon de Wensleydale. Il répéta que cependant il n'était pas *chaud.*

Il me dit aussi que Pline prétend qu'un petit lézard qu'on noie dans l'urine d'un homme apaise les désirs de celui qui l'a émise.

Je partis essayer.

Le 9, j'appelai Marthe, puis Thomas. Qu'ils préparassent le *ré* majeur de 1781 Pour Th. le trio *mi* bémol majeur de Schubert. Pour Marthe celui que A. aimait, le trio *mi* bémol majeur de Haydn. Ils le joueraient tout d'abord. Puis j'appelai Wensleydale.

Curieusement I. avait déjà dit à Thomas que j'avais *capté* l'esprit de Quoeun et obtenu la reprise des quatuors.

L'Armistice. Je passai rue du Bac le matin. A. était debout. Et vêtu. L'appartement sentait un admirable café. Élisabeth m'offrit une tasse. D. jouait dans sa chambre. — E. profita — assez désagréablement — que je fusse là pour tancer A. :

« Tu es comme les jaloux. La seule appréhension de la séparation te conduit à la hâter. Devancer la catastrophe en la portant à son comble. Peur de perdre si affolée qu'elle détruit son objet à l'égal d'un petit bouc émissaire tout subsidiaire. Être porté si loin dans la déception par une confiance assez mal venue ajoutée à l'attente... » D. appelait. E. nous quitta un instant.

A. se tourna vers moi : « Hélas, dit-il. Élisabeth se trompe. Elle ne voit pas que je ne vaux plus rien. Qu'hélas je n'ai *rien* dont je dépende si puissamment. Non : je ne suis plus rien. Et ils ne m'offrent plus de secours. — Plus rien qu'un peu d'être qui a perdu le goût qu'on porte en général à ce pseudo privilège. Sans attache au fait même qu'ils soient ou que je suis. »

Il se tut.

« Desdémone est trop belle, si belle, — me risquai-je à dire —, il me semble tout soudain qu'il faut que j'appuie cet oreiller dessus...

— Non, dit-il. La confrontation à l'évidence de la mort, vois-tu, devant un corps aimé, deux corps aimés... — sans doute je trouve cette épreuve terrifiante. Mais il y a une sorte de niveau d'étiage dans la sensation à l'égard duquel la possibilité de la mort est une épreuve moins douloureuse que la sensation de ne pas avoir été débarrassé de la mort dans la mort ! J'en suis à l'étiage, — presque au lit sec. Et c'est une peur que multiplient de façon extraordinaire toutes les ruses ourdies dans la fin de tromper cette peur. Et... »

Mais Élisabeth revenait. « Je ne sais plus, dit-il, ce que je voulais dire... » Avec un air désemparé : « Je ne m'y retrouve plus... » Élisabeth, sur un ton mordant :

« Il te reste quelques habitudes alimentaires, et deux ou trois manies dont je ne dirai rien. »

Dimanche après-midi. J'allai rue de Nesles, où je découvris I. et R. plongés dans une partie d'échecs. Ieurre me supplia de m'asseoir et de patienter un moment.

« Sitôt que j'ai échappé à ce coup, me dit-il le visage rougi de passion, d'excitation, nous sursoyons ; nous laissons tomber pour le jour les échecs. » Il prononçait « échè ». Je restai assis un moment. Puis je me levai pour saluer Gladys. Elle se reposait au salon. Me dit qu'elle n'aurait pas pensé que les premiers mois d'une grossesse pouvaient transformer et fatiguer le corps à ce point...

Entrebâillant la porte de la bibliothèque, je passai de nouveau la tête : I. était toujours absorbé dans une sorte de contemplation ; R. fit dans ma direction, ouvrant largement les bras, un signe qui ne laissait pas beaucoup d'espoir. Je m'éclipsai.

Mardi 14 novembre. Thomas ne trouvait pas de travail, ne savait que faire. Il avait vu W. — particulièrement *ignoble.* Il l'avait reçu dans sa luxueuse boutique (dans le petit salon de pots chinois).

« Un boisseau de riz de la provision des morts, et un grand suaire de coton. »

C'est dans ces termes qu'il avait répondu, avec un fort accent américain, à sa demande.

Mercredi 15 novembre. J'avais la grippe. Je restai chez moi à ne rien faire. Ieurre passa en fin d'après-midi.

Je disais rivière : « Nous avons passé la rivière, un des bras de la rivière... » A. disait Seine. Ieurre disait fleuve, et s'irritait que je persiste dans l'utilisation de ce *barbarisme.* Je rétorquai que les fleuves étaient rivières autant qu'on n'en connaissait pas le terme.

J'avais peu voyagé. Et qu'il ne me démontrerait jamais quelle nécessité venait fonder la hiérarchie entre les lits, les affluents, les sources. Et pourquoi des noms viennent les distinguer dans le moment où ils se confondent.

E. m'appela. A. se taisait depuis deux jours. Le vendredi 17 j'allai le voir. Il n'était pas question qu'il aille chez Karl, me dit-il, le 21. Je lui dis qu'il ne pouvait manquer, sous aucun prétexte, de venir le 22. Quoeun serait là. Wensleydale était prévenu. Qu'il prépare les *mi* bémol majeur de Haydn et de Schubert. Pour nous, nous jouerions le *ré* majeur de Haydn. Il me le promit. Ce fut un signe désespéré avec la tête.

Nous lui dîmes qu'il pouvait alors ne pas venir chez Karl. Il n'eut pas un sourire. Il ne nous regarda pas. E. — plus fatiguée, plus agressive — lui demanda s'il craignait en parlant de s'écorcher les lèvres.

Busstag. Avant de partir j'appelai Karl : furieux que A. ne vînt pas. Que E. ne l'eût pas prévenu. Je dis qu'il gardait D.

Je passai prendre Élisabeth à neuf heures. Nous y allâmes à pied. Bauge était déjà là, parlait avec Quoeun. Ieurre et Recroît arrivèrent avec beaucoup de retard : au dernier moment Gladys ne s'était pas sentie bien, et avait préféré demeurer rue de Nesles.

Nous parlâmes de A., accroupi dans sa chambre,

recensant un à un tous les corps enterrés, immergés, mangés, brûlés, depuis l'origine de l'homme. — Terré dans l'*encoignure* de sa chambre...

Recroît prononçait fautivement.

« *Co*, disait Ieurre.

— *Coi*, disait R. qui ne voulait pas en démordre.

— Il a des *passages à vide*, dit Élisabeth. C'est son *passage à vide*. Il a préféré ne pas venir. Trop anxieux de demain...

— Il va donc si mal ? » interrogea Karl. Élisabeth se tourna vers lui :

« Il est extrêmement soucieux, sûr qu'il meurt, sans cesse aux aguets, défiant, persuadé qu'on le trompe, que le médecin lui ment...

— Méfiant alors, fit Ieurre. Et non *défiant !...*

— Passage à vide, reprit-elle. Déchirure soudain dans le *tissu de distraction*, fait de voix, de faims, d'amis, de musique, de famille, de livres... Déchirure dans ce filet qui permet de paraître à l'aise, de hisser la tête au-dessus du muret de caverne avec une apparence de rire ou plutôt de bouche distendue, et de donner le change des corps qui semblent vivre. »

Marthe arriva, accompagnée de Thomas.

« Effondrement, voilà le meilleur mot, dit Ieurre, — et qui est préférable à dépression, ou à mélancolie...

— Appauvrissement, prétend-il lui-même », dis-je. Mais Ieurre ne m'écoutait pas.

« Effondrement, répéta-t-il. Ce mot évoque à la fois l'équilibre qu'on perd, le vertige qui se saisit du corps, le sol qui s'ouvre, l'appréhension de l'engloutissement mais l'attrait du vide, la folle approbation au fait de disparaître, et cet appel de la mort...

— C'est en effet une hauteur que le corps ne maîtrise plus, dit E. L'impuissance à se dresser, à se tenir debout, à se pencher au-dessus de l'abîme...

— Impuissance à relier au-dessus de l'abîme les fragments épars du chaos..., dit R.

— Ou encore quelque chose, laisserait entendre la langue, vous a *laissé tomber...*, dit Ieurre.

— Admirable — s'écria R. subitement exalté, volubile. C'est cela : laisser tomber. La seule assistance : épouser ce qui tombe. Jouer à laisser tomber. Comme ces tout petits enfants qui ne parlent pas encore, à peine tiennent-ils déjà debout en portant leurs mains sur les petits rayonnages et sur le barreau transversal des chaises, ils jouent à *laisser tomber* des objets, ils s'en saisissent et ils les lâchent tout soudain ; ils jouent à l'opération de perdre ; ils s'amusent à maîtriser ce qui les abandonne, la fin d'une dépendance, quoi que ce soit qui peut séparer. Aussi considèrent-ils avec curiosité — même, avec une gravité de magistrats — ce qui se passe quand ce qu'on possède tout à coup fait défaut, quand ce qui est lié se dénoue, quand ce qu'on aime s'en va.

— C'est cela aussi le tennis, fit Ieurre.

— Mais non ! dit R.

— Et pourquoi pas ? repartit E. Du moins dans ce défaut dans l'angle que font les mouvements qui constituent le corps et les relations qu'il entretient avec le corps des autres. C'est l'effet d'une balle qui a été *coupée.* Cette balle si curieuse — frappée de telle sorte que son rebond soit anormal, parfois insaisissable... A., pour l'instant, le monde lui est une balle qui est *vicieuse,* et nous-mêmes en parlant nous lui envoyons des balles qui sont extrêmement coupées.

— La dépression, au bout du compte, c'est son *pare-boue* à lui, dit R.

— Son pare-chocs », rétorqua Ieurre.

Thomas prétendit que nous n'étions pas « estimables ».

L'inventaire des médications :

Le meilleur remède, selon Quoeun, — lui dire qu'il n'y avait pas de réveil à la peur. Que la dépression n'était pas une *mauvaise passe,* comme il y a pluie et beau temps, cauchemar et veille, hiver et été. Qu'il ne fallait pas *dramatiser.* Qu'il n'était pas un héros mis au défi d'une épreuve particulière.

Conclusion : qu'il fasse son deuil des grandes sensations et de l'idée de l'extraordinaire, et que l'appréciation de malheur n'apportait pas plus que celle de bonheur.

Citation du préfet Ptahhotep par Bauge. Qu'il fallait baisser les mains, courber le dos et alors s'incliner 1. profondément — pour ne rien affronter de face —, et 2. silencieusement — pour ne pas susciter le pire.

Assaut de christianisme : Marthe et Quoeun traitèrent avec pétulance de l'*abnégation intérieure.* Que les vieux catholiques avaient procuré le mieux les moyens de l'amélioration dans la pratique de l'annihilation volontaire. Reconnaissance du néant ; dépréciation de soi ; embrassement de toutes les occasions de mépris et de persécution ; élection de tout ce qui est vil, bas, abject ; réjouissance pour toutes vicissitudes ; résignation de toute consolation ; privation de tout étai, alibi, valeur, ami...

« Belle époque où on nommait vertu les joies qu'on tire du masochisme », dit R. Qu'enfin il consentît à l'anxiété, et qu'il bénît l'arrivée de l'angoisse à l'égal de celle d'un ange tutélaire... Il aurait fallu qu'on lui lançât à la tête : « Créature vile, inutile, et perverse ! » et qu'il se trémoussât.

Marthe fit remarquer que tous ces vieux secours avaient peut-être quelque fondement dans l'*économie de la tête.* Ieurre pouffa de rire. Pourquoi ?, demanda-t-elle. Il ne s'agissait au fond de rien d'autre que de s'échanger au mouvement du sacrifice.

« Par la démission de tout jugement, dit Quoeun en contrefaisant la voix douce et compatissante d'un prêtre. Par la soustraction du souvenir de l'expérience, la purgation absolue de l'esprit et l'appauvrissement délibéré de toute satisfaction qui puisse en résulter. Alors on atteignait l'extrême passivité, la *sainte débilité*, c'est-à-dire l'abstraction, l'*oisiveté simple*, le *doux acquiescement...* »

Un mélange d'hilarité et de grand enthousiasme nous gagna tous. Recroît tâcha en vain à le modérer. — Que A., quoi qu'il fît, se serait donné une peine inutile. Qu'il ne résoudrait pas la séparation qui fait la naissance et la séparation qui fait les sexes par la séparation que fait la mort. Mais nous ne cessions pas de rire. Ieurre, debout, applaudissait.

Ce qui avait disjoint le désir de son objet, reprit le professeur, imperturbable, ne l'avait-il pas à jamais disjoint de lui-même ? « Or, affirma-t-il avec éloquence, il n'y a pas de royaume où cette triple séparation, qui assure l'identité de ceux qui vivent et qui parlent, puisse être réconciliée sans que cette identité éclate aussitôt, et sans que cette sorte de congrégat s'effondre comme poudre ! » Les applaudissements redoublèrent. A. commettait alors la maladresse de supposer un temps non seulement d'une nature linéaire — nous ne sûmes pas pourquoi — mais encore réversible, et la possibilité — si ridicule, convint-il, venant d'un homme que la calvitie avait pour près de la moitié tondu — d'une régression. K. prétendit que c'était s'énivrer de mots.

« *En*-ivré, fit Ieurre. Comment donc peut-on supporter cet absurde *é-nivré ?* » Puis il contrefit Marthe. Se dressant, il dit avec de grands gestes, et malmenant ses cheveux gris, qu'il n'était pas assez *hostie*, bout de chair dérobée à l'illusion commune et transportée au vide qui la marquerait du caractère de sa consécration particulière. « C'est une assez joyeuse absence d'espoir, n'est-ce pas ? », dit-il encore en se tournant vers Marthe. « Sacerdoce, ajouta-t-il dans un grand accès oratoire, de la disparition de soi, qui avec une conséquence remarquable épouse le sacrifice jusque dans la destruction et la mort qui en sont les termes derniers, et qui le fondent, et qui nous obligent en lui. Immolation nécessaire — victime immolée qui s'emboîte pièce à pièce au mécanisme qui a présidé à son choix et qui aboutit à la mort — et qui n'en porte pas que le nom, n'est-ce pas —, sous l'espèce séculaire d'une *viande vivante !* »

La soirée dégénérait. Certains, s'aidant d'alcool, avaient les yeux pleins de larmes. Marthe fit compliment à Ieurre de ses dons de curé. Recroît le lardait de quolibets et de sarcasmes.

Mais, sur le tard, Thomas dans le fond de la pièce, assis à la droite de Quoeun sur le canapé, — irrité, sans emploi même ici, ne participant pas à la joie à peu près générale, — eut une discussion plus obscure, plus sourde, plus agressive avec Quoeun et Karl.

Quoeun, que j'avais rarement vu aussi disert, eut une idée assez malheureuse :

« Voici, dit-il, je donne des motifs à sa peine imaginaire. Nous sommes des enfants et nous décidons de jouer. Le jeu s'appellerait : rendre nécessaire cette impression de deuil. Thomas dirait : Nous décidons de le mettre en quarantaine. Personne ne te parlera plus jamais. Il est tout à fait libre de circuler, agir, pianoter, aimer, etc., mais prisonnier d'une manière de néant social, c'est-à-dire confronté soudain au néant de soi. Qu'il tente de parler et il n'obtiendra pas la moindre réponse de notre part. Qu'il crie : chacun d'entre nous jure qu'il prendra un air dégagé et fera mine de ne rien entendre. S'il s'ébroue, agresse, qui le voit ? Vous le voyez, vous tous ? Il n'y a personne, n'est-ce pas ? Mais regardez : il est vraiment seul. Isolé, transparent, nul. Il n'existe plus. Combien alors il souffrira avec raison ! »

Thomas furieux, écarlate, frémissant de colère, partit en claquant la porte violemment. Les deux lustres tremblèrent. La lumière jouait sur les meubles, nos corps, nos visages.

Mardi 22 novembre. *Thanksgiving Day.*

J'arrivai avec quelque retard avec mon alto. Marthe était arrivée la première avenue de La Bourdonnais, accompagnée de Paul. Elisabeth et A. étaient venus dans la voiture de Ieurre. Gladys était là. A. se taisait. Wensleydale me servit un doigt de porto et demanda qu'on ne parlât pas aujourd'hui de *psychologie.* Qu'on dînât vite. Qu'on fît de la musique.

« Pas de malheur, de bonheur, etc. ! s'écria-t-il. Le bleu du ciel est-il autre chose qu'un petit reflet dû à la distance ? Ainsi dit le vieux Tchouang-tseu », poursuivit-il trop heureux de placer des maximes.

Quoeun entra avec son violoncelle et sa planche. Il fut suivi de Thomas, portant son violon, plus sombre. Nous passâmes à table. Nous commençâmes par des truites en gelée. Il se trouva qu'Élisabeth — comme elle parlait du petit D. — prononça vicieusement refréner « réfreiner ». Ieurre la prit à partie sur un ton déplaisant :

« Il se trouve des gens qui font une faute par syllabe, dit-il. Cela suppose une imagination plus remarquable que celle dont sont dotés sans nul doute ceux qui parlent correctement. On devrait réinstaurer à leur intention l'usage du pilori. Ou l'exposition par la cangue, n'est-ce pas Wensleydale ?

— Tais-toi, le puriste, le ric-à-rac, explosa Thomas. Assez de de toutes vos histoires de riches. Vos culs de poule ! Vos gendarmeries ! Vos privilèges de classe ! »

Paul applaudit. Élisabeth et Recroît se rangèrent du côté de Thomas et de Paul.

« Que veut-il dire avec ces mots de classe et de privilège ?, se plaignit Ieurre. Suis-je donc si riche ? Ai-je jamais rêvé d'honneur ? Non, Thomas : ni Quoeun ni moi n'avons l'usage du puits. Nous n'avons pas accès au temple. De même que le barbier fait la toilette funéraire, de même que les joueurs de tambour touchent la peau des bêtes mortes et le souvenir du sang versé, de même que le blanchisseur lave les linges de la naissance et ceux que les jeunes femmes polluent, de même le grammairien : il nettoie les instruments du sacrifice. Nous ne partageons pas la pipe hiérarchique. Nous sommes des spécialistes de l'impureté ! »

Thomas haussa les épaules et lui demanda ce qu'il pouvait bien apporter au monde, et à autrui, avec ses petites leçons de purisme ?

« Au moins aurai-je peu ajouté à la misère de ce monde, répliqua Ieurre. J'aurai fait le moins de fautes possible...

— Quelle vertu ! s'écria R.

— Et pourquoi pas ? J'aurai souhaité que ma langue participe de celle dont usaient ceux qui m'ont précédé. C'est tout. Et quelle serait la gêne que j'apporte ? A qui trouvez-vous que je nuis ? Tout cela, d'ailleurs, durera moins que vous pouvez penser. Cette langue ne fera plus beaucoup d'usage », ajouta-t-il d'un air désabusé.

On servit un civet de garenne avec une sauce au sang battu.

Recroît déclara alors — très doctoralement — que le langage, comme il était un succédané du sacrifice, et comme la séparation des sexes et l'individuation des corps étaient elles-mêmes des « succédanés de la dissociation de l'espèce par la naissance et par la mort... ».

« C'est trop de philosophie ! Cet homme est un piètre polycopié de Sorbonne ! », interrompit Ieurre. Il affirma qu'il fallait simplement regarder de très près à une institution familiale et sociale qui passait par le corps, et d'une espèce tout à fait intangible, et si transparente, légère.

Je ne pus lui donner tort. Même, j'affirmai qu'une telle suspicion, une attention de tous les instants, me paraissaient judicieuses. Mais A., prenant la parole, laissa tomber tout à coup :

« Tous les mots sont des mots malheureux.

— La langue est une substance vénéneuse, reprit Thomas, fort de l'assentiment de A.

— *Venimeux* ici ne serait pas plus impropre, trancha Ieurre.

— Voyez, cela recommence !, s'exclama Thomas.

— Mais la langue est prise de gangrène ! Les romantiques lui ont coupé les jambes ! Non seulement en ce qu'ils écrivirent mais parce que — par-dessus tout — ils firent tomber la classe de rhétorique ! Toutes les manies somptuaires, pléonastiques du romantisme ! »

Après que je lui eus demandé pourquoi il prononçait « kangrène », il me répondit qu'il fallait faire ainsi. Nous avalâmes en hâte un moka. Je lui demandai s'il fallait dire « moga » et il me fusilla du regard. Puis — tous quatre — nous préparâmes nos instruments. A. disposa les pupitres.

A. ahuri, la tête soudain malheureuse, en donnant le *la* : le piano était discord. T. E. Wensleydale avoua qu'il n'avait pas eu le temps de le faire accorder. De plus il était d'un timbre atroce.

Marthe et Thomas prirent leur violon. Quoeun et moi nous nous accordâmes. Les archets grinçaient. Comme Thomas demandait du colophane, Ieurre — demeuré à table, où il épluchait une orange — invectivait contre lui à voix basse :

« De *la* colophane, disait-il. Et non *du* colophane ! »

Marthe, A. et Quoeun commencèrent le trio *mi*

bémol majeur de Haydn. Thomas et moi restions assis à ne rien faire.

Mais très désemparés. Un marteau ne revenait pas. A. prit une autre octave, soudain suraiguë, ridicule, touchante.

Mais ils ne parvinrent pas à le placer. A. interrompit. On passa au *ré* majeur. Nous lançâmes hardiment les sept phrases qui l'ouvrent. A. riait de temps à autre. Puis il cessa de prêter attention à ce que nous jouions. A peine A. battait-il la mesure.

Thomas posa son instrument. Et moi-même. Ils jouèrent le Schubert. Thomas remplaça assez vite Marthe, qui n'aimait guère que le premier mouvement. Elle s'assit près de A. et voulut tourner les pages. Le résultat fut des plus médiocres. A. ne les écoutait plus du tout, jouait mécaniquement. Tel un métronome que Thomas et Quoeun ne parvenaient pas à suivre.

Au moment de finir le deuxième mouvement tout à coup un cri lui était échappé et l'on vit qu'il avait peur sans qu'il y eût de raison. Quoeun voulut plaisanter : il n'allait pas encore se plaindre de la surdi-mutité des dieux et des étoiles !, dit-il.

Alors A. se mit à pleurer. Thomas, posant son violon, vint près de lui. Marthe tâchait à le réconforter. Mais Quoeun ne supporta pas cette scène d'attendrissements. Il devint curieusement agressif. Retenant son violoncelle de la main gauche, s'inclinant vers A. en dressant un peu le haut du corps, il lui demanda s'il pleurait sur la mort émouvante d'Alfred Édouard Billioray, membre du comité de Salut public ? A. ouvrit alors la bouche pour dire un « Tout ce que je vois est lamentable » qui nous déconcerta.

Marthe reconduisit sur-le-champ Élisabeth et A. Nous nous quittâmes peu après. Thomas, plein de rage, prétendait que toute la faute revenait à Quoeun.

Thomas et R. passèrent le lendemain chez moi. Nous nous dirigeâmes vers la rue du Bac. Quoeun avait tout gâché, dit Thomas. Ieurre avait été insupportable, dit R. Ils se plaignirent de Wensleydale — Crésus en chinoiserie qui n'aidait pas les sans travail et n'accordait pas les pianos.

Rue du Bac. A. faisait une mine particulièrement piteuse. Thomas :

« Pense à autre chose. Travaille. Lis...

— Les pensées..., toute la science possible au monde..., tous les livres, les hochets du monde, empruntent les mêmes petits signes pour parler. Mais sitôt que le silence gagne, livres, pensées..., tout cela n'existe plus. Leur souvenir même ne persiste plus. Je suis dans l'état de ce silence. Tout ce que je savais s'est pulvérisé. Les mains vides, nues. De toutes les mains, parmi les plus vides, les plus nues. Et immenses, et hallucinantes, si étrangères à moi-même. Silencieuses elles aussi. Comme flottant dans le rien.

— Mais si désolant soit l'incendie, dit R., il reste ce petit peu de fumée qui le désigne ! On peut, comme on le considère avec attention, rapiécer le tas de cendres, reconstituer le souvenir des braises, rêver le feu, et le vent qui attisait le feu !

— Le temps est si rétréci, répondit A., je suis devenu peureux. Plus la moindre goutte de témérité ;

plus de quoi nourrir un petit projet, former un petit espoir. Tout mon avenir est tout mon passé et tout est devant moi et huit mille ans de morts. »

Vendredi 24. Je tombai sur Bauge près de la Sorbonne. Il me dit qu'il avait vu A., il y a deux jours, rue Bonaparte. Qu'il n'avait pas osé le saluer. Le claquement subit d'une portière l'avait fait presque trépigner soudain. Il dit qu'alors ses membres composèrent l'attitude d'une bête haletante. Ce sont les mots de Bauge, qui traduit L. Il est vrai que je lui ai connu cette forme d'hébétude, propre en effet à ceux que l'épouvante saisit.

Je dis à B. que je serais heureux de parler avec lui. Qu'il vînt dîner un soir.

Le dimanche 26 novembre. Quoeun nous réunit Ieurre et moi. Tâcha de se concilier Ieurre. Puis nous allâmes rue du Bac. Quoeun voulait s'excuser de la soirée du mercredi. Nous arrivâmes vers trois heures. E. voulut nous offrir du café. Comme nous cherchions à le réconforter, les roues hélas retrouvèrent les éternels rails.

« Si je me reflète dans le miroir — dit-il —, avant de me coucher, je vous jure que ce que je vois est d'une nudité plus humiliée que la honte, la mort, la pudeur, l'absence, etc. Une nudité qui ne cache rien, lisse, futile, arbitraire, — à vomir. Existence tout à fait dénuée du sentiment de la vie ! Si pauvre ! Même pas pauvre : si lisse ! Si absolument lisse ! »

Nous baissâmes la tête. Quoeun, quelque effort qu'il fît pour le cacher, paraissait indisposé par cette complaisance. E. de même. D'autant que D. *musait* autour de nous.

« Comment sortir du vide, reprit-il. D'un vide si saturé de vides ? Trou à force de contiguïté de tous les petits trous entre eux. Quel vertige ! Sans sol, sans ombre, sans horizon, sans sommeil...

— Le vide protège, dit R.

— Le vide engloutit, dit Quoeun.

— Vous aurez beau parler, les mots n'ont pas de consistance, dit-il.

— Et que fais-tu ?

— Tout tombe ou tombe en poudre dans ce silence étal, dans ce vide. La bouche est une petite *grotte de Lascaux* de ce vide...

— On se vide par la bouche. Par tous les orifices. Clore les yeux. Boucher les oreilles. Fermer les narines. Obturer le...

— ... Non. Ils sont dedans ce vide. »

D. demanda un morceau de sucre, pour faire le canard.

Mardi 28 novembre. Ieurre passa me voir vers sept heures. Fallait-il conserver Thomas auprès de nous ? Il avait noté, déclara-t-il, que Th. disait un disparate, un anagramme, une astérisque, un immondice, un moustiquaire. etc. Et il ne parlait pas des solécismes...

« De plus, c'est un *soi-disant*, me confia-t-il. Je l'ai

entendu employer ce tour à plusieurs reprises. Un animiste donc. Pourquoi pas un prêtre ? Voilà. Il faut trier. Il appartient à la classe des *soi-disant.* »

Ieurre affirma qu'il en était offensé. Qu'il demandait l'éviction *tambour battant.* Je lui remontrai qu'il tenait le second violon, qu'il aimait A., plaisait à Otto v. B., était l'ami de Paul, etc. Le calmai comme je pus.

Mercredi 29 novembre. Je passai à la fin de l'après-midi rue du Bac. Je le trouvai dans sa chambre. Couché.

« Il me semble que je me noie, dit-il, et c'est sans finir que je coule à pic la bouche ouverte, à pic sans la moindre interruption, tout à fait de haut en bas, sans répit, oppressé, court de souffle, si acquis sans doute à l'idée d'être mort, — si terrifié de me sentir mourir. »

A. me prenant le bras et me suppliant :

« A quoi cela ressemble ?

— A rien. A rien.

— Rien ? Rien ? Rien... Rien ne ressemble à rien, et c'est indescriptible...

— Pourtant nous nous ressemblons étrangement à partir de la mort...

— Mais la mort ne ressemblant à rien... »

Au bout d'un certain temps je coupai court. Pris de peur comme par contagion. En partant — comme j'embrassais E. —, D., sautant d'un pied sur l'autre, me fit remarquer que demain il aurait cinq ans. Je l'assurai que je n'avais pas oublié. Que je le lui porterais après la classe.

Le 30, anniversaire de D. La joie sur un visage. A. n'assista pas à la petite fête. L'impatience et la lumière dans les yeux d'un enfant.

1er décembre, rue Dauphine. Je rencontrai Ieurre chez le boulanger. Il était curieusement vêtu. Avec une écharpe jaune comme un poussin. Il paraissait soixante ans.

« J'ai trouvé le mot qui nous faisait défaut. C'est la *guigne* », dit-il.

Il partit ravi avec son pain de campagne sous le bras.

Samedi.

Je partis dans la petite maison de V., en Bretagne.

Je rentrai à Paris le 4 décembre. Dans l'après-dîner, je téléphonai à E.

« Situation inchangée, dit-elle.

— Sa tête hiberne. C'est comme la marmotte. Ou comme l'escargot..., tentai-je de lui dire.

— Oh non ! Je ne crois plus qu'il reprendra pied. Vous ne le voyez pas dans cette complaisance, cette épouvante, cette enfance, ces larmes qui ne cessent pas... D. a l'air d'un vieux sage, si on le compare à son père...

— L'angoisse s'use. Le pis devient habitude. Elle s'évanouira... De guerre lasse, elle s'évanouira.

— Oh, dit-elle, il ne sait plus même le quantième du mois où l'on est ! »

Mardi 5 décembre. Ieurre me téléphona. « Voici, me dit-il, je crois que j'ai trouvé le mot. »

« C'est le *tintouin* », dit-il en se tordant de rire.

Mais soudain plus grave : « Plaie qui s'infecte. Attention. »

Mercredi 6. Je passai rue du Bac. Marthe était venue. Ne pouvais-je voir Ulrike ? Elle-même devait la retrouver rue des Bernardines. Mais Élisabeth ajouta qu'elle désespérait qu'il *ramonât* jamais la sorte de conduit — jamais assez creux, assez vide, assez mort, n'est-ce pas, assez réel — qui sert de tête.

Vendredi 8. J'évitais de voir U. Marthe était allée la trouver à l'heure du déjeuner, et lui avait exposé le cas de A. Ulrike s'empressa de dire qu'il ne fallait rien faire. Qu'une psychanalyse supposait d'une part une intention d'entretien où il était loin d'être, et de l'autre une petite foi dans l'opération de la parole dont elle avait peine à croire qu'il se convaincrait jamais. Qu'on le laissât en l'état : qu'il était possible, mais pas nécessaire, qu'il s'épanouît tout à coup, comme les fleurs soudain au dégel, recouvrât le goût et sortît du silence. Puis elle entretint Marthe d'elle-même. Évoqua le souvenir de C. Me voua à l'escalier des gémonies.

Marthe ne savait plus que faire pour A.

Samedi 9 décembre. Ieurre me demanda si je voulais venir dîner lundi. J'acceptai. Recroît lui avait fait parvenir son cours polycopié. Il désirait me parler de Florence.

Dimanche 10 décembre. Je passai rue du Bac. Il était couché. Il n'était pas rasé. Le visage hâve :

« Je suis maigri, n'est-ce pas ?, dit-il. Ieurre a raison. C'est un *retour de bâton.* Mais quel bâton ? Et brandi quand ? Je ne sais pas pourquoi je souffre. »

Il m'apprit qu'il avait définitivement perdu le goût. Que « n'avoir plus goût à rien » n'était pas une métaphore. Moutarde ou confiture, whisky ou eau, poivre ou miel, il n'était plus capable de distinguer par le moyen de la salive ce qu'il portait à sa bouche. Il était *dégoûté.* Et si *épiauté* dans l'ennui. Suant de peur. Échoué sur le sable... Il multiplia les images comme un maréchal des logis, un poète.

« Ma tête est une misère. Je suis découragé, défait. »

Il appelait le monde extérieur, le *carnage*.

« Et le carnage ? », demandait-il. Alors je répondais et évoquais les amis.

Son visage s'altéra :

« Je cherche en vain un travail qui m'attache, une occupation qui ne tombe pas sur-le-champ en poussière ou qui ne se transforme pas aussitôt en angoisse. Mais le désintérêt... Je n'arrive plus à *enchérer*... A chaque instant le vide s'ouvre... »

Il se tut. Puis :

« Je voudrais retrouver des *petites joies* », souffla-t-il.

Il y eut un nouveau silence. Enfin :

« Bienvenue au malheur qui vient seul ! », dit-il.

Lundi 11, j'allai rue de Nesles, Gladys m'ouvrit, pâle, paradoxalement plus mince qu'elle n'avait jamais été, battant un peu froid. Dans une robe incarnate. Très anglaise.

I. me parla à n'en plus finir du cours polycopié de R. Pourfendit durant tout le dîner — par chance à coups d'exemples — l'état extrême de *relâchement* de la *nouvelle grammaire*. Gladys ne nous quitta pas un instant. Nous ne parlâmes pas de Florence. Nous évoquâmes A.

« L'*hypocondrie*, tel est le terme technique », fit Ieurre.

Mardi 12. E. m'appela. Elle voulait me montrer deux toiles de Louis-Édouard. Je passai vers dix heures.

A. était habillé, mais assis sur une chaise, les jambes écartées, telle une statue de roi oriental. Je le trouvai en désarroi. Il ne parla presque pas.

« Je suis si dépourvu qu'il n'y a pas de possibilité que rien ne me dépourvoie davantage », dit-il à un moment, avec une voix très basse, mais un débit un peu fébrile.

« Je suis un corps désaffecté. Maigre chapelle sans culte. »

Mercredi 13. Rue du Bac. D. était chez un ami. A. avait le visage tendu. Les poings serrés. Comme tout à fait cassant. Ieurre aurait dit roide.

« Je n'arrive plus à me raconter le soir avant de m'endormir des petites histoires grêles, qui vous en font un peu accroire, ou qui arrangent pas mal de choses. »

Qu'il aurait du mal à trouver un aussi bon *détergent* que la mort.

Jeudi 14. Zaezon me convia à dîner. Quoeun était déjà rue de la Pompe. Z. se faisait attendre. Nous parlâmes de A. Quoeun dit :

« Vraiment, nous n'allons pas en direction de Damas ! »

Il ajouta plus bas :

« L'action se situe au dernier siècle du deuxième millénaire. »

Le vendredi 15. Rue du Bac. Dans l'entrée, sur la petite commode près du corridor, des fleurs de chardon blanchâtres, poussiéreuses.

Qui donc venait le voir ?, se plaignit-il. Il redoutait que le malheur ne l'ait eu *disgracié* au jugement de ses amis.

Il s'exclama tout à coup :

« Quelle violence n'a pas le vide ? » Puis :

« Je sursois », dit-il.

Samedi. Sur le quai, au débouché de la rue de Nevers : je tombai sur I. Son imperméable avait essuyé une forte averse : l'eau s'égouttait encore à ses pieds.

« Non, ce n'est pas du *désespoir*, c'est de l'*atonie* », me confia-t-il en me prenant le bras. N'avais-je pas remarqué que A, prononçait sempiternel « sempiternel ». Et que pour damnation, il avait dit « damnation » ?, etc.

Dimanche 17. Prenant la rue des Saints-Pères pour me rendre rue du Bac, je rencontrai Bauge. S'étendit sur l'automne, feuillages rouges, cerf bramant, la revenue des brumes, la longueur des nuits. Il me laissa enfin.

Chez A. Je n'eus pas une conversation plus heureuse : « La vie, moi, c'est si peu que rien », dit-il. Et encore :

« Derrière mon corps il n'y a rien.

— C'est clair.

— C'est obscur. C'est inextricable.

— Hélas non, répondis-je. Dans mon cas c'est clair. C'est tout à fait vide. C'est extrêmement clair.

— Peut-être as-tu raison. Peut-être est-ce clair. »

Lundi 18. J'appelai A. E. prit le téléphone. Il n'allait ni mieux ni pis. Il ne voulait plus décrocher le téléphone. Je la priai de le pousser à me répondre. Mais il refusa.

« Qu'il se rase la tête. Qu'il se coupe les ongles. Qu'il fasse saigner le petit doigt. Qu'il ne parle pas aux femmes. Qu'il ne jette même pas un regard sur elles — même à la dérobée — les six jours où elles menstruent. Qu'il prenne un bain. »

Tels auraient été les conseils que Ieurre, venu le matin, avait prodigués.

Mardi 19 décembre. Rue du Bac.

A. me dit : « Tu ne me plains pas assez. » Que personne ne l'aidait. Qu'il n'en pouvait plus. Je lui dis qu'il fallait qu'il sorte. Il me dit qu'il ne voulait pas. Je lui dis qu'il fallait sortir, que demain nous sortirions. Nous irions aux Tuileries.

Il prit un air effrayé. Il risqua des images étonnantes :

« Je suis un éclopé. Je suis un *boulon* sans écrou : tout s'éboule. La terre cède. A peine ai-je posé le pied, tout s'affaisse, je tâte désespérément dans le vide... Je suis pris de vertiges qui ne cessent pas. »

A. pleurait. Il dit qu'il avait démérité auprès d'Élisabeth. Qu'il n'était plus capable de mettre ni le *beurre* ni le *maigre* dans l'*eau de soupe* ni dans les *épinards*. Que l'amour n'avait pas suffi. En parlant, il recueillait ses larmes du bout de la langue. C'était assez impressionnant. Avec une sorte de pingrerie appliquée dans la douleur.

Mercredi 20 décembre.

Je passai prendre A. Nous remontâmes la rue du Bac. Prîmes le pont Royal. Le jardin des Tuileries était mort, vide. Le ciel était couvert. Il faisait froid.

Parla du froid autour de lui. Du sentiment d'être épuisé, de s'enfoncer et de s'enfermer dans cet épuisement. Puis il prétendit qu'il avait aperçu un freux qui avait apeuré les pigeons.

Jeudi 21. Dernier jour de l'automne. Il fit beau. Je passai rue du Bac.

Élisabeth : « Il continue de *bouder*. L'appareil a arraché soigneusement ses fils de contact. Il nous a isolés, D. et moi, — et il s'est exilé. Il a rompu. » Émue tout à coup et me prenant le bras :

« Je crains le saccage, je ne sais plus, le suicide, l'enfermement... »

E. pleura. Sa bouche tremblait. Je fermai la porte afin que D. n'entendît pas de sa chambre les sanglots et les hoquets si enfantins, si mécaniques et bruyants, de sa mère qui pleurait. Je tentai de la réconforter.

J'ouvris la porte. J'allai embrasser le petit D. Il crayonnait avec beaucoup de conviction un carton d'invitation dorénavant indéchiffrable. Il ne leva pas les yeux mais cria très fort — sans cesser de colorier en orange le toit immense d'une toute petite maison :

« Au revoir ! Au revoir ! »

Les cheveux blonds sous la lumière de la lampe, la jeunesse si extrême de son visage, la gravité des yeux, le dos tout droit et l'attention sourcilleuse portée au coloriage. C'était très beau.

CHAPITRE II

Vendredi 22 décembre, 1er jour de l'hiver. Ieurre m'appela : Élisabeth souhaiterait que nous venions le soir du 24. Réveillonner tête à tête avec A. l'emplissait de frayeur. J'acceptai. Ieurre de A. :

« Quelle passion du mécontentement ! La grammaire a aussi ses petites conséquences morales, suggéra Ieurre. Comme il est oublieux ! Chacun n'ayant d'autre caractère que ces *traits* qui le différencient d'autres caractères, nous ne sommes jamais quelqu'un, ni quelque chose, mais seulement l'autre des autres. »

J'appelai Élisabeth pour l'assurer de ma venue. Bauge et Recroît viendraient de même. E. me dit qu'elle avait peur d'être contaminée.

« Mais ce n'est pas une maladie, lui dis-je.

— Mais vous ne cessez de dire vous-même qu'il n'y a jamais eu au monde quelque chose comme de la *santé*... »

Je ne sus que répondre. Vraiment, je manquai de conviction.

I. n'agréait au fond rien de vivant. Il redoutait la simplicité comme une attaque capable de tout bouleverser. Ce qui était animé était incertain, de là suspect de turbulence. S'agissant de lui la complexité, la préciosité n'étaient pas aimées pour elles-mêmes, à l'instar d'un luxe, ou d'une marque sociale, mais elles mettaient en place un lourd système de contrôle visant à protéger de la vie. La langue qu'il appelait de ses vœux eût immobilisé en elle-même ce qu'elle tâchait à exprimer, déjà entravé et vigoureusement lié dans la syntaxe de sa phrase. Rien n'eût pu agresser alors, ni ne fût susceptible de surprendre, de rendre fou. Que tout ce qui tombait sous le regard passât d'emblée au travers d'un vitrail compliqué et sombre, dont les mille morceaux fussent cerclés du réseau inextricable des plombs. Que tout ce qu'il vivait, il le passât au préalable à ce tamis d'immobilité et de mort.

Non plus victime de ce qu'il eût éprouvé dans ce cas mais, comme il l'eût traduit aussitôt dans cette langue rigide, purifiée, théocratique, rituelle, il appartenait à l'évidence à l'espèce des sacrificateurs.

Samedi. Rue du Bac.

Il était anéanti. Il luttait comme il pouvait contre l'appétit de périr, le besoin d'être réduit en sable et échangé à rien. Il dit : « Il n'y faudrait pas d'amour. Le rêve : chérir, affectionner seulement, vaguement, rien. »

Il aurait tendu à ce qui le rapprocherait le plus du néant. Il aurait passé des mois dans son lit à dormir ou du moins à imiter les apparences du sommeil. Élisabeth dit : « Il n'arrive plus au bout de ses journées. Il traîne dans les fauteuils, sur le lit. Il goûte la mort.

Uniquement soucieux de sucer ce goût qui est dans sa bouche. »

Plus tard, A. me dit : « Il est vrai que je ne peux me réveiller de la mort. Je ne puis couper cette brume qu'elle introduit entre le spectacle du monde et moi. Ni la déchirer à l'intérieur du crâne où elle est plus qu'épaisse, et comme douée d'élancements. »

Il se tut. Il reprit après un temps de silence :

« Sauf quand la douleur est trop vive. Mais alors je ne vois qu'elle, je ne puis détourner les yeux de la lumière qu'elle jette... »

Il s'arrêta, me fixa et ajouta tout bas : « Mais je n'en soutiens pas la vue. »

Vers sept heures (alors qu'Élisabeth faisait manger D.) : « Je suis une *loque,* dit-il. Dans la baignoire mon corps me fait l'impression d'un petit morceau de viande blanche et saugrenue. Et mon sexe flottant, flaccide, tel un *petit bouchon.* » Puis :

« C'est un vide épouvantable. »

Enfin : « Plus rien ne compte. J'approche le désert. »

24 décembre.

I. se justifiait de la sorte. Qu'en affinant le goût, en mettant sur pied jour après jour une raffinerie de langue comme l'on dit du pétrole, on pourvoyait la pensée d'une précision et d'une agilité devenues rares. Qu'on dotait la perception alors d'un champ un peu plus vaste, plus complexe, et que dans ce sens on donnait essor à un réel moins rudimentaire, moins compartimenté par succinctes, frustes oppositions tranchant en deux, en trois.

Il ajouta — avec raison me sembla-t-il — qu'un argument logique étant toujours de syntaxe, les phrases les plus élémentaires forçaient la pensée à des convictions violentes, très sommaires, presque des épreuves de force.

Nous fîmes le marché. Ieurre, en payant le vin, affirma que A. n'en sortirait pas de sitôt, que la mort l'avait *embobeliné*. Qu'il était trop *déchu* dans l'estime qu'il se portait. — Nous arrivâmes, vers dix-sept heures, rue du Bac, déposer ce que nous avions acheté. A. se reposait. Nous prêtâmes la main. R. et Gladys étaient déjà là. Celle-ci était assise sur un tabouret, épluchant des choux cabus rouges. Recroît était entouré de citrons. E. tournait un peu en rond dans la cuisine, comme plus embarrassée par nous que secourue :

« Il est absent, dit-elle. Corps de plus en plus immobile, gagné par l'appréhension de rien, devenu peu à peu un récipient de vide, une petite bouilloire de néant surchauffée, un accumulateur d'absence...

— Personnellement, j'admire combien il est étanche ! dit Ieurre, débouchant du vin d'Alsace. Et pour continuer l'admirable métaphore de E. : il manque le clapet. Ce qu'on nomme aussi la *sécurité*. Le petit robinet vidangeur. Il manque de quoi évacuer. Il manque de quoi *pissoter*.

— Comment croire que, comme nous en simulons les effets, nous nous protégeons de la mort ? », moralisa d'une voix sombre Recroît (coupant avec soin des tranches de citron).

Tout mis en place, nous repartîmes. R. vint avec nous. Nous reviendrions vers dix heures.

Dix heures. Je n'arrivai pas le premier. Sur la petite commode sombre de l'entrée, un bouquet de roses d'hiver hautes et moussues. Recroît et Ieurre étaient plongés dans une vive discussion :

« Tu oses prononcer entrelacs *entrelacs,* disait Ieurre, lavis *lavis,* faisander, *faisander,* et faiseur ! Tu as l'audace de prononcer ces mots ainsi qu'ils s'écrivent et tu prétends parler français !

— Et qu'importe ?, disait R. sur un ton bourru, découragé.

— Et tu oses faire sonner le *l* de baril, de nombril... et tu n'en portes pas mention dans ton cours polycopié ! Hélas — fit Ieurre en se tournant vers A. — cette langue n'était-elle pas pourtant — jadis, n'est-ce pas A. — d'un merveilleux *user ?*

— Cela suffit, dit R. Pourquoi t'acharnes-tu à respecter des règles qui sont périmées ?

— Quoi, cria Ieurre, moi, je serais plus respectueux des règles que celui qui les ignore ? Plus respectueux que celui-là qui parle à tort et à travers mais qui en vérité s'est si étroitement assimilé à la langue dont il use qu'il se persuade qu'il est libre ? A la vérité, si *respectueux* il y a, c'est l'écart dans lequel je me tiens, ou plutôt la distance très *respectueuse* que je mets entre moi et la langue dont je dispose. Le grammairien est celui qui joue aux dominos avec les lois dont une langue s'est dotée, ou s'est imaginée, et non celui qui se plie à elles, comme l'orateur ordinaire, vulgaris locutor, professeur de philologie ! »

Recroît le regarda avec un air peu avenant :

« Alors que tu ne songes qu'à nettoyer la langue, tes pantalons balaient la terre.

— C'est le *surmoi...*, ajouta Bauge en s'esclaffant.

— Une femme qui compte six jours dans la semaine peut faire son ménage et sa lessive — répliqua Ieurre avec force, ébouriffant soudain ses cheveux presque blancs. Je veux que vous sachiez que je vous livre là un proverbe qui vient du sud de la Vézère. Et où alors, dites-moi, prend sa source ce fameux *surmoi* de Bauge ? »

A. vint s'asseoir près de nous. Le petit D. le suivit avec tous les jouets que lui avait apportés le père Noël. Il me les montra un à un. Élisabeth nous versa à boire. Mais Recroît continuait :

« Les linguistes, dit-il, estiment entre deux et trois milliers le nombre des langues parlées de nos jours dans le monde. Pourquoi la tienne prétendrait-elle à quelque justesse que ce soit ? Et comment accorder quelque capacité particulière à l'une plus qu'à l'autre ? » Recroît ajouta qu'on pouvait évaluer entre dix et douze mille celles qui avaient été parlées et qui étaient disparues.

« Il s'est trouvé que je suis né dans l'une d'entre elles, dit Ieurre. Le hasard n'a-t-il pas choisi en ma place ? » Mais se tournant brusquement vers R. :

« Tu vois A. Qu'a-t-il ? Il a *perdu sa langue.* Considère le malheur où il est. Cette terreur fonde ma vie. »

A. ne dit rien, ne releva pas la tête.

« Puis, dit Ieurre, chacune d'entre elles est absolue.

Et leur addition serait un leurre. Toutes disent tout. Et chacune d'entre elles est un instrument total, incompréhensible, extrêmement puissant, ajouté à nous-mêmes. »

A. prit la parole, la voix rauque, quelque peu enchevêtrée :

« Non, dit-il. Je crois que vous vous égarez. La langue n'est pas une plante adventice. Elle n'est pas un organe supplémentaire. Ou je ne sais quel merveilleux artifice. Ou chiendent. Ou ivraie. Et qui naîtrait sur un terrain qui lui serait étranger. Non, elle ne se substitue à rien. Aucune d'entre elles ne dit rien sur ce qui est. Elles en sont soit la destruction soit le défaut. Aucune d'entre elles n'a jamais rien dit...

« Du moins — ajouta-t-il — tout le plaisir qu'on peut en retirer naît quand chacune d'entre elles ne se substitue plus qu'à elle-même, au néant, à l'envie de mourir...

« C'est tout — disait A. —, et qu'on en use comme on veut. »

Bauge toussa. Le petit D. en pyjama — avant d'aller se coucher — voulut chanter ; la maîtresse lui avait appris un vieux noël que nous trouvâmes très beau.

Il nous embrassa l'un après l'autre et amassa tous ses trésors. Élisabeth, l'entraînant vers sa chambre — d'une façon aussi amusante que vicieuse — faisait sonner le *p* de promptement. « Tu vas aller *prompeutement* te brosser les dents », disait-elle à D. en feignant de gronder. Ieurre prit un air consterné.

A. était immobile. Sa voix était prise d'une espèce de rhume ou d'enrouement. Assis dans le fauteuil dans l'angle de la pièce, dans l'ombre, il était penché en avant, les mains croisées entre les genoux.

Ieurre regarda A. en souriant :

« A chaque bout de champ, dit-il, plissant un peu les paupières — à la façon de Wensleydale —, la mort !

— Je suis vidé, répondit-il simplement, et la forme qu'épouse le vide. »

« Plus rien ne me dit », dit-il encore.

« Dormir, dormir. Mourir, mourir. Je n'attends rien mais je l'attends. Je passe tout mon temps à l'attendre.

— Assez ! dit Bauge. Pourquoi reprocher à l'herbe trop de verdeur, espérer trois ou quatre bras, et l'immortalité ?

— L'étoile de mer est en colère mais l'océan l'ignore ! dit Ieurre stupidement.

— C'est tout à fait cela, continua Bauge. Sensiblerie ! Concilie-toi ce qui te dépossède ! Et, à proportion, *concours* à la dépossession puisque tu prétends ne plus rien posséder ! Pour le reste, ne te soucie pas. Ou brûle des cierges. Sans quoi l'identité ou la tristesse que tu te supposes, comme elles sont irrévérencieuses, poissardes ! Quelle prétention, quelle hardiesse ! Se lamenter sur " soi ", quelle imagination ! »

A. demeurait immobile. Il ne nous regardait pas.

« Laisse venir, laisse venir en effet, dit R., n'affronte pas, ne sois pas courageux. L'idée de courage, c'est un comportement sûr de sa défaillance. Pas de souveraineté. Si rien n'a de face, regarder devant soi est aussi vain que détourner la tête. Pas de dramatisation. N'anticipe rien. Pas de " comportement ", ni cet œil clos, poltron, ni cet autre aux aguets et hagard. »

Quoi que Recroît dît, je ne lui découvris pas un œil

plus particulièrement poltron, ni cet autre plus particulièrement hagard.

« Vis sans songer à autre chose qu'à être, et non à vivre et n'interprète rien, reprit R.

— Bas les mains ! », hurla A. tout à coup en ricanant avec nervosité. Il se leva. Il se servit un verre de vin blanc. Après qu'il l'a eu bu, il jura qu'il essaierait non pas à être mais à vivre.

Élisabeth était de retour, et préparait la table. Recroît alla chercher les huîtres à l'écailler qui est au coin de la rue Saint-Guillaume.

Plus tard, comme nous mangions, c'est de lui-même que A. prit la parole. Il parla calmement, lentement.

L'absence de signification de R. — du moins si l'on pouvait parler ainsi —, le caractère fortuit, réfractaire à toute addition, de ce qui est, c'étaient d'admirables vérités peut-être, mais d'un usage impossible. Il y aurait toujours trop de sens, d'énergie en trop, trop de peur, quand il ne faudrait rien. Et cela parce que de telles constructions étaient spontanées. « Ainsi le malade, le mourant, dit-il, comme il se souvient, rencontre, en dépit qu'il en ait, une sorte d'équilibre et de forme qui régissent ses souvenirs. Et si hasardeux qu'ait été le cours de ce qu'il a vécu, et quelque conscience qu'il conserve de ce caractère tout circonstanciel, cette somme fait sens moins par addition dans ce cas que par distribution : cette succession reçoit d'emblée une direction du fait de sa seule position dans le temps ou dans ce qu'elle accrédite pour tel. Ainsi, pour vains et délirants qu'ils soient, deux parmi ses souvenirs se dressent sans un instant de cesse, pareils à des statues sous ses yeux, et le dominent dans la terreur : le premier d'entre eux parce qu'il n'est précédé par rien, le dernier, parce que rien ne lui succède que lui-même dans cet instant où il le remémore !

« Ainsi, poursuivit-il, un récit est-il immédiatement mis en place, un temps a aussitôt épousé l'apparence de la flèche ou de la ligne, si folles que soient pareilles images, et ainsi l'ensemble de ce qu'il a éprouvé a-t-il sur-le-champ reçu une direction, tiré son sens en traduisant subitement un ordre logique dans le délire d'une interprétation, et fait système entre ces pôles.

— Non, s'exclama Recroît, pour peu que tu répondes aussitôt au hasard par un maximum d'artifices, un maximum de hasards... »

Mais A. continua en disant que la mise en « valeurs » était au contraire une tribulation inévitable, que toute différence se faisait hiérarchique ou temporelle, toute nuance disproportion : tout tentait toujours trop tôt d'apprivoiser l'angoisse pour y plonger, de raisonner, de ressentir, de formuler, et qu'on avait beau se pénétrer de l'idée que ces caractères particuliers ne dérivaient que de l'ordre qui les situait à cette place, et non en vertu de ce qu'ils auraient représenté par eux-mêmes, restait cette immédiate et stupéfiante machine à références et à différences — ou encore, pour parler comme Recroît, cet insupportable « transformateur sacrificiel » — aboutissant à cette persuasion d'un *ordre*, — bref à ce privilège stupide accordé à deux phénomènes de hasard, accroissant les termes démesurément du fait de leur seule position dans le temps, et les couvrant d'une peau d'autorité et de valeur, suscitant sans crier gare une petite scène primitive, une petite scène d'eschatologie, entre les deux un gros roman —, là où il n'y avait rien qui eût cessé d'être insensé.

Et toute quête d'un souvenir, continua-t-il, c'était alors la recherche d'une petite pensée équivalant à de tels édifices. Mettant de l'ordre. Mentant. Jamais l'absent n'était évoqué, mais monde, langue, peuple, valeur, songeries de présence, surgissant aussitôt. Le moindre événement ne pouvait être rappelé ni conçu sans qu'il se dédoublât en cette petite construction ou intrigue nostalgique, fiction verbale — et jamais n'être revécu sans qu'aussitôt ne déferlent, telle la troisième vague, un ordre, un rabattement, une odyssée avec l'immense foule des chaînes et des enchaînements.

« Peut-être as-tu raison, convint R. Mais non un hasard épousant un hasard..., répéta-t-il. Le hasard ne mène pas droit devant lui. Et où il va, ce n'est pas une direction. »

Mais A. rétorqua qu'il n'était plus hélas question pour lui d'*épouser* quoi que ce soit. Qu'il avait cessé d'avoir prise sur ce qui le dessaisissait. Il n'avait plus de ces bouts des soies des couvertures — comme son fils —, de ces bols et statuettes chinoises — comme Wensleydale —, de ces gris-gris et colifichets de grammaire — comme Ieurre —, de ces vieux livres vermoulus — comme Quoeun — qui accordaient l'illusion d'exercer un pouvoir sur ces *vagues* de terreur ou sur l'impénétrable chaos qui les régissait despotiquement.

« Le hasard donc, reprit R., voilà ce qu'il faut dire, puisque le désespoir parle comme l'espérance. Puisque ce que l'un voit sous le jour de la possibilité, l'autre l'énonce aussitôt sous les termes de l'impossible. Aussi n'est-ce que de la valeur, et en quoi le terme de hasardeux ne suffirait-il pas à supprimer toute espérance, toute illusion, tout désespoir, toute déréliction ?

« C'est pourquoi je prétends qu'il ne faut peut-être pas chercher à dominer la douleur — poursuivit-il —, à la guérir. La maîtrise se retourne, — et chercher à dominer est le rets même de l'assujettissement. L'idée de guérison est une fiole de poison, et la technique de guérison le chevalet de torture. Pas de rapport de puissance dans l'angoisse, et l'étau, sans qu'il se desserre, est un collier comme un autre. Parure assez arbitraire. Cocasserie des fraises ! Tour de gorge !

— Hélas, ce Recroît, c'est un Nestor ! », fit Ieurre avec un air enjoué.

Recroît se tourna alors vers A. et dit d'une façon curieuse qu'il était dans les « bonnes mains », dans les « excellentes mains du pire ». — Mais A. ne le laissa pas continuer.

« Rien qui se restaure, dit-il.

— Il n'y a jamais eu d'*original* de l'originel, dit R. en riant.

— Ce que je ne connais plus — reprit-il : ni l'oubli, ni l'illusion, ni l'erreur, ni le sommeil... »

Je dis qu'il se vantait. Qu'il y avait quelque *illusion* précisément à donner à l'angoisse une sorte de privilège à l'égal de la vérité. Qu'il n'y avait pas de névrose. Je répétai qu'il n'y avait pas de santé. Je me risquai à soutenir qu'il n'y avait pas de perception privilégiée, qu'il n'y avait pas de vérité, qu'il n'y avait pas d'illusion.

« Oh ! dit-il, je suis pris par instants d'effroyables vertiges. Eh bien, crois-moi, ils ne sont pas de même intensité ! Comme un pays dans le sang d'une guerre civile ! Il me semble que ma tête tourne sur elle-même, tourne sans finir...

— Comme le tour d'un *potier !* dit Ieurre. Et crois-tu donc ma tête moins creuse que la tienne, et moins engorgée de ce vide ? Moins hantée de son égueulement ? A chaque instant il me semble que la petite boîte est en train de craquer et s'effondre. »

A. dit brusquement que c'était dans la cessation de pensée que gisait le réel.

Le jour de Noël. Je passai chez Ieurre.

« Voici l'homme lige », dit-il en me voyant. Nous partîmes — Gladys et moi — pour aider à ranger rue du Bac. I. préféra rester dans son fauteuil. Qu'il était las. Qu'il avait mal dormi.

Il dit qu'il professait une préférence marquée pour les fauteuils parce que c'était l'unique ustensile « dans » lequel — et non pas seulement « sur » lequel — la langue permît que l'on s'assît.

Le 26 décembre. Rue du Bac. Étant passé dans sa chambre :

« Parle, lui dis-je, parle. Il semble que parler soulage.

— Non », disait-il, et il tournait la tête avec violence.

Puis je songeai que la phrase que j'avais prononcée était naïve. Prodigieusement naïve. Il me regardait avec effroi. Il portait un pyjama jaune, risible. Depuis que les hommes parlent, semblait-il dire, qu'ont-ils secouru ? Quelle peur avaient-ils apaisée, éloignée ? Je me tus alors. Je pensai : « Tout ce qu'on exprime ne nous délivre pas. Parfois sanctionne, rouvre, et empire. Voir, pour qui la vue soulage, et quand voir élucide, ce n'est qu'un vœu de cécité. La cécité, pour qui l'aveuglement soulage, il ne la voit pas davantage. »

Tout à coup, il prit la parole :

« Je suis sur le point de perdre la tête, de tout perdre. Tout. C'est une petite débâcle intérieure mais totale. Le jour est interminable. La nuit dure sans pouvoir finir. Mon *sac à provisions* est vide. »

Je bégayai. — Que rien ne fondait les jugements qu'il portait. De quelles *provisions* le fait de naître un jour nous avait donc pourvus ? Il ne m'écoutait pas :

« Regarde comme j'ai vieilli ! J'ai une tête de fausse ruine ! Il me semble que cela s'affaisse évidemment. Et cela s'amoncelle autour des yeux ! »

Je ne répondis pas. Le silence s'installa, longtemps. Il dit tout bas — entre les dents —, d'une façon toute compulsive :

« Si j'avais une sorte de point de repère, n'importe quoi, à qui ou à quoi je puisse référer, je pourrais vivre. »

Je le dissuadai comme je pus de cette conviction si chimérique. Je balbutiai. Comme je me levais pour partir :

« Tout stagne, dit-il, tout est malheur.

— Non. Tout se meut, — et se meut tellement que cela peut paraître immobile... et c'est sans but. Sans bonheur ni malheur. »

Mercredi 27. R. passa me prendre. Nous marchâmes un peu. Nous dînâmes ensemble rue de la Bretonnerie.

« Il pare aux inconvénients de la mort », moralisa R. Et puis :

« Il cherche une échappatoire là où rien ne le tient enfermé. »

Saints Innocents. Ieurre avait vu Bauge. Bauge lui avait dit qu'il n'irait pas le 1er, — à supposer que E. y songe. Mauvais théâtre. Infinie complaisance.

« C'est un chat-huant funèbre », avait dit Bauge.

Ieurre décréta qu'il fallait user du terme de langueur. Ou de celui, moins vieilli, de tristesse. Ou encore de mortification. Dépression à ses yeux ne signifiait rien. Je lui dis que désert, aridité, dépression, tout géologiques qu'ils fussent, étaient des mots expressifs.

« Vous aimez les images, me dit-il.

— Mortificatio, languor, tristitia, ne sont-ils pas des images ? Jadis n'évaluaient-ils pas l'état du ciel ou de la mer ? Et la *fanure* des plantes ?

— Sans doute leur usage remonte-t-il à de plus vieilles souches. Mais aussi bien la tradition qui les porte maintenant a-t-elle cessé d'y correspondre aussi étroitement —, et désormais les leste, épure, appauvrit...

— Si vieux qu'ils soient, les mots ne sont pas moins

vains. Vieilles comparaisons ? Cris sans âge. Tout cela ne veut rien dire. Sert à diviser et à partager le malheur. A étayer l'ennui. »

J'appelai Élisabeth de chez Ieurre. Je suggérai que Ieurre et moi passions les voir le 1er, et le réconfortions peut-être par notre présence. Ne serait-ce qu'en marquant simplement que, pour nous, il était toujours là.

Élisabeth me répondit qu'elle n'était plus sûre qu'il le souhaitait. Qu'elle aimerait que je passe le lendemain.

Vendredi 29 décembre. Je vis E. Elle parla de lui longuement. Dit qu'il fallait peut-être le laisser en paix. Ils resteraient seuls le 1er janvier. Même la présence de ses amis, il la redoutait ; elle ajoutait à son angoisse. Même, la soirée de Noël, il lui en avait voulu de nous avoir fait venir. « Toute l'attention portée sur son mal imaginaire, dans une activité surmenée, inlassable, rien ne détournant la pensée de sa manie, concentrée sur sa douleur, tentant de la protéger en l'enfermant, dans une intense consumation narcissique abstraite.

« Vigilance creuse sur le vide. Posture même, et si scrupuleuse, du silence, du désir d'une mort qui paraît impossible, d'une délivrance à laquelle il ne croit pas, dans l'ennui quoi que vous lui disiez.

« Il répète sa peine, ou ce qu'il juge être les causes de son état, de sa défaite. De ce qu'il croit être son abandon. Il se tue dans une inlassable répétition de la mise à mort et il en est fasciné. Il est comme excité à l'idée de rebattre les oreilles des motifs de sa " déconsidération ". Si fébrilement passionné de donner raison à tout ce qui lui donne tort, — d'exalter la conspiration et la suprématie lointaine du réel pour mettre en valeur et pour fonder le mépris dans lequel nous devrions à ses yeux le tenir, et pour dénoncer et pour ravaler le bout de boue si bas, si obséquieux auquel il voudrait être réduit — n'est-ce pas, Élisabeth ? N'est-ce pas, Élisabeth ?

« Certains jours, reprit-elle, son visage ne cessait pas d'offrir l'image de ces têtes d'enfants qui sont au bord des larmes. Une immense envie importune d'être plaint. Ne plus rien valoir, être indigne de moi et de D., être la principale cause de tout l'affaissement du monde, et dans le même temps être aimé encore de nous, désespérément.

« Il ne fait rien. Remplir un formulaire, aider au ménage, laver la vaisselle, planter un clou paraissent lui coûter la sueur de l'univers. Tout lui est insurmontable. Et il reste immobile, à dialoguer interminablement avec un petit lui-même défunt, soudain irrecouvrable, ou plutôt à pleurer interminablement sur un petit soi qui n'aurait jamais été aimé, qui aurait dû l'être, et qui est lui, et qui en serait devenu indigne. »

Je passai dans sa chambre.

« Chaque matin, dit-il, la même impression, qui vient du fond des âges, de détresse revient avec le jour. »

Il ajouta obscurément : « ... fleurs fanées, cordes des instruments de musique distendues, ou claquées. La tête est couverte de poussière... Le regard que je porte décolore tout. Avoue que tout est décoloré.

— Mais non, mais non.

— Je suis sans ferveur.

— C'est bien le moins », etc. J'ai écourté, passai au salon embrasser E., qui fit semblant d'être moins découragée que moi. J'allai embrasser D. Il me montra un à un de nouveau tous ses jouets. Il paraissait extrêmement heureux.

1er janvier. Ieurre passa me voir.

Il me dit que le mot nihilisme avait cent dix-huit ans.

Le 2 janvier. A. me parut mieux. Il me raconta que Quoeun collectionnait les cheminées. Ou plus exactement, que la passion des flambées l'avait conduit à faire percer dans toutes les maisons qu'il possédait (je ne savais pas sa fortune si grande), et dans chaque pièce d'entre elles, des cheminées de forme et de conception diverses, afin d'offrir au regard, pour une même quantité de bois, et d'un bois de qualité équivalente, la possibilité de flambées les plus variées, longues ou maigres, hautes et tumultueuses, ou tièdes et domptées. A. affirmait que Q. eût consacré pour cette « collection » particulière plus d'argent que ce qu'il dépensait chaque année pour ses manuscrits et ses livres. Je m'étonnai qu'il ne m'en eût jamais parlé. Au reste, celles qui fumaient en Bavière ne m'avaient pas paru si prestigieuses. Si ce n'est qu'elles piquaient de façon assez insistante les yeux, et étreignaient la tête de douleurs.

Quoeun « justifierait » la vive inclination qu'il ressent pour elles en prétendant qu'il y a peu d'êtres, peu d'objets sous le soleil — à défaut du soleil — capables de procurer à la fois, et dans le même temps, un peu de lumière, et un peu de chaleur. Qu'enfin, la destruction qu'elles sont, il n'y a rien de plus beau à regarder. Elles ne se nourrissent que de leur combustion. Elles exercent des attraits comparables à la peur et à l'envie si proche de soi, si consubstantielle, qu'inspirent les mises à mort. « Ce sont des petits combats de coqs d'âtre », dit-il.

A. parlait comme autrefois. Je jugeai que l'année commençait d'une façon heureuse.

Le jeudi 4. Ieurre, Recroît, et moi, nous nous retrouvâmes attablés dans un café rue de Seine.

Je dis que A. allait mieux. Qu'il m'avait parlé des cheminées de Quoeun. R. confirma ce qui ne m'avait paru qu'une perfidie. Il rapporta un couplet un peu réactionnaire et un peu médiéval — qui fit applaudir Ieurre des deux mains — et qu'il lui attribuait : que quelque chose se serait obligé — dans la cendre — du feu, et quelque chose — dans le feu — du fagot, et de l'amas de la forêt. Aussi bien fallait-il dire que la forêt sur pied et immense était privée de ce qui l'embrase, de même que le feu, dans l'instant de la combustion, était privation des cendres.

« Puisque les cendres sont la forme au repos de toute la forêt », conclut R.

Vendredi. Ieurre avait téléphoné à E.

Qu'il observait avec fidélité son petit tran-tran quotidien. Qu'il manquait de *répartie.*

« Plutôt de *repartie,* avait repris Ieurre en riant, — l'unité hélas n'avait pas encore été assez battue en brèche. »

Dimanche 7.

A. si fatigué qu'il se serait endormi sur un banc dans la station de métro Saint-Germain. Thomas sanglotait en me disant cela. Th. n'admirait que le talent de A., les compositions de A. Ne vantait que cela. Zaezon prétendait que si A. avait aimé les garçons, Th. partagerait le pain, la baignoire, et le lit. Il serait une épouse parfaite, ardente, et des plus masochiques.

Le même jour, E. et D. passèrent. E. me restitua le comput. Elle avait pu dater et attribuer le jeu d'estampes si énigmatiques acheté par T. E. Wensleydale. Thomas demanda à D. s'il avait été roi.

D. parut interloqué, puis désespéré. Thomas se précipita pour acheter une galette, — à supposer une boulangerie qui fût encore ouverte. Élisabeth dit qu'elle n'avait plus sa *tête.* Que cette vie de cloître qu'elle menait la séparait chaque jour davantage du monde. Que même les Mages avaient été retenus — il est vrai avec tous leurs chameaux et leurs trésors — aux mailles de ce filet piteux dans lequel elle vivait.

Th. revint avec une galette et une couronne dorée. D. ne permit pas qu'on la passât au four. On le mit sous la table. Avec quelque difficulté, on perçut le renflement qui indiquait la part chanceuse, — la part carillonnée. D. se releva et s'assit, mangeant avec empressement et anxiété. Une dent de lait pâtit un peu, — la bouchée le faisant roi.

C'était une frangipane atroce. D. rayonnait. E. nous surprit en chantant un vieux, lent, et admirable *Surge*... Avec un très beau moment sur le *Leva in circuitu oculos tuos*..., où sa voix cassa d'une façon qui émouvait beaucoup.

« Le roi boit ! » cria-t-on tout à coup. D. s'étrangla et renversa son jus d'orange. Nous riions tous comme des enfants.

Même l'enfant.

Lundi 8 janvier. L'état de A. empirait. Il râlait dans un coin de sa chambre. E. m'appela. J'arrivai au plus tôt. D. n'était pas encore parti pour l'école : E. installait son cartable sur ses épaules ; il me dévisageait avec inquiétude en mettant ses moufles. Il partit.

J'appelai U. Dès que j'eus dit mon nom, elle raccrocha. Je me précipitai chez Marthe. Rue Jacob, j'aperçus Ieurre.

Je courus à lui et lui demandai de passer chez A. dès qu'il le pourrait. Comme je le voyais interloqué, la mine ahurie, je m'excusai de l'avoir abordé si brutalement et renouvelai le vœu qu'il fît au plus vite.

Ieurre commença par me dire que je ne l'avais pas abordé, mais accosté. Puis il m'assura qu'il serait, de tout l'arrondissement, « l'homme le plus vite de l'aube ».

L'homme le plus irritant sans nul doute ; mais aussi l'ami qui ne faisait jamais défaut.

Le 8 au soir je retournai rue du Bac. E. m'ouvrit. Ieurre était demeuré auprès d'elle. Le médecin était perplexe. Nous allâmes dans sa chambre.

« Partez, partez, taisez-vous, dit-il. Ne me questionnez pas. Je souffre à parler. »

Nous le laissâmes. Ieurre estima qu'on avait trop tardé à consulter un spécialiste. Je ris de l'illusion. Le petit D. tirant ma veste m'assurait qu'on lui avait appris *limaçon* à l'école. Je ne compris rien à ce qu'il disait. Il prétendait que c'était une sorte de vieil escargot de Bourgogne. Je décidai de rentrer.

Le 9, je passai chez A. dans la journée.

« C'est fini, dit-il. Je m'éteins. » Puis en souriant, hissant la tête hors des draps, se tournant vers moi : « Éteignez votre ami. Éteignez-le. » Il fut pris alors d'une sorte de fou rire nerveux. Comme un niais. Puis :

« Je barbote... Beaucoup de vase... Peu de sang... », dit-il. Il pleurait. Il se tourna vers le mur.

Je fis l'effort de lui taper sur l'épaule en le quittant.

Mercredi. Le petit D. jouait à une espèce d'extermination méticuleuse. Il avait dispersé sur le plancher de sa chambre une théorie de petits hommes miniatures en matière plastique qui encadraient un troupeau épars de petits animaux en fer. Le jeu consistait — à l'aide d'agates et de calots — à faire basculer une à une ces petites figurines aux couleurs intenses sur lesquelles, une fois versées et mortes, on égrenait un chapelet de hurlements de joie et de cris de victoire, et auxquelles on attribuait des noms remarquables. A sa demande je m'associai quelques instants au jeu mais je ne parvins pas à faire preuve d'autant de précision dans le tir, ni d'invention dans le choix et la rectitude des noms. C'est ainsi que je traitai un petit renard roux plus ou moins efflanqué de « goupil » : appellation que D. trouva ridicule, à tout le moins très insuffisante.

Je passai dans la chambre de son père. Au contraire de ce que m'avait dit E., il ne me parut pas délirer. Il me parut même assez bien.

« Plus d'espoir, dit-il, je *déchante*... Plus j'avance le pied, plus je perds de terrain. L'aigreur est capable de rassasier. Je le connais, n'est-ce pas, à l'envie de vomir. Rien n'allège... »

Il me dit qu'il était sûr qu'il allait mourir. Les deux médecins qui l'avaient ausculté n'avaient pourtant pas (selon Élisabeth) prononcé un diagnostic si alarmant.

« Ce qui est atroce, dit-il alors, c'est qu'en mourant nous participions au premier chef à la mort. Nous ne cessons pas de donner la main à ce qui nous fait peur.

— Et en parlant?, dis-je. En désirant? Et ta musique? Et les œuvres créées trompent quoi? Et la joie qu'éprouve un enfant en jouant? Et la grosse, oppressante mise en place de toutes institutions? La beauté tout d'un coup d'un visage ? — Sur quel fond autre que la mort ne se dressent-ils pas, pour qu'ils nous frappent de la sorte, puissent avoir été faits, et nous affectent, et nous troublent ?

— Je cherche qu'ils soient heureux, me dit-il. — Si je pouvais vendre ma vie assez cher — reprit-il — je prendrais une énorme assurance sur ma tête pour que D. et E. vivent aisément jusqu'à la fin de leurs jours et je me tuerais. Mais il me faudrait l'assurance aussi qu'ils ne portent pas en eux cette absence. Ou du moins que mon extinction ne bouleverse pas plus que la gêne que je leur cause actuellement leur aptitude au bonheur. »

Dans la nuit du 11. Crise cardiaque de A. Ieurre m'appela. On l'avait laissé chez lui. E. était inquiète, mais tout cela semblait plus nerveux que grave. — « Le brouillard s'est finalement résous en pluie », conclut Ieurre.

Je passai chez A. dans la soirée. « Il y a lésion », dit-il.

« Ce n'est qu'un coup de pierre », dit-il encore.

Mais il fallut bien convenir qu'il disait n'importe quoi. Qu'il appelait à la mort.

« Vous croyez, me demanda-t-il, aux points cardinaux ? Et encore : « Je ne parviens plus à opposer nettement vie et mort. Le vide et le plein, l'avenir et le passé, la droite de ceci, la gauche de cela, ce qui est organisé, ce qui est épars, je ne sais plus.

« C'est le supplice de la mort, dit-il aussi. La mort au compte-gouttes. Des infiltrations... »

Il était pâle, défait. Je lui pris la main. Je lui dis qu'il songeât à D. et à Élisabeth. A ses amis. La petite lampe posée sur la table de nuit l'éclairait pauvrement. Il me regarda :

« ... Se raccrocher à quelque chose — dit-il d'une façon toute hachée —, peine si perdue, sans moyen d'échapper à ce qui tue. Même de dos. »

Élisabeth vint lui porter un cachet. Tâchant à le faire asseoir :

« Lève-toi. Mais prends un peu de souffle. Respire ! Essaie de te dresser. »

Non. Qu'avec la meilleure volonté du monde, il n'en était pas capable, il ne pourrait y arriver.

Il n'avala pas le cachet. Se résigna à le mâcher lentement.

« Je vous dis que bientôt je n'aurai plus le courage d'avaler ma salive », dit-il, les bras le long du corps. Il transpirait. « J'ai peur de tout. » Il garda les yeux fermés, frémissait un peu.

Je ne voulus pas le quitter si rapidement. Je m'adressai en vain à lui. Je ne savais trop s'il dormait.

« Ce que nous redoutons, nous ne cessons pas de le bâtir en nous en protégeant. Comme nous ne cessons de fourbir les armes, comme nous ne cessons de renforcer murailles et remblais, sophistiques, trucs, drogues, nous élevons la tour. Perfectionnant toutes protections nous devenons peu à peu oublieux de ce dont nous nous protégions avec tant de diligence. Nous avons organisé une prison qui est la seule raison de la peur dont elle défend. Et cela que nous redoutions tant, quand nous lui sommes confrontés, nous ne sommes même plus capables de le reconnaître, ni même de le percevoir. Et c'est au point qu'il arrive de temps à autre que nous nous surprenions tout à coup en train de nous défendre de ceux que nous aimons. »

Bref je le repus de vent, de fausses consolations, de bêtises.

Le 12 janvier. Il était beaucoup plus mal. Il avait eu deux crises de tétanie assez longues, et impressionnantes. Ieurre était rue du Bac. On l'avait complètement drogué. E. : que ne l'avait-elle dorloté !

« Il est au bord de perdre la raison », dit-elle. Son visage était fatigué. Mais elle était belle. Elle était vêtue d'une robe noisette, longue et seyante, serrée sous la poitrine et assez lâche à la taille.

« Non, dit Ieurre. Et *égarer* n'est pas perdre. Il ne sait plus où il l'a mise, en quel recoin il l'a serrée au moment de la déroute, mais il sait encore qu'il l'a au logis, et que seule son exaltation lui en dérobe la vue... »

Mais E. pleurait. J'essayai présomptueusement de m'associer aux arguments de Ieurre :

« Il aimera l'angoisse. Il bénira l'ennui. Il se laissera surprendre, même par l'épouvante. Un beau jour, vous verrez, un bout de joie le jettera par terre. S'il se révélait enfin, comme il semble, capable d'être terrassé par la peur, la joie aussi sera capable de le terrasser.

— Il renaîtra, en dépit de lui, répéta Ieurre. Quelque mal gré qu'il en ait. C'est comme les fleurs au printemps. De quelque sentiment qu'elles soient, — et qui remettent ça, et la beauté ! » — Il ajouta en l'embrassant : « Un jour, vous tressaillirez de joie. »

Je passai dans sa chambre. Il paraissait évanoui, mort. Nous partîmes.

Samedi 13 janvier. Je passai rue du Bac vers sept heures.

D. finissait de manger à la cuisine. Il pleurait parce qu'il ne parvenait pas à écaler les noix de façon que la coquille fût préservée, et parût entière. Je m'y employai avec patience mais aussi acharnement, pendant qu'il ôtait avec beaucoup de soin la peau qui recouvrait le fruit et qu'il plantait les petits morceaux nus ainsi obtenus sur les quartiers de pomme qu'E. avait préalablement épluchés, et découpés. Je n'y parvins pas. D. m'en voulait visiblement d'écrabouiller plus que lui encore les coques une à une. Ce fut au point qu'il me refusa le bonsoir.

Je voulus le voir. « Parlez bas, me dit-elle. N'allumez pas. »

Il me parut pis. Il entrouvrit les yeux et jeta dans un souffle qu'il n'avait rien à « signaler ». Et quel « ceci » plus « détraqué » que tel « cela » quand « tout » est *totalement détraqué ?* Quoi, qui fasse relief ? Qui soit « mentionnable » ? — « Rien, faisait-il avec des petits mouvements de tête, rien. » Et encore : « Je ne signalerai plus. »

Dimanche 14. Je déjeunai avec Quoeun. Nous passâmes rue du Bac à quatre heures. Pour la première fois je voyais Élisabeth le chignon défait, longs cheveux noirs pendant. Son visage était peuplé de rides. Elle paraissait très lasse, dit qu'elle ne pouvait plus dormir auprès de lui.

Il accepta de nous laisser entrer. Hissa à peine la tête hors des draps, lui-même décoiffé, maigri ; — tout bas, se dressant un peu vers Quoeun : « La nouvelle de la situation plus menaçante que jamais de la mort dans le monde avait-elle déjà transpiré ? La vie avait cessé, n'est-ce pas ? »

Quoeun nia qu'elle se fût interrompue.

« Comment vous croire ? Vous ne voulez pas me faire de la peine. Vous me ménagez, n'est-ce pas ? »

Ieurre arriva accompagné de Gladys. Cette succession de visites ne parut pas transporter E. de joie. Ils entrèrent dans la chambre. A. connut alors une grande exaltation soudaine, fébrile :

« La poitrine que j'ai tétée il y a si longtemps s'est tarie, — Élisabeth pouffa nerveusement — et elle est retombée dans la poussière. (Quoeun me regarda, atterré.) Ceux qui m'ont fait, et qui disaient qu'ils m'aimaient, maintenant ils ne connaissent même plus mon nom : savez-vous qu'ils se sont évanouis dans la mort ? Comme le soleil fait de la neige ! Comme un coin de beurre dans la poêle ! — Tout ce qu'ils étaient, il a fondu dans le néant ! Je suis abandonné — cria-t-il alors — et où sont-ils ? Où sont les flocons tandis que l'été brille ? Et où sont-elles donc cachées, les guêpes, les fleurs, les mouches, les prunes, — pendant l'hiver ? »

Il avait l'air vraiment désemparé. Mais Quoeun, Gladys, ne le paraissaient pas moins. Élisabeth nous poussa hors de sa chambre.

Sa bouche tremblotait comme s'il allait pleurer. Elle resta auprès de lui.

Quoeun trouva cela si étrange, — encore que si commun. I. dit que le malheur poussait aux lieux communs. Quoeun releva l'antique *comment en effet ne pas*. La condition avait-elle cessé d'être commune ?, la mort assez insistante ?, la crainte moins immémoriale ? Était-ce vraiment tout à fait dénué de raison ?

Mais Élisabeth, le visage sombre, était revenue. Il s'était calmé. Il dormait. Gladys apporta les tasses, et défit un paquet de craquelins au sucre.

Puis Élisabeth servit le thé.

Lundi 15 janvier. Sortant de chez le boulanger. Ieurre radota. Que le terme était *atrabilaire*. Qu'il avait peu de facilité à mourir. Que le *cénobite* était devenu *anachorète*.

Je ne le saluai même pas.

Mardi 16 janvier.

Bauge m'appela : qu'il me conviait — avec Gladys et Ieurre — le vendredi au soir.

Je vis Marthe et E., faisant leurs courses, au marché de Buci.

« Rien à proprement parler n'angoisse, disait Marthe. C'est cela le plus terrible, cela qui terrifie, — le doute alors fondé à se porter de toutes parts. Peur panique rétrospective et prospective concernant tout. Quand l'angoisse a cédé on voit subitement, à le toucher, que rien de ce qui nous angoissait n'angoissait. Rien — c'est-à-dire le néant même à cette place.

« Les crises d'angoisse : des crises d'annihilation. Alors toute nature se dénature, toute vie meurt, tout perd pied, — des coupes claires, de violentes crises d'annihilation.

« Le malaise vient, continuait Marthe, la peur se développe à proportion qu'on l'attend. Une impatience presque trop patiente, insupportable, plongée dans l'incapacité de reconnaître ce qu'elle attend, — mais sa reconnaissance. Telle une sentinelle qui ne perçoit rien, qui ne décèle rien dans la nuit, mais hallucine la présence de ce qui la submerge et — son guet la suscitant — est sensible à sa progression pourtant inconnue...

« Sans doute cette menace tomberait-elle si au lieu de la guetter — de la prévenir —, on cherchait à l'accueillir ? »

Cet argument me laissa sceptique.

Mercredi 17 janvier. Je passai rue du Bac. Karl et W. s'étaient concertés pour venir.

« Partir, lui disait Wensleydale, aller aux U.S.A. »

Réponse héroïque de A. : « Je ne quitterai pas le bateau quand il verse. Je conserverai ma langue dans ma bouche. Je resterai calme : l'épée à la main. »

Karl s'adressant à Wensleydale : « Ne lui donnez donc pas de bons conseils, — pas de desseins directs, ce n'est jamais judicieux. Et s'il n'y a pas de cause, comment s'assurerait-on des effets ? Il faut dire que n'importe quelle absence de but et n'importe quel détour sont préférables à toute cible et à toute espérance. Le peintre Chany Ch'ao dit qu'il faut planter d'abord un arbre, pour que le chant des oiseaux s'élève. Et qu'en montrant des fleurs on voit venir les papillons.

— Tchouang-tseu dit mieux que tous vos recueils japonais — rétorqua Wensleydale — et de plus plantait avec un tout autre génie les arbres ! Vous avez un grand arbre — disait-il — et son inutilité vous torture, elle vous ôte le sommeil. Pourquoi ne le plantez-vous pas dans le pays du Néant et de l'Infini ? Tout le monde pourra se promener à loisir sous son ombrage, et s'y coucher à son aise.

« Je crois qu'il disait cela dans la campagne, dans la banlieue de la ville de Mong », conclut W.

Jeudi. E. me téléphona.

Il aurait dit qu'il ne pourrait pas se forcer à vivre durant des années et des années.

Vendredi 19 janvier. Gladys, Ieurre et moi allâmes dîner rue Suger.

Je ne connaissais pas l'appartement de Bauge ; les pièces en étaient mal éclairées et minuscules.

Après le dîner. Dans le petit salon — tapissé des centaines de Migne —, les petits crapauds se touchant presque. Bauge nous dit qu'il ne croyait pas en la « maladie » de A.

« C'est la petite pustule qui fait des remontrances au cancer généralisé », dit-il. Il était pour la *manière forte*, reprit-il. Et le mépris. Il évoqua une sombre scène — dans Trogue Pompée, nous dit-il — où les mères et les femmes des soldats de Cyrus, comme elles les voyaient reculer pas à pas devant l'armée d'Astyage, accourent soudain à eux, relèvent leurs robes et découvrant leur sexe leur demandent s'ils espèrent en fuyant retourner dans leur ventre. « Ainsi leur font-elles reprendre le combat, poursuivit-il. Les soldats assurent la victoire ; ils offrent à Cyrus Astyage prisonnier et vaincu. Bref, c'est *ut* où il faut *ne* », dit-il.

Ieurre prit aussitôt un ton sentencieux :

« A. — ce n'est que la faute d'un petit débutant ! Si cette langue n'était pas tombée en désuétude, il ne serait pas malade. L'emploi du participe futur dans l'interrogation indirecte appelle le subjonctif. Les Romains nommaient vagina le fourreau de leur sabre. Je me souviens d'un *sit moriturus* qui guérirait de tout... »

Je devenais nerveux. Je commençai à les haïr.

Je passai le samedi rue du Bac. Il était allongé sur son lit et me dit qu'il allait mourir. « Quand je n'aurais rien, me dit-il en tournant son regard vers moi, je sais que la mort, l'envie de la mort a délogé l'espoir. Absence de goût qui m'aura accaparé.

« La peur enfermée dans soi devient folle, ajouta-t-il. Se jette sur n'importe quoi. Sacrifie au hasard.

— Tout dépend peut-être du langage dont on use...

— Parce que — si je ne traduisais pas ce que j'éprouve — je ne l'éprouverais pas ?

— Du moins sa perception différerait peut-être. Regarde ce que dit Ieurre. Il prétend parfois qu'en parlant avec soin nous pourrions peut-être nous sentir couverts des pieds à la tête comme de neige...

— ... ou comme de suie. »

Nous nous tûmes un long moment.

« Une sorte de mauvaise loi issue de l'expérience — dit-il encore — semble en effet astreindre au sacrifice : il semble que nous ne pouvons pas accroître simultanément plusieurs biens auxquels nous aspirons dans le même temps, — et cela quand bien même ils seraient liés les uns aux autres par des liens étroits de dépendance. Une sorte de principe d'exclusion frappe les termes qui se trouvent secondaires, ou simplement dans une position antérieure ou postérieure dans l'ordre de la série.

— De même — me risquai-je à dire — c'est sans doute ainsi que les victimes étaient produites...

— ... et les femmes qu'on aime ! Mais tout ceci, c'est du Recroît », concéda-t-il.

Puis il me demanda de passer plus souvent le voir. De venir le lendemain. Il dit aussi :

« Le suicide, c'est une aspiration au vide. C'est le fin mot de la pensée. Le corps où le réel s'engouffre. Ce que plus aucun signe n'étaie, ni n'affuble. Le “ Rien du tout ! Rien du tout ! ” auquel concourt celui qui s'effondre et qui craque, — celui qui *s'épouse*, n'est-ce pas ? »

Dimanche au matin.

I. eut la bonté de me téléphoner que la cause de sa maladie était désormais transparente, — encore qu'il convînt du caractère tout à fait problématique de la guérison — parce qu'elle était désormais tout à fait *exprimable* : il avait — me confia-t-il — de l'*aversion pour la mort.*

Recroît passa me prendre à treize heures. Nous marchâmes un peu. Parlant de Ieurre : « C'est un *Classique Vaubourdolle* », dit-il.

Nous avons déjeuné ensemble. Puis je le quittai.

Je passai rue du Bac en fin d'après-midi. J'embrassai E. et D. qui « faisaient de la lecture ». Élisabeth leva la tête et me dit que T. E. Wensleydale était passé le voir après le déjeuner :

« Rien. Puis le bourgeon. Puis la fleur qui éclôt. Celle qui s'ouvre. Celle qui s'épanouit. Les pétales qui tombent, qui se recroquevillent, sèchent. Puis ils s'évanouissent dans l'espace... »

Et encore :

« Rien au monde n'est plus grand que l'extrémité du poil qui pousse aux animaux l'automne. Le Mont de T'ai est petit. Personne n'est plus âgé qu'un enfant mort. »

Élisabeth s'amusait beaucoup en rapportant cela.

Je frappai à la porte de sa chambre. Il était levé. Hélas les sermons de T. E. Wensleydale ne l'avaient pas si visiblement ragaillardi.

« Je ne crains pas d'être mort — me dit-il en substance. Je ne crains pas l'aube qui ne me *réveillera pas.* Ieurre n'a pas tout à fait tort. Je ne supporte pas très bien d'avoir à mourir, — la veille interminable de ma mort, la mélancolie, la *série crépusculaire...* Mort et mourir sont si éloignés l'un de l'autre, comme hétérogènes. Une mauvaise synonymie. Ou pour reprendre la vieille image — pas autrement que ne conviennent entre eux le Chien, constellation céleste, et le chien, animal aboyant ! »

Il n'aurait pas cessé tout ce mois de rabâcher, d'accumuler la niaiserie comme en un tas.

Cette obsession me parut tout à coup inusable :

« Cette lassitude inerte — dit-il — et qui n'est pas pourvue de sommeil, au bout de laquelle si on n'était pas si las on se détruirait. »

Et encore : « La peur et le silence dont je suis environné. »

« Comme cela est imminent !, ajouta-t-il.

— Mais en quoi donc cette proximité, cette étroitesse dans la proximité doit-elle modifier ce qu'elle côtoie ? », répondis-je avec impatience.

Mais il ne m'écoutait pas. Il se lamenta alors qu'il ne *laperait* plus dans les cuisses des femmes. Il délira. Ne pouvait-on aménager la mort ? Il dit que tout son malheur venait du classicisme. La résolution de Haydn. La peur qui lui était échue en partage jadis, à la première bouffée de l'air.

« Je ne me contrôle plus, reconnut-il. Je cours après un cent de bœufs que l'épouvante du feu a dispersés et rendus fous.

« Est-ce vrai que ce froid est tolérable ?

« Tout est calciné. C'est le vide — poursuivit-il en s'agitant. Je ne puis mettre un mot devant l'autre. Ma bouche ne coïncide plus avec ma voix, ma voix ne fait pas sonner exactement ce que j'ai conçu d'exprimer, et de toute façon ce que je conçois est loin de répondre à ce que je ressens. »

Puis criant, comme un petit enfant, et l'œil humide :

« Je n'en peux plus de ne pas mourir. J'ai peur de mourir. Je voudrais mourir. Vraiment mourir. Être débarrassé. »

Il évoqua ouvertement l'hypothèse d'un suicide. « Quand on est fait de morceaux qui ne durent pas — dit-il lentement, un peu plus tard, avec difficulté — et quand tout ce qu'on éprouve n'est ressenti que par ce défaut de durée qui nous le rend perceptible, on ne saurait souhaiter de demeurer toujours, parce qu'il nous est difficile de nous imaginer si contraires à nous-mêmes. » Je répondis qu'il n'y avait pas de raison frappante. Qu'on se tue toujours pour rien. Et, qu'on se tuât ou non, on mourrait de même. Comme on venait à naître, et qu'on criait alors dans la lumière du jour. Qu'il n'était pas possible dans ce cas de faire des distinctions. Je ne saurais donner quelque conseil que ce fût. La mort était la mort. C'était sans égard à l'instrument qui la donnait, sans regard aux circonstances qui l'entouraient.

Je demeurai un peu. N'osant partir sur ces mots. Je lançai le nom de D. Nous parlâmes un peu de D. Puis je le quittai.

Lundi 22 janvier. Je téléphonai à E. Karl avait appelé et était passé. Il avait été très gentil. Avait beaucoup *japonisé.* Il avait dit à A. :

« Je ne connais pas de remède pour ce qui passe avec le temps. Les jeunes filles font voltiger leurs manches blanches. »

Mercredi 24. D. jouait dans sa chambre. Élisabeth avait profité de ma venue pour partir à la galerie.

Acrimonie de A.

« La chance, ç'aurait été de mourir tout petit, quand on ne sait pas. » Je rétorquai qu'il y avait aussi bien quelque *chance* que cette science même résultât directement du fait de naître. Et que les tout petits enfants éprouvent des douleurs que nous n'imaginons plus.

Que la détresse, l'individuation, la séparation, la sexuation, l'absence, la souffrance, non seulement ils les ressentaient comme de première main, mais ils les découvraient dans une épouvante elle-même à l'état neuf : elles les traversaient de part en part et ils n'avaient pas moyen de se protéger d'elles, parce qu'ils ne les « reconnaissaient » même pas. Alors elles s'échangeaient véritablement à ce qui ne peut être anticipé, à ce qui est totalement inconnu, c'est-à-dire à ce qui est à la racine de la terreur elle-même.

« Mais tu m'apportes des réponses, dit-il sur un ton excédé et avec une certaine mauvaise foi. Or ce ne sont pas les réponses qui me font défaut, ce sont toutes les questions possibles qui me paraissent dénuées d'intérêt. Regarde donc ce qui t'entoure, ou bien regarde ce que tu es ! Cela se passe de commentaires. Les choses sont là, j'y suis, je vois tout cela avec calme, cela ne me pose aucune question, je n'ai pas le moindre “ problème ”. Et tout cela me laisse dans un profond désintérêt. »

Silence.

« Au nom de quoi, je te le demande, y a-t-il des poiriers, de la grêle qui tombe du ciel, et des Occidentaux ? »

Silence.

« Une larme sur une feuille qui pourrit au sol ou sur Hiroshima en flammes ? La fin du monde ou une dent de lait qu'on glisse avec soin sous l'oreiller ? La mort ou la contemplation indéfinie des couleurs si diverses des livres étagés aux rayons ? De la moutarde dans la confiture ou un sourire sur la face d'un enfant ou un point cancéreux dans la tête ou le soleil se reflétant dans l'eau... » Il reprit son souffle. Il eut un nouveau silence.

« En effet D. a perdu une dent de lait hier soir », ajouta-t-il.

Je lui dis au revoir. J'étais pour finir heureux de le trouver si littéraire, et pas particulièrement inquiet de l'ébriété et de l'indigence de l'invention.

Avant de partir j'allai trouver D. pour qu'il me montre ce que lui avait apporté la souris.

Jeudi. Je passai dans la soirée. A. parlait de façon embarrassée.

« Il ne me semble pas, si on les compare aux moments où l'angoisse en submergeant donne l'impression qu'on étouffe, lors de ces moments paniques et insensés que ces crises suscitent, — si on les compare à la violente envie où l'on est alors de mourir au plus tôt — que les instants de joie, et les journées les plus heureuses, ou lors des circonstances les plus réussies du plaisir, le désir de vivre atteigne jamais pareille intensité.

« La peur détache de tout. Des enfants même. Il en résulte l'impression insistante de commettre une faute. Hélas ce qui vous retranche de tout ne vous détache pas de soi, de l'amour de soi en quoi consiste pour une large part l'épouvante — qui ne vise bien sûr qu'à protéger de ce dont elle retranche, mais qui de ce fait en ôte le moyen.

« J'ai sué l'effroi. Et il m'est apparu que c'était pis que la vieillesse, la maladie, la solitude, la dernière des solitudes. Eh bien, je puis te jurer que quand nous nous approchons aussi près de ces racines de nous, nous ne découvrons aucune identité que ce soit.

« Il est nécessaire — reprit-il avec force, comme s'il tentait de me convaincre de l'impossible — que tout ce qui est désirable périsse, d'une part parce que la beauté est faite de destruction, d'autre part, parce que le désir repose entier sur la contrainte de la mort dans le temps. — Alors je m'exalte d'un sort que la moindre libellule, la plus petite larme de la pluie partagent, et partagent vite, et partagent muettement. » Il me dit aussi que la vie était trop longue.

Je fis valoir pauvrement que d'autres la réputaient trop courte. « Mais qu'il est dur d'être seul ! dit-il d'un air plus sombre et énigmatique. Du parfum de quelle femme ma chambre est-elle emplie ? — Comme les enfants qui se glissent au beau milieu de la nuit sous le drap, contre votre corps, parce que dans leur lit ils prétendent soudain qu'il faisait trop froid. »

J'insistai pour qu'il rencontrât Recroît : Otto avait

besoin de lui. — Qu'il rompît ce silence ridicule. Qu'il reprît un peu son travail. Peut-être un ou deux après-midi par semaine. Il me dit qu'un homme n'était pas malade du fait qu'il se tût. Qu'il avait *bien le droit* de se taire. Que pour un musicien c'était d'autant mieux venu. Je lui dis qu'il avait accoutumé de beaucoup parler et que son silence aussitôt rendait, si je pouvais dire, un son capable de désespérer ses amis. Il rétorqua que son fils était plus généreux. S'était accommodé à son silence sans lui en demander raison. Que sitôt l'enfant rentré de classe ils jouaient aux petits chevaux. Ou qu'il lui faisait repasser ses gammes. Qu'il paraissait enjoué, et qu'il ne le questionnait pas.

Il se tut plus longuement.

« La douleur est-elle nécessaire ? », demanda-t-il pitoyablement. Je ris. Je répondis que rien ne me paraissait très nécessaire. « C'est alors un paradoxe, reprit-il, qui est difficile à saisir. Car la douleur ne peut être longtemps supportée, c'est clair, que si on l'envisage nécessaire, et sinon indispensable au bonheur ou à un petit regain de santé, qu'au moins elle puisse être " réduite ", " utilisée ". Qu'elle se rende " utile " à autre chose qu'à la souffrance qu'elle inflige. L'abandon absolu, les supplices gratuits, la douleur sans personne qui la considère, ni qui y remédie, ni qui la justifie un jour, l'angoisse que rien ne règle, qu'aucun " équilibre de la vie " ne peut rééquilibrer nécessairement, qu'aucune santé ne vient rédimer d'une manière ou d'une autre, l'infinité éternelle de la souffrance à l'instant de la souffrance..., — ce sont des pensées qui ne sont pas supportables ! » — En quoi, répondis-je, la pensée serait-elle réconfort, support, ou secours ? Pourquoi lui faudrait-il *retaper* plutôt que *détraquer ?* — Et si rien n'était nécessaire, rien — concernant des créatures limitées par la mort — ne pouvait non plus être infini. Ne pouvait être d'une durée infinie.

Je me tus. Puis je repris qu'aussi bien le mal était un incroyable jugement, et que de même que l'absence de bienfaits conduit à l'absence de désastres, de même, s'il n'y avait pas d'utilité dans ce qu'on éprouve, son inutilité ne voulait rien dire, et du moins supposerait que le temps ne s'écoule pas, qu'au fil des jours des séries, des agrégats, des individus ne se constituent pas. Par là — s'il n'y avait aucune cause à la douleur des hommes vivants, pas plus que de raison qui vienne fonder leur joie — il n'y avait aucune immolation, si intense qu'elle soit, capable de réparer le désordre, aucune expérience susceptible de rééquilibrer un univers auquel il était bien ridicule de supposer de l'équilibre, et qu'aussi bien la tâche à laquelle il s'employait avec une telle opiniâtreté depuis quelques mois était particulièrement vaine. Ne consistait-elle pas tout entière à tenter en souffrant et en se sacrifiant des pieds à la tête de contenir la peur, et de prétendre rabouter sa vie en se tuant ?

Vendredi.

« Tiens, dit Ieurre en me voyant rue de Buci, voici le sieur de Marandé qui fait provision d'une botte de radis. Non seulement célibataire endurci, mais ascète à légumes ! »

Je pris ma couple de poireaux, mes carottes de

Créances, la botte de radis, payai, et m'enfuis à la hâte.

Samedi 27. Après leur partie d'échecs, Ieurre et R. passèrent me prendre pour aller chez A. Ce dernier ressassa comme jamais.

Élisabeth servit le thé et apporta un gâteau roulé encore tiède. A. refusa de prendre une part.

« Le monde ne me parle plus, dit-il. Tout cela ne me *dit* plus rien...

— J'espère bien, répondit R. Et en quoi " tout cela ", précisément, s'est-il jamais démis de son silence ? Du non-sens, du sans-raison, du sans-voix de ce qui est ? Depuis tout ce temps que l'on dit, tout au contraire, que la parole a partie remarquablement liée avec ce qui n'est pas. Et avec les mensonges et les signes... »

Il tourna son visage vers R.

« Il n'y a pas d'issue, n'est-ce pas ?, lui dit-il.

— Il n'y a que cela, lui répondit Recroît. L'eau de toutes parts, la cahute qui est ouverte à tous les vents, la condamnation à l'issue.

— Alors on ne peut s'appuyer sur rien...

— C'est faux. C'est le plus sûr étai. Cela ne lâche pas même si le secours ainsi offert est sans nul doute plus qu'improbable. Le moyen que ce qui est totalement précaire vous abandonne jamais ?

— Le ciel est vide, nous sommes sans modèle, et toute référence fait défaut. La nature est un mythe à la fois urbain et social qu'à peu près toutes les cultures inventent, mais sur un patron absolument divers, et elles-mêmes sont d'une diversité intotalisable, et sont chimériques. Elles sont aussi précaires. Et plus incompréhensibles encore qu'elles sont précaires. Même les sciences, qui sont de grandes sources de puissance, ne mesurent plus aucune vérité.

— Cinq portes *ouvertes* te rendent lyrique.

— Plus de repère, plus de repaire, dit I. en accentuant comme une duègne maniérée.

— Le havre c'est cette plaie — dit R. — qu'enfin vous rouvririez, dont vous écarteriez les lèvres, dégageant toutes ces boues de sang souillées de temps, de souvenirs, de culture, et que vous remueriez un peu.

— Curieux projet pour un jardin d'Éden. »

R. accumula alors les lieux communs, et Ieurre se prêta sans doute trop volontiers à ce jeu.

« Que tout était nettement précaire, et pas provisoirement précaire.

— Tuer pour ne pas mourir.

— Il te faudrait une bonne vengeance.

— Écoutez ceci, qui vous émouvra, dit Ieurre en reprenant une part de gâteau roulé.

— Tu manques de bouc émissaire.

— Posons qu'il en soit ainsi, dit Ieurre.

— Tuer, pour ne pas être tué. Tous contre un, pour être ensemble.

— C'est magnifique, dit Ieurre. Les propos de Recroît, c'est de la nourriture frite au beurre, un vrai repas de dimanche !

— Combien, comme nous rions, nous sommes égoïstes et inconscients, dit A.

— Combien, comme nous pleurons, nous sommes narcissiques, ou bien des moralisateurs risibles, répondit R. — Que personne ne s'invente des fins qu'il aurait à poursuivre. Qu'il ne fonde aucune de ses préférences. Tout seul il ne révère aucune idole, ni n'est exactement l'auteur des actes qu'il prétend commettre. Aussi bien n'en est-il pas tout à fait le sujet. »

Ieurre trouva cela obscur et, plus clairement, hors sujet. R. répliqua que quand cela serait tout à fait clair, alors ce serait de plus en plus impénétrable, inexplicable. C'était moins de la carence du sens qu'il fallait se plaindre que de l'abondance des explications. Il n'y avait pas d'interprétation délirante parce que toute interprétation était délire. Telles les langues dont le défaut ne procède pas d'elles-mêmes, mais naît de leur nombre, de l'impossible addition de toutes pour *faire un monde*. Il n'y avait pas un *tout* pour rassembler ces *touts*. Un certain nombre de langues qui usent d'un alphabet identique, selon l'ordre de ces lettres entre elles, la grammaire qu'on utilise, le dictionnaire dont on se sert, on lit des livres qui sont étrangers.

« Il y a reinette et rainette, ajouta Ieurre, arbre et mare, si vertes qu'elles puissent être, d'un tacheté semblable, — et une qui choit quand l'autre plonge. »

R. — s'irritant sans doute de ces lourds et insistants sarcasmes de Ieurre — s'interrompit ; il consacra la demie d'une heure à supputer les suites possibles de la « lettre à Otto » — que A. disait avoir finalement écrite — et les réactions auxquelles elle ne manquerait pas de donner cours.

A. — sous l'effet des drogues — versait au sommeil. Nous le laissâmes. Nous embrassâmes Élisabeth et l'enfant. Je convins avec R. que nous passerions ensemble la soirée de lundi.

Dimanche 28. J'invitai Thomas à l'occasion de sa fête. Il ne trouvait toujours pas d'emploi. Il avait toutefois une manière d'espoir lointain.

Th. me dit qu'il l'avait vu chez Marthe à midi. Que rien ne lui paraissait plus poignant que le visage d'un homme qui souffre et qui contient ce qu'il éprouve. Et qui tâche désespérément à vous divertir de l'impression qu'il donne. Que la vue de celui qui réprime un sanglot brise le cœur — on voit des lèvres ou un menton qui frémit et on est bouleversé —, quand la vision de ses larmes susciterait le dégoût, et de la réprobation, ou une colère qu'un rien saurait exaspérer. Il me dit qu'il avait trouvé A. plus beau que jamais. Il y avait peu de chances, lui semblait-il, qu'il sortît de nouveau.

Lundi 29 janvier. R. passa me prendre. Nous dînâmes sur la rive droite.

Recroît me dit que Otto v. B. l'avait appelé dimanche. Que A. avait écrit à Otto qu'il renonçait au projet qu'ils avaient élaboré ensemble, que tout ce qu'il avait fait jusqu'ici était égal à zéro, que tout ce qu'il pourrait dire ou composer désormais ne pourrait plus l'intéresser, — que depuis des années ils avaient travaillé *pour rien*.

Sitôt qu'il avait reçu la lettre de A., Otto s'était précipité rue du Bac, en proie à une vive exaltation, refusa de voir la figure sinistre qu'il lui offrait, et lui assena d'une traite, et dans un débit germanique et tumultueux, un extraordinaire sermon.

Il lui cria que les arguments qu'il avançait dans sa lettre n'avaient pas le sens, que c'était avec joie qu'il nous fallait prendre conscience que depuis la nuit des temps des animaux peu velus et d'une assiette assurément chancelante et drolatique avaient en effet thésaurisé cailloux et bouts de ficelle dans le dessein invraisemblable de tromper la peur et de décourager l'ennui. Et qu'ils n'y étaient pas parvenus ; et claudiquaient toujours les fesses désespérément remontées, la voix enflée et le sexe ballant. Qu'on avait toujours travaillé à rien, et pour rien. Même, se mit-il à hurler, nous devions puiser dans cette idée une sorte de réconfort. Que si nous avions jamais trouvé à qui nous adresser, et quoi faire, que si ce que nous exprimions avait pu exactement s'échanger à ce que nous éprouvions, avait pu exactement être communiqué à celui qui nous écoutait ou lisait, que s'il y avait jamais eu quelque utilité dans nos actions, quelque rédemption au terme de nos vies, quelque sens que ce fût dans les pensées que nous formulions — et même quelque conscience que ce soit au bout de la pensée —, c'était alors qu'il nous aurait fallu parler sur-le-champ d'imposture. Les livres, les partitions, s'ils avaient été utiles, seraient des objets de dérision. Nous n'aurions plus qu'à transformer nos désirs en besoins, et à les satisfaire. Nous n'aurions plus à mourir, à parler, à écrire, et peut-être à aimer. Les mots de séparation, d'angoisse, d'individuation, d'abandon, — la sexuation pourtant si visible sur l'espace de nos corps —, toutes absences seraient illico des notions irréelles et de part en part incompréhensibles. « Non, s'exclama-t-il, c'est pour que ce *rien* persiste, pour que ces opérations de destruction, d'intensification, de sacrifice se multiplient et ouvrent enfin au mouvement qui les porte ceux qui y donnent cours, et à quoi ils s'emploient depuis qu'ils sont ! Qui préserverait l'utilité de l'inutilité ? La symétrie de la naissance ? Et le retour à rien ? » — Seul travailler « pour rien » préservait ce pouvoir, protégeait cette force débile, relevait le tout à fait gauche défi, qualifiait même l'autodestruction — tellement chaleureuse, n'est-ce pas, tellement chaleureuse — à laquelle leurs vies, comme toutes les vies, s'étaient un jour soumises.

Mardi 30. Quoeun vint consulter de vieux livres chez moi. Au début de l'après-midi nous arrivâmes rue du Bac. A. était levé et vêtu. Nous sortîmes tous trois aux Tuileries. La première fois depuis l'automne.

« Les mots ne veulent rien dire, dit-il.

— N'exagérez pas, dit Quoeun. Ils ne veulent pas dire grand-chose, mais ils le disent.

— Prenez le mot de *majesté*. Je vous mets au défi de lui trouver un sens. Un exemple qui l'éclaire. »

Q. se mit à réfléchir. Mais A. le devança et convint de lui-même que ce mot avait eu un sens pour lui lors de vacances d'hiver passées, enfant, en Écosse, devant la mer, un après-midi de tempête, dans l'obscurité, et le vent en rage. « J'ai de moins en moins de courage », dit-il alors sans raison.

Il s'assit sur un banc de pierre mouillé, près d'une sombre statue représentant une femme rongée et voluptueuse.

« Je me traîne, dit-il. Je n'ai pas de cesse que je ne m'assoie. »

Quoeun s'efforça de lui expliquer en riant que ces émotions, ces séquelles d'extases lors des promenades dans la campagne ou dans les jardins étaient dues aux *herbes de fourvoiement*, dont le seul contact était capable d'égarer le voyageur, ou bien de rendre fou. Mais A. tremblait, transpirait. Il fallut partir. Quoeun nous quitta.

Je raccompagnai A. rue du Bac. La neige se mit à tomber. Je le poussai à presser le pas. A. demanda pourquoi il ne pouvait comme elle tomber avec une placidité aussi indifférente, un tel silence, cette puissance matérielle, blanche, qui ensevelit tout. Pourquoi il ne pouvait tomber comme elle, c'est-à-dire sans désespoir, sans espoir ? — Puis il eut un accès d'angoisse. Avec un empressement ridicule, il voulait presque courir pour rentrer.

De retour chez lui : « Je ne trouve de repos qu'auprès de D. devant qui je m'efforce de faire bonne figure et parce qu'il me faut faire attention à le laisser gagner au jeu des sept familles. »

Silence.

« Mais sitôt ces jeux terminés, et D. dans son bain ou à table, le vide est d'autant plus vertigineux, l'angoisse asphyxiante. »

Mercredi 31 janvier.

Marthe m'appela : Paul filait, dit-elle, un *parfait amour*. Je n'allai pas voir A. dans l'après-midi. Je ne fis rien.

Je songeai à la tête grisonnante de Ieurre. Aux cheveux blancs de Wensleydale.

Dans la soirée E. m'appela. A. s'était plaint que je ne fusse pas venu. Tout le jour il avait eu le visage tiré, l'allure éreintée, un air d'écœurement, un sec rire bref. Les nerfs à vif.

Il disait qu'il était oppressé jusqu'à la suffocation. Que rien ne le détournait de sa peur. Si vaine qu'elle nous parût.

Qu'il n'avait pas dîné. Que — après qu'ils s'étaient mis à table — il lui avait dit qu'il n'avait pas la force de remuer les doigts.

CHAPITRE III

Vendredi 2 février. Ieurre vint me trouver, un peu hagard. Il avait rompu avec Florence.

« Je me suis exagéré le charme qu'exerçait un visage », dit-il. Suivirent des insultes. De pauvres calomnies.

La langue avait accaparé I. Un beau jour. Tout à coup. Selon le mot étrange de R. : « un sac de blé dans un coin du hangar en attendant la hausse des cours ». La langue était l'ombre immense d'un père jetée sur lui, qu'il fallait se concilier à chaque instant pour *tenir.*

C'était de fait indigent. Une demande d'aumône. Les pouvoirs que cette haute et vaste ombre détenait étaient si absolus qu'il n'y avait même plus lieu de gagner son affection ou de jouer dans ses genoux. Tel paraissait être son stratagème, sa pelote de ficelle afin qu'il tienne sur les pieds, et que l'épouvante n'emporte pas. Le corps tout pantelant. Il témoignait que l'usage le plus rigoureux et le plus raffiné d'une langue était marmiteux, misérable.

Dimanche 4. J'appelai V., lui souhaitai une journée de fête heureuse.

Gladys était alitée. I. passa. R. m'appela. Nous convînmes de nous retrouver rue du Bac.

Vers seize heures. A. dit qu'il avait rêvé qu'il ne souhaitait plus vivre, mais que pourtant, dans son rêve, il attendait le printemps, et qu'il partait entendre une dernière fois le *gueilleusement* des oiseaux. Ieurre prétendit que ce n'était pas français. Il termina sa phrase d'une façon particulièrement ridicule : « Avisez-y, dit-il deux fois après qu'il nous eut tancés et sermonnés, avisez-y. » Mais A. remontra que la forme était attestée dans le Dauphiné. Et plus saisissante que tous les *gazouillis* de sa grammaire.

« N'importe, — ajouta-t-il — pardon ! Je suis soûl de moi. Plaie de l'égoïsme où le malheur plonge.

— *Égoïste* n'a été enregistré qu'en 1762 — dit Ieurre — en même temps que *patriotisme.* Deux horreurs.

— Cela suffit, dit R.

— Mais quel taon vous point ? », fit Ieurre avec un air outré.

R. se tourna vers A. :

« Ne dites pas des choses comme cela. Ne cherchez pas à vous détourner de ce qui vous arrive. Dites-vous que...

— Mais je n'en ai même plus le désir ! Seul le désir d'une réponse déclencherait une question. Les questionneurs, les moralistes, les Recroît... Toute interrogation suppose la foi, le sentiment d'un manque, la sensation d'un besoin. Moi, je n'ai pas la foi ! La feindre même me paraît impossible. Et puis celui qui détermine le but, il n'a pas de but ! J'imagine que ceux qui inventaient les dieux souffraient intolérablement de leur incroyance, et ils n'avaient alors aucun moyen de tromper l'état de délaissement...

— Qu'en savez-vous ?

— Rien de ce qu'on éprouve n'est interprétable. Pourquoi vouloir mourir ?

— Arrête.

— Pas plus que je ne comprends qu'on puisse donner le pas à la vie sur la mort, — comment peut-on *préférer* la mort à la vie ?... L'existence d'un livre, une montagne, une époque, le sable, un jeu de cinquante-deux cartes, un tremblement de terre, un homme, sont des choses arbitraires. »

Nous ne dîmes mot. Ieurre haussa les épaules.

Recroît continua de sermonner :

« La généralisation d'un cancer, la floraison d'une fleur, une femme engrossée, une épidémie de choléra, la mort de l'enfant qu'on aime, sont des phénomènes naturels.

— Cela suffit, dit enfin E.

— Il adore la parataxe », dit Ieurre.

Mais E. dit que cela ne témoignait pas d'un très bon goût.

Lundi 5 février. J'allai avec Ieurre chez R.

I. me disait qu'il avait quitté Florence — Bauge m'avait pourtant laissé entendre que c'était Florence qui l'avait quitté — parce qu'elle employait les « à ce que ». Et pis encore : les « de manière à ce que ».

Il lui aurait dit qu'il aimait qu'on parlât bien sa

langue — et non *à ce qu*'on la parlât de façon incorrecte. Que quand il l'avait rencontrée il ne s'attendait pas qu'elle commît des fautes aussi insistantes et aussi régulières dès qu'elle ouvrirait la bouche — et non *à ce qu*'elle s'attachât à les multiplier et s'en fît gloire. Qu'il ne consentait pas, quelque désir qu'elle en eût, qu'elle le revît jamais — et non *à ce qu*'ils se revoient et s'aiment comme si de rien n'était.

Il me confia aussi qu'elle l'aimait beaucoup, mais dans la tête. Elle l'aimait, me dit-il, *à ce qu*'elle croyait. Bref, c'était une *drôlesse.* Sans doute ne disconvenait-il pas qu'il était peu de femmes mieux *membrues*, mais que je ne pouvais imaginer combien elle était *manchote* en amour.

Il se vengeait comme il pouvait. Je coupai court.

Je passai rue du Bac à sept heures. E. m'accueillit en me disant que A. était chez Marthe. D. s'apprêtait à partir à la montagne avec les parents de E. — le mercredi au soir. Il était dans une grande excitation. Il me montra ses bottes, ses combinaisons, ses bonnets ; il voulut les enfiler devant moi. C'étaient de grands motifs de joie.

Karl avait visité A. au début de l'après-midi. Lui avait prêché une résignation toute bouddhique. Élisabeth racontait ceci fort bien. De surcroît en riant :

« Les huit adversités sont la naissance, les cent maladies, les progrès du vieillissement, la mort, la séparation d'avec ceux que nous aimons, la proximité de ceux que nous ne supportons pas, les désirs que nous ne pouvons assouvir, l'asservissement à ce qui a une forme, c'est-à-dire la sujétion à ce qui est ressenti, c'est-à-dire la domination de ce qui est perçu, c'est-à-dire l'atroce tyrannie qu'exerce ce qui pousse à agir et à prendre conscience. »

Tel aurait été le remède proposé par Karl. Mais A. ne semblait pas avoir trouvé le tao. Encore que tout le déluge des « citations japonaises » ait eu un effet bienfaisant : A. avait consenti à se raser et à s'habiller. Et il était parti rue des Bernardins.

Mardi 6 février. Gladys n'était pas mieux. Ieurre me dit qu'elle devait accoucher vers la fin mai. Parla de Florence. Calomnia autant qu'il fut capable. Ieurre prétendit — usant d'une expression pour un puriste assez inquiétante — que Florence faisait collection des sexes d'hommes. Elle aurait calculé au millimètre près les *calibres* divers. Elle aurait construit des tables d'une classification ingénieuse, dont elle aurait déduit des sources de plaisir spécifiques. Elle en parlait longuement et savamment. Longueur et science propres à ôter de la puissance. C'était en quoi elle dérobait en effet les sexes dont elle avait pris la mesure.

Il ruminait sa peine en l'insultant.

Il dit qu'il l'avait toujours assaillie par-derrière.

Ieurre continua en disant que tout soudain, le prenant au dépourvu, elle avait l'air empêtré des adolescentes. Se persuadait qu'elle était risible ; coiffure défaite, nez tout à coup prépondérant, bas en tire-bouchon. « Mon désir de la quitter quand elle présentait ce visage accroissait sa gaucherie. Sa jalousie, ses questionnements s'exaspéraient. Sa voix empruntait des inflexions vicieuses, prétentieuses, et comme elle faisait effort pour les contenir, elle les multipliait soudain par saccades. — Et comme elle faisait tout pour me conserver auprès d'elle, me retenir pour un bout de la nuit, la moindre caresse, la plus tendre flatterie me donnaient l'envie de l'humilier un *bon coup*. De m'enfuir. »

Mercredi 7. Élisabeth m'appela. Me raconta la dernière *invention* du petit D. Durant l'après-midi A. était resté dans sa chambre à dormir. Elle avait laissé D. jouer dans sa chambre en lui disant qu'elle partait quelques instants pour acheter de quoi dîner. En rentrant elle ne le trouva pas ; elle éveilla A., qui n'était au courant de rien et se mit à chercher en délirant. Au bout d'une dizaine de minutes ils ne l'avaient pas trouvé. E. avait cherché à plusieurs reprises dans le petit salon, en pleurant, en criant son nom à tue-tête.

Finalement il sortit, ravi, de la penderie du petit salon. Et avec un air si radieux, si content de lui sur le visage, qu'elle lui avait donné une vigoureuse fessée. Visiblement, me dit Élisabeth, il avait feint de ne pas entendre et les avait laissés remuer fonds et combles comme s'ils eussent tout simplement, tous trois, voulu jouer à cache-cache ou à coucou-boulitte.

Vers sept heures, je passai rue du Bac embrasser D. avant son départ. En attendant que le dîner fût prêt je jouai avec lui et — comme le jeu s'y prêtait — je lui dis tout à coup :

« Celui-ci est caché derrière la maison. Peut-être ne veut-il pas qu'on le retrouve ?

— J'aimais bien, me répondit D. avec fierté (et curieusement : comme s'il savait que je savais) qu'elle ne m'ait pas trouvé tout de suite. J'étais mort, et j'étais très content qu'elle me cherche, qu'elle pleure, et qu'elle m'aime. »

Il passa à table. Je lui dis au revoir. Je lui souhaitai une bonne neige, plusieurs étoiles.

Jeudi 8 février. Ieurre m'appela. Florence publiait sur lui des vérités variées, des noms dignes de tous les noms. « N'importe, je divulguerai sa perfidie », me dit-il. Que c'était une fille qui contemplait le loup.

Que c'était un *tournedos.*

Je ne parvins pas à le calmer.

Dimanche 11 février. Je passai rue du Bac vers cinq heures. Il était levé. Ieurre travaillait avec Élisabeth, dans le salon.

« Je ne parviens pas à résigner le petit moi, dit A. À renoncer à l'idée de bonheur. À accueillir tout, jusqu'à l'efficience de la mort personnelle comme don, joie, chance.

— Rien de pire que la pensée de la renonciation, dit E.

— Du *renoncement* », corrigea Ieurre.

A. se leva et m'entraîna dans sa chambre. Il dit que ses mains — comme il les approchait du clavier — tremblaient, ou devenaient rigides, comme gourdes, comme prises de rhumatismes.

Il dit encore : « Atteindre un dénuement tel qu'il serait peut-être la seule sorte d'hospitalité au réel. Le seul acquiescement à tout cet inintelligible qui est épars devant nous et en nous. Et une sorte simple d'amour de la mort. Une sorte d'abandon à cela sans sauvegarde, nous simplifiant jusqu'à nous épouser nous-mêmes, jusqu'à nous échanger au néant à la fin. »

Je me taisais. Je parus peut-être un peu hébété :

« Je suis tellement fatigué, me dit-il. La pensée ne peut atteindre la région d'une telle lassitude. Une telle lassitude, qui n'a même pas la force de se percevoir, n'a pas la force de penser. »

Il dit encore :

« Je n'en peux plus. Je ne peux pas tout affronter. J'ai devant moi à la fois le sanglier de l'Érymanthe, le lion de Némée, les oiseaux du lac Stymphale. Tromper l'ennui. Fatiguer la peur. Tuer le temps. Ces tâches sont-elles même possibles ? Sont-elles possibles ?

— C'est possible. Elles sont possibles. »

Je le rassurai. Puis, dans le silence qui s'installait de nouveau, je pensai que je n'étais pas sûr que ce fût *tout à fait* possible. C'était *à peu de chose près* possible. La mort aurait été ce *peu de chose,* ce défaut de chose auprès de quoi nous ne faisions pas vraiment bonne figure, auprès de quoi nous ne faisions *aucune figure,* et de la considération de quoi pas une tête d'homme ne parvenait tout à fait à se détourner.

Mais je remarquai les images scolaires, les restes de mythologie. Je me réjouis de ce goût de faire des phrases. De donner beau.

Lundi 12 février. Dîner chez R.

Marthe raconta que son fils était éperdument amoureux d'une jeune fille délicieuse — N. — et qui habitait une rue du XVIe arrondissement au nom d'ailleurs très romantique : la rue Chalgrin. Un nom de rue qui conviendrait si bien à A. ! Elle se tourna vers moi et me demanda des nouvelles du petit D. Je répondis qu'il était parti en Savoie.

« Qu'il était parti *pour* la Savoie, reprit Ieurre. Et qu'il y était. »

Au cours du dîner nous parlâmes musique. La conversation revint aussitôt sur A. Longue théorie de Ieurre :

« Il faut s'inventer de temps à autre de la haine et lui fournir au hasard quelque aliment. La haine rend perspicace la pensée, et agrandit le volume des poumons. Il faut aussi préserver l'orgueil et le mépris, l'un pour faire pendant à l'humilité, l'autre pour renouveler le sacrifice. La méchanceté aussi procure des joies, et elle permet de réveiller la conversation, quand elle s'endort, et de dérider les amis tout en renforçant la solidarité générale. La bonté est perverse, elle souille l'âme de valeurs, le désir de la conquête la nourrit, et elle est pleine de cautèle et de fourberie parce qu'elle est pleine de motifs et de desseins. L'amour est ivre, naïf, discourtois, et cruel. » Etc.

Cela dura un bon quart d'heure. Je demandai pourquoi un tel éloge de la violence ? C'est-à-dire pourquoi tant de morale ?

« Il y a peu de grandes vertus, dit R. La courtoisie

en effet. Puis la haine comprimée. La passion sans conviction.

— Vous appelez vertus les sentiments dont l'hospitalité fait une obligation. Mondain ! Célibataire ! »

Marthe parlait avec moi. Ieurre se tourna vers moi en hurlant :

« C'est vous à qui je parle. »

J'eus l'air stupide. Je ne comprenais plus ce qui se passait.

« C'est à peu près cela — dit R. ajoutant à ma confusion —, il faut que ce qui nous est le plus inconnu, l'accueil que nous lui réservons ne le transforme pas. Dans ce sens la vraie hospitalité consisterait dans l'incapacité à accueillir.

— Les vices, ce seraient alors la persuasion, la sincérité, les exigences de l'affection...

— Oui.

— Non. Ou alors un seul : l'idée de compréhension, qui est une présomption insupportable, et d'un mépris, d'une morgue..., dit R.

— Nous sommes tous des bavards, dit Marthe.

— Des haut-parleurs », dit lentement Ieurre en ébouriffant ses cheveux avec satisfaction.

Le 13. Élisabeth m'appela. Elle avait des nouvelles de D. Deux cartes postales reçues le même jour. Qu'il avait eu un deuxième flocon. Qu'il avait construit un château dans la neige mais que le temps s'était gâté avant qu'il le finît, — lui avait écrit sa mère.

D. avait crié après la pluie, qui détruisait la construction de neige.

Je demandai des nouvelles de A. Élisabeth dit qu'il continuait à avoir la tête « déboîtée ».

Le mercredi 14. J'allai voir le petit D. Je montai le vieil escalier humide. Je sonnai. Élisabeth m'ouvrit, me dit que A. n'allait pas fort. J'allai embrasser le petit D. dans le salon : il était d'une couleur merveilleuse et jouait à attacher les uns aux autres tous fauteuils, table, guéridon, piano, pupitres chaises à l'aide de ficelles. Je passai dans la chambre de A. Il était allongé sur le lit, se mit en me voyant à genoux sur la couverture, tendant la main vers moi, les traits décomposés par la frayeur. « Tu n'aurais pas dû venir, me dit-il. Je ne vais pas pouvoir parler. » Il se plaignit rituellement : la fébrilité incoercible, l'angoisse dans la gorge, le ventre étreint de peur, ses sourcils en bataille et cassants, la virulence des coliques, tremblements des membres, battements du cœur, nuque qui brûlait, vertiges, insomnie, la certitude que toute chance était passée, que tout était fini, le goût enfin qui ne revenait pas... « C'est nerveux, c'est nerveux — répétait-il — mais j'ai mal. » Je m'assis sur le lit, commençai par plaisanter, brocardai leurre. Il m'interrompit brusquement, le regard laid, humide, cherchant à apitoyer :

« J'ai peur, dit-il.

— Tu as pris des médicaments.

— Oui.

— Cela ne te fait rien ?

— Non.

— De quoi as-tu peur ?

— De rien. De rien. Je n'en peux plus. J'ai peur. J'ai peur. J'ai follement envie de mourir. Je n'en sortirai jamais...

— Je t'en prie. Tu es *frit*, n'est-ce pas ? Tu es *cuit*, n'est-ce pas ? Tu es *foutu*, n'est-ce pas ? Tu es *fini*, n'est-ce pas ?

— Oui. »

Mais il ne sourit pas. Puis, peu après :

« Tu ne connais pas un moyen de faire passer...

— La peur ? Le temps ?

— Oui.

— Les astuces, A. L'antique tradition d'astuces... »

Je le quittai vers sept heures. Le petit D. m'attendait dans l'entrée couvert d'épingles de nourrice retenant de multiples médailles, décorations, bouts de papier coloriés et authentiques petits flocons. Fier comme un paon, ou Artaban aux pieds de Cléopâtre. Plastronnant comme un académicien, ou un garde mobile. Grand dépendeur d'andouilles, etc.

Jeudi 15 février. Je rencontrai Ieurre en rentrant chez moi.

Ieurre de Florence : « Elle pourrit sur son ordure. » Elle « rôtissait le balai ». Qu'elle était de ces femmes à dire qu'elles avaient été honorées quand leur mari les avait prises.

Vendredi T. E. Wensleydale m'appela. Le piano était accordé. Il nous attendait lundi.

Il avait prévenu chacun d'entre nous.

Samedi 17 février. Je passai voir A. Une nouvelle fois il souhaitait ne pas venir chez Wensleydale. A. me dit : « C'est la dégringolade. » Avec une certaine mauvaise foi je conclus qu'il allait mieux. Qu'il faisait des efforts dans l'emploi de sa langue. Oui, il fallait qu'il fût là. Nous avions besoin de lui pour mettre en place les quatuors, pour jouer les trios post-londoniens, pour maîtriser les passages qui étaient difficiles. Nous diriger. Élisabeth me secourut, gronda.

Il dit qu'il irait.

Puis il continua à deviser longuement, complaisamment.

« Ça flotte vigoureusement », dit-il. Qu'il touchait au doigt le hasard foncier, qui ne se prédique pas, qui ne fonde rien, et qu'on n'anticipe pas, et dont on ne peut même pas dire qu'il ne cesse pas.

« Un grand vide est à la place de chaque chose. Il est possible de donner congé à tout. Lassitude irrémédiable, que gagne l'idée de la mort, qui envie la mort, l'état des morts. Être mort.

« De quoi attendre du secours ?

« Quel emplâtre ? Quel baume ?

« Quelles cendres ?

« Ce qui avait raison de nous n'était rien. A la fois, c'était le sans-raison, et c'était le rien.

« Je cherche un os à ronger. »

Washington's Birthday.

Je passai avec Marthe rue du Bac. A. était prêt, et relativement bien. Élisabeth ne savait comment se mettre, hésitait entre deux robes. Vint se montrer à nous dans une robe bleue qui la rendait très grave. Elle redoutait, dit-elle, de paraître *jeune fille.* Je dus prêter serment que le bleu foncé lui siérait, et qu'elle n'aurait pas l'air d'une écolière.

Nous arrivâmes chez Wensleydale parmi les premiers. Quoeun était là. Thomas et Recroît vinrent ensemble. Karl arriva avec Ieurre et Gladys. Nous passâmes précipitamment à table.

Marthe dit que Paul n'avait jamais été aussi heureux. Nous dit dans quelle exaltation l'amour le plongeait. Ieurre s'indigna. Prétendit qu'il fallait se méfier de l'amour, du bonheur, de tous les mots qui présentaient une *élasticité* excessive. Recroît emboîta le pas. Qu'un mot qui laissait accroire un sens absolu, c'était un brasier de naufrageurs. Il se prit à décrire ces feux allumés sur les côtes dans la direction des récifs les nuits de grand-pluies ou de tempêtes, et qui étaient censés égarer les marins par l'apparence d'un phare.

« Mais pourquoi ranger l'amour sous la rubrique des naufrages ?, demanda Élisabeth. Et pourquoi le compter systématiquement au nombre des appétits terrifiants et des hontes intenses ?

— Ce n'est pas moi qui fais l'antiquité de ces images, repartit Ieurre, et ce n'est quand même pas à mes cheveux blancs que l'on va imputer le très " terrible orage " ! Mais à vrai dire je ne les trouve point si sottes pour définir l'inquiétude, la tempête, et l'angoisse qui font le propre de l'amour.

— Non, répliqua E. L'amour n'est pas l'angoisse ni la haine, la peur ni la guerre, ni le manque. Et quel est-il le plus ordinairement, le plus communément, sinon une compagnie franche de toute société, le lien même du plaisir, et auquel contribuent la liberté de se montrer sans apprêt, de se parler à découvert, la joie des corps, la possibilité soudain offerte de ne plus déguiser, ni revêtir ?

— Mais non, dit Ieurre, le plus beau désir ne se vante que d'un manque dans l'âme. De la frustration dans les muscles et de l'ancienne absence qui font tout ce qui l'anime.

— Hélas, fit Gladys.

— Je vous en prie — dit Ieurre ; nous aimer comme le dit Élisabeth est une invention que la fin du XVIIIe siècle a conçue ! Cette malencontreuse idée d'une extraordinaire communication de l'un à l'autre et qui soit sans réserve ! C'est une fièvre maligne : le mouvement qui consiste à tout confier de soi, la tendresse... Le plaisir de donner le plaisir, les peines tempérées, les frayeurs avouées, le désir de vivre et l'espérance de demeurer ensemble... N'est-ce pas une disposition sans équivoque au malheur ?... Les souvenirs les plus ressassants, la chaleur la plus attentive, les sommeils interdits, une exaltation sans repos, le sentiment d'une sorte de fête, une trémulation de tout instant et qui triompherait de l'ennui ! »

Élisabeth haussa les épaules.

« C'est une caricature, dit-elle à Gladys.

— C'est une caricature, répondit Gladys.

— Ieurre n'a pas tout à fait tort, pourtant », dit R.

Il prêta serment qu'il ne se marierait jamais. Que ce n'est pas en nous liant pour toujours que nous serions heureux, comme deux corps mis sous un joug d'attelage et gémissant dans la peur de mourir, et dans la peur en effet de ne pas mourir au même moment, et côte à côte. Que ce n'était pas exactement comme les parties jointes, et les livres. Que ce n'était pas en rentrant en nous-mêmes, en nous assujettissant les uns les autres, en nous enfermant dans une chambre porte close, feu ardent, fenêtres aveuglées dans l'hiver, que nous trouverions le repos. « Car en nous-mêmes il n'y a rien, dit-il, sinon l'ennui que l'oisiveté ou bien la solitude entraîne, les chimères que suscite le néant, et la terreur qu'inspire le vide, les cris que provoque le silence, et l'épouvante de la mort. » Marthe se tourna vers A. : aussi fallait-il être ici, sortir, toucher les choses, se heurter aux êtres, inspirer l'air, tenter de mettre les deux pieds sur une espèce de terre, et côtoyer un peu de ce qu'on nomme le monde.

« C'est se divertir de la mort, dit R., si ce n'est pas la tromper. Renoncer à tout n'en protègerait pas.

— Tout au contraire, dit Marthe, il semble souvent que le renoncement renforce la passion à laquelle on prétend renoncer. » C'était un calcul illusoire.

Ieurre les singea.

« Ne sentez-vous pas au fond de vous une niaiserie qui ensorcelle, qui détourne du plus simple, comme respirer, avoir les membres libres, boire l'eau ou bien rompre le pain, une aspiration qui nous coûte le bonheur ?

— Nous aimons la bassesse, dit Quoeun, les sentiments, les excréments, la sueur, les miroirs, les romans, les fleurs, la musique et les luxes. Nous trompons ceux en qui nous faisons naître le désir qui croit les attirer vers nous. Sans doute leur désir se porte-t-il sur nous, mais nous n'avons rien qui puisse le satisfaire, car l'objet en est toujours indifférent, et absent. Quelque avantage qu'il m'en revienne, quelque plaisir que j'en retire, il est absurde qu'on s'attache à moi, comme moi à vous : les relais passent de main à main, la course est vaine, excède la précarité de l'histoire, son origine se perd sans cesse dans l'absence de durée.

— Prétendre donner sa foi — continua Ieurre, prenant des poses affectées, contrefaisant Recroît —, ce serait amarrer sans succès le désir et décider par un mensonge d'une vie plus pauvre et plus malheureuse. Cette prétention ne ferait qu'ajouter aux ténèbres où nous nous efforçons sans espoir, et accroîtrait l'inquiétude qui nous est propre. — Pardonnez-moi — dit-il alors en se tournant vers G. — mais je m'égaie ! »

Karl fit alors remarquer à Ieurre qu'il existait un petit quatrain japonais qui disait à peu près : Pourquoi la séparation — qui est particulièrement sans couleur — possède-t-elle le pouvoir de teindre tous les sentiments que le cœur éprouve ?

Quoeun semblait ravi. E. hochait la tête avec un sourire un peu bête.

Nous mangeâmes un pot-au-feu. Deux, parmi les os, regorgeaient de moelle. Je ne sais pourquoi, avec la viande, T. E. Wensleydale voulut qu'on portât sur la table, dans un bol, une petite sauce tomate. Mais Bauge citait Juvénal : que dans l'ordre des bruits il fallait situer la voix d'une femme entre le cliquetis de la clochette pendant au cou des vaches, et le bassin de bronze frappé lors du rite d'éclipse.

A. parut mieux. Il s'irrita à haute voix de ces plaisanteries qu'il jugeait sottes, plus encore quand elles se prévalaient d'une référence savante. Que de plus en plus souvent il se surprenait à considérer dans l'ahurissement tout l'*étriqué* de nos vies, le risible de nos mœurs, le renfermé de toutes nos discussions. Qu'il songeait à se séparer de nous. Il avait l'envie de déménager. Nous formions un tas de crapauds, un ramassis de gens qui étaient méprisables. Une *crapaudaille*. Alors il irait s'établir sur l'autre rive. Traverserait le pont...

« On ne *traverse* pas un pont, — le reprit Ieurre. On le passe. Si le pont traverse la rivière — ce qui est assez heureux — nous ne saurions la traverser en traversant le pont. Ce serait une croix qui nous jetterait à l'eau », conclut Ieurre sur un ton sentencieux.

A. se taisait, l'air excédé. Quoeun voulut engager la conversation sur ce que nous allions jouer. Mais A. refusait de parler, même de se tourner vers lui.

« L'image du mélancolique — dit Ieurre —, soit il s'enferme dans sa chambre...

— ... soit il vague dans la forêt aventureuse ! », dit Bauge. A. affectait de les ignorer. Recroît déclara qu'il fallait qu'il retravaille, s'invente des occupations plus matérielles qu'écouter de la musique : qu'écouter de « l'absence de sens bien ordonnée » ! — Que les petites dépendances — surtout les plus communes, les plus laborieuses — offraient une garantie contre l'esseulement, et éloignaient la destruction. Que si les besoins — les rituels de l'amitié, les obligations envers autrui, et même les objets plus collectifs, les institutions elles-mêmes — n'étaient pas sasisfaits et n'étaient pas reproduits dans la semaine, alors le désordre apparaissait, l'incertitude, et tout ce qui désorganise et verse à la mort.

« Jouer tout seul — dit-il —, s'inventer des tâches, s'occuper n'est pas facile. Le commerce ! A l'origine du commerce — comme de l'amour — je mets l'ennui, et l'angoisse de demeurer tout seul dans la lumière, pour le commerce. De demeurer tout seul dans le noir, pour l'amour.

— Vous êtes des fous. Des idéologues — s'écria A. soudain —, tout est infirme. La décrépitude est extrême. La fraîcheur s'est retirée du monde. Faiblesse qui ne cherche qu'à s'étendre, à épouser la pose des morts ; la sensation du goût a disparu, l'œil est plus étroit, et ce qu'il voit est si rapetissé que ridicule, le nez si épuisé qu'il lui faut faire effort pour respirer, et sentir que tout pue ; hanté par le poids des millénaires du passé et obsédé de la chétiveté ou de la carence de l'avenir... »

Bauge l'interrompit :

« Le préfet Ptahhotep écrivait quelque chose comme cela à son fils. Il y a quatre mille quatre cents ans. Je crois que son corps est conservé dans la nécropole de Sakkarah. Il vivait sous Isési.

— Nous revoilà donc à l'amour ! Nous revoilà au noir !, dit Quoeun. Nous revoilà aux mots que A. ou Ieurre prétendent vains. Aussi loin qu'ils remontent ! » B. ajouta que la devise de Guillaume Budé — gravée sur sa maison rue Saint-Martin — faisait état d'une honte que l'on éprouverait soudain à l'idée de sacrifier à l'existence qu'on mène les fins mêmes pour lesquelles on existe.

« C'est faux, dit A. C'est plus qu'illusoire. »

Je me permis de noter — de façon minusculement générale — que si la langue nous avait abusés au travers de ces mots, de toute façon elle ne nous aurait abusés que par le biais du sens. Que par elle-même elle ne trompait personne. Ou que l'ennui. Et que dans ce sens elle nous étourdissait alors d'une façon plutôt heureuse. Encore qu'elle ne crevât pas le noir. Mais qu'elle devenait en effet une pratique des plus périlleuses dès lors qu'elle nous entretenait d'une espèce de vérité à laquelle elle aurait quelque part, soit en nourrissant l'illusion de révéler ou de transmettre de la pensée, soit en accréditant l'idée d'un incroyable renvoi à quelque objet ou à quelque événement situés à l'extérieur d'elle-même. J'avançai l'idée que les signes ne sont à peu près utilisables — et d'ailleurs aussitôt presque inutiles — qu'à la condition de ne référer qu'à eux-mêmes : qui montre du doigt ne dit pas. Et celui qui parle ne montre rien. Aussi la langue égarait-elle. Elle trompait notre crédulité en se faisant passer pour un véhicule, et non pour une occupation.

Ieurre fit diversion. Se plaignit qu'il avait lu le matin qu'on avait « augmenté » l'essence parce qu'elle « manquait ». Thomas cassa une corde de *mi* en s'accordant. Nous ne pûmes jouer les deux quatuors de Mozart dont Quoeun avait apporté les partitions.

Nous jouâmes — du moins Marthe, A., Quoeun et moi — le deuxième quatuor en *sol* mineur de Fauré. Marthe dit qu'elle le mettait plus « haut » que tout.

C'était difficile, mais A. sut nous porter. Nous ne nous noyâmes pas dans ses longs mouvements bien romantiques. Puis ils jouèrent tous trois le *mi* majeur de Haydn et le Rebecca Schroeter en *fa* dièse. Si difficile que ce fût, Marthe et A. surent débrouiller tout cet écheveau de virtuosités. Je ne regrettai pas de ne pas jouer. Il y avait d'admirables moments.

Mardi 20 février.

Je passai rue du Bac. A. était heureux de la soirée de la veille. N'avions-nous pas eu raison de l'y contraindre ? Il reconnut que oui.

Il parla de lui avec plus de détachement.

« Je n'ai pas d'autre témoin de moi que cette peur persistante. Cette énigme de la peur en moi. Ce soutènement de la peur en moi. Or, elle témoigne de tous. Mais, comme elle est indescriptible, ce témoignage est muet, et cette communauté laisse seul. »

Il se tut.

Il dit que c'était aussi triste que le souper silencieux rue Vivienne, quand Manon a trahi, quand des Grieux s'efforce de ne rien dire, de ne rien voir, avec sur la table la petite lumière de la chandelle qui est entre les deux.

Puis — tout à trac — pouvais-je venir déjeuner le lendemain ?

Enfin : « Comment me changer les idées ?, reprit-il. Comment distraire de la peur ?

— En ne pensant qu'à cela, dis-je. Comment on *nourrit* une petite grippe. A force de fatiguer l'effroi...

Comme une femme qu'on aime dégoûte de l'amour à force de démonstrations, de petites exigences...

— Être effrayé avec fougue... », dit-il, et une sorte de petit sourire se dessina sur ses lèvres. Du moins je le perçus.

Mercredi 21 février. Je déjeunai chez A. Entre D. et son père. Élisabeth avait laissé un poulet froid.

Je découpai le poulet. Je donnai le *wish-bone* à D. Il mangea la chair et voulut jouer avec son père.

A. gagna, le petit D. était furieux. Il me dit qu'il avait souhaité qu'on lui offrît un ballon de football qui eût l'apparence d'un « vrai ». C'est-à-dire (supposé que j'aie bien compris) avec des carreaux noirs.

Mais D. demandait à son père quel vœu il avait formé.

« Une cervelle qui soit plus insouciante », dit-il.

D. nous interrogea : que voulait dire *insouciant?* — Et trouva le souhait risible. Un camarade arriva, qui venait jouer avec lui. Ils mangèrent tous deux une orange, puis s'installèrent dans la chambre de D.

Vers trois heures, R. arriva. A. fit du café. Mais après l'avoir bu, il fut pris d'angoisse.

Recroît en profita pour faire un sermon.

« Il y a peu de chances, lui dit-il, que vous évinciez jamais un mal en en refusant la considération. Mais que sa considération ne se croie pas le pouvoir d'y remédier ! Si celui qui prétend être doté de conscience cherche à tirer de la lucidité le bénéfice qui revient à l'illusion, le moyen qu'il ne s'attire pas les déboires qui lui sont attachés ? Et qu'il n'oublie pas que sa

« prise de conscience » elle-même était suscitée par le caractère inéluctable de ce qu'il était...

— Comment cela ?, demanda A. tout à coup intrigué.

— Mais vous n'êtes pas un symboliste. Du moins vous n'en avez jamais donné le témoignage. Alors il vous faut non seulement le considérer, mais il faut désirer le pire. Quelque effort que vous fassiez, vous ne réfuterez pas votre existence. Ou sinon, dans cette hypothèse, en bonne logique, il serait plus judicieux et plus approprié de vous donner la mort. »

A. dit qu'il avait eu cette idée. C'était d'ailleurs, affirma-t-il, une idée de célibataire. R. poursuivit :

« Vous ne retirerez pas de la joie par la négation de la détresse. La peur de la peur n'est pas l'allégresse. Finalement il me semble que je puis vous jurer que c'est une chose beaucoup moins douloureuse que d'épouser la peur comme votre corps sa peau !

— C'est un bien mince refuge, répondit A. Il est vrai qu'il n'y a pas beaucoup de refuges...

— ... et c'est parce qu'il n'y a pas du tout de survie !, répondit le prophète du jour. Pourquoi y aurait-il des raisons de vivre ? Et des raisons de mourir ? Et des raisons tout court ? A quelque système qu'on emboîte le pas, quelques valeurs qu'on défende, quelques sentiments patriotique, domestique, qu'on exalte, il n'y a aucun moyen que ce soit qu'on survive. Qu'on " survive " à la " vie ", — expression par elle-même des plus contradictoires. Il n'y a là matière à aucun désespoir possible. »

Jeudi 22 février.

Ieurre me téléphona. Pouvais-je dîner samedi ? Il y aurait Bauge et Suzanne. A., E. et R. viendraient aussi. J'acceptai.

Vendredi 23.

Je passai chez A. vers six heures.

Élisabeth parla longuement — de façon très économique — de la galerie.

D. dit : « Quelle parlote ! »

« Le réel manque de consistance — dit A. un peu plus tard, alors que son fils était retourné dans sa chambre. Tout ce que je touche tombe en poussière. Les mains du roi Midas transformaient tout en or. *Pulvis es... Pulvis es !* J'ai des mains de mercredi des cendres... »

E. fit remarquer plaisamment qu'il avait cinq ou six jours d'avance.

Nous parlâmes du lendemain. Il ne redoutait pas d'aller chez Ieurre.

« J'avais oublié mes petits cailloux, dit-il, et comme ce type de forêt est relativement sombre... »

L'expression me plut. La joie revenait. Je le lui dis. Il sourit.

Le 24, Recroît passa me prendre. Il me dit qu'il avait vu Marthe. Paul était étrange. Gravement étrange. Puis nous nous rendîmes rue de Nesles.

Ieurre ouvrit la porte. Nous étions — prétendit-il —

en retard. Tout le monde était là depuis un « beau » moment.

Ieurre, Recroît et moi entrâmes alors au salon.

« Voilà donc venir Çophar, Bildad, et Éliphaz..., dit Suzanne en se tournant vers A.

— Dans quel sens faut-il entendre l'allusion ?, fit A. en souriant. Il se trouve que nous sommes tous du pays de Uç ! »

Il confia qu'il se sentait mieux. Il dit curieusement qu'il *pelait* la peau de la mort. — « Une mue, peut-être », dit E. Mais A. renchérit en disant que pour ce faire il lui avait fallu raboter l'espoir, le refus, la méfiance, la confiance, et peu à peu les amenuiser jusqu'à l'état de poudre, puis de souvenir, puis de ce qui a perdu le nom. N'était-ce pas sinistre ? E. ajouta en plaisantant que même — hélas —, de plus en plus, il redevenait nerveux, il ne cessait, de nouveau, d'être *énervé.*

« Qui vous passe donc, Élisabeth, au fer rouge les tendons au genou ?, dit Ieurre. Il faut dire *agacer* », remarqua-t-il d'un ton sec.

Gladys prit la main d'Élisabeth, elle l'entraîna vers la cuisine. G. paraissait dans une merveilleuse santé. Colorée, coloriée, le ventre proéminent.

« Ainsi avais-je raison, disait Bauge. La dépression, c'était bien des crises de *berlue.* Le vieux mal dû à l'étincelle. Au feu bref et soudain qui rend *éberlué...*

— Contact en hâte avec le néant, dit A.

— Le petit charme incendié qui aveugle, reprit Bauge.

— Et pourtant moi — rétorqua R. avec une espèce de jalousie — ne vous avais-je pas donné le moyen de ne plus percevoir le pire sans perdre pour autant la vue ?

— Il y aurait fallu, répondit A., à l'instar de ce que suggéraient un jour chez Wensleydale Marthe et Quoeun, un abaissement de soi-même, une disposition que le néant imprimerait en soi, qui inciterait à l'absolu dépérissement de toute liberté, une soumission à tout ce qui advient, une révérence à l'égard de ce qui m'épouvante, — dont je suis à proprement parler tout à fait incapable.

« Sans doute — dit-il enfin — ne connaîtrais-je jamais l'apaisement, la quiétude...

— Le fameux lièvre..., dit R.

— Oh, être quiet !... », soupira A.

Recroît se tourna vers Ieurre, lui demanda s'il était choqué que A. prononçât « kié » ainsi qu'on l'articule en effet dans « inquiet ». Ieurre dit que cette faute l'amusait. Qu'il ne s'en formalisait pas.

J'eus le désir soudain de les gifler.

Même, il dit qu'il trouvait, pour ce qui était de lui, que cette façon de dire était plus rude, de là assez bien venue, encore qu'elle parût impropre quant au sens.

Bauge fit observer que la prononciation exacte, coutumière, présentait cependant l'avantage d'évoquer plus directement l'idée de requiem, de paix, de douceur, et de mort.

Nous mangeâmes trois merveilleuses daurades — que Gladys avait préparées le plus simplement —, cuites au four.

Dimanche 25 février.

Quoeun téléphona. Il voulait qu'on remît le rendez-vous du 2, à cause du temps trop rigoureux.

Lundi.

Thomas était allé voir une exposition d'*incunables du XIIIe siècle.* Ieurre pleurait de rire.

Mardi 27 février.

Téléphone de Marthe. Cela n'allait plus du tout. Paul était totalement hébété. N. s'était suicidée dimanche.

Je téléphonai à E. Je ne viendrais pas verser les crêpes. A. prit le téléphone et me dit qu'il savait, qu'il irait lui aussi, dans la soirée, rue des Bernardins.

Je passai chez Marthe. Paul était resté terré dans sa chambre durant deux jours. Sans manger, dormir, boire. Elle l'avait drogué alors, à l'aide de toute une armoire à pharmacie de somnifères, de calmants.

Il lui avait tout dit le matin en s'éveillant. Qu'il l'avait tuée. Du moins qu'il avait eu tellement peur d'elle. Qu'elle lui avait jeté un sort. Que cet amour le terrifiait. Que la voir le plongeait dans l'angoisse et la haine. Qu'elle lui *suçait le sang,* — avait-il dit. Qu'il était *hanté.* Qu'elle avait tout souffert de lui. Puis elle s'était donné la mort.

Vers dix-huit heures.

Paul était avachi sur le divan. Prostré. Tout le long de ma visite, il s'était tu. Quand Marthe nous laissa seuls un moment, — elle s'était offerte à faire chauffer l'eau du thé, et à disposer sur une assiette quelques gâteaux — il parla tout à coup. Il ne s'était pas redressé. Il ne me regardait pas. Il parla d'une façon lente, sur un ton monocorde, avec des enflements de la voix plus ampoulés. Au bout d'un certain temps j'éprouvai une vive gêne. Je priai que l'eau bouille au plus vite. Je croyais avoir devant moi Jérémie s'adressant au désert. En parlant son regard vint fixer un gros poste de télévision, dans l'angle de la fenêtre. Il disait à peu près (ce n'étaient pas là exactement les termes dont il usait, mais cela donnait l'impression d'une dictée qu'un maître d'école articule) :

« Si l'apparition des créatures hallucinées en rêve possède plus d'intensité que n'offre à nos regards la présence des vivants, alors je crois aux esprits des morts. C'est ainsi que celle qui aime, comme elle est séparée de lui, désire ardemment occuper l'esprit de celui qu'elle désire, avec autant d'insistance et de fièvre que celles avec lesquelles les souffles des morts nous embrasent et nous déchirent le jour, la nuit, et au-delà des souvenirs que nous conservons d'eux... »

Il laissa s'installer un grand silence.

Puis il se tourna vers moi et dit : « Je vous jure qu'elle y parvient. »

Mercredi 28. Rue du Bac.

A. rapporta sur-le-champ le désespoir de Paul à sa propre personne. Puis s'emporta. Il invectiva contre l'amour : « Comment jeter un pont sur tout ce qui sépare, et qui n'est même pas lointain, qui est nous, qui est comme notre sexe — comme ce qui nous sépare —, comme notre sexe est posé au beau milieu de notre corps ? »

Que l'amour était dépourvu d'aménité et tombait si rapidement sous l'emprise d'une nostalgie malade. Parce que c'était irréalisable, c'était aussi bien sans recours. Une tuerie. Nous ne rejoindrions pas un corps, nous ne pourrions réellement nous identifier à lui, tels le corps d'un enfant avant qu'il ne soit accouché et le corps de celle qui le porte, qui ne font, quelques mois, qu'un.

« Tu sais quel jour on est ? », demanda A.

Je hochai la tête.

« Tout Paul était dans ce désir incroyable. C'était lâcher une proie pour l'ombre qu'elle fait. Et non pour l'ombre d'une autre. »

A. parlait avec impétuosité. Son visage, sa voix, avaient retrouvé leur conviction.

Vraiment le malheur d'autrui faisait du bien.

« Tant il est vrai peut-être — poursuivit A. — que les passions n'ont d'autre cause que l'état où elles plongent. Aucune d'entre elles ne se précède elle-même. Impénétrable à celui qui la subit, imprévisible dans son commencement autant qu'inattendue dans son défaut tout à coup. Leur nécessité fatale, mais totalement énigmatique. Mécanique aveugle et toute contingente. Obscurité totale. Mort s'emparant de la vie. »

Le 1er mars. Je passai rue des Bernardins.

Quand P. apprit que N. s'était détruite il ressentit un intense soulagement à cette pensée. Il crut que son corps se simplifiait tout à coup, que le double, d'une nature oppressante, qui avait collé au moindre grain de sa peau l'avait abandonné à jamais. Il se sentit allégé alors, comme à la suite d'une mue, bête ayant tout à coup abandonné dans l'herbe une enveloppe monstrueuse, et de larve devenue corps doté d'ailes et de couleurs, ayant accès à l'air, et à la lumière du soleil. Il imagina que l'imprécation avait été levée, que le pire n'était plus capable de se présenter à lui à chaque *coin de rue*, qu'elle avait *mangé le péché.*

Mais elle était revenue la nuit même. Et son image nocturne hantait plus que son corps vivant.

Vendredi 2 mars.

C. comme elle triait ses vêtements, apprêtait, essayait, rangeait, etc., était assez étrange. Elle paraissait possédée, et quand son corps se réfléchissait dans le haut miroir de l'armoire, elle s'examinait avec une curiosité d'elle-même qui était extrêmement fiévreuse, et de laquelle la peur était loin d'être exempte. Elle dévisageait son reflet avec une avidité impressionnante. Il est arrivé que je l'ai vue, avec une réelle impudeur, poursuivre ce singulier examen, et « fouiller », les deux mains tendues en avant, les yeux perdus dans l'image mouvante.

Samedi 3 mars.

Je passai rue des Bernardins. J'y retrouvai A.

Marthe de Paul : « Il ne cessait pas de la *vitupérer.* »

Paul était dans sa chambre. « C'est tout le contraire de A. — dit-elle —, il ne me parle plus. »

Marthe sanglota soudain. Elle rêvait tout haut.

« Mais ils avaient l'air si heureux. Elle était si belle, si jeune. Ils parlaient. Ils ne cessaient de parler d'amour. Une terre perdue, un soleil incessant. Pour horizon la mer. Foison de l'huile, du miel... La haute mer, la sauvagerie, le silence. Et sur le rivage, des frêles petits hommes nus qui ramassent des perles. Les femmes au loin coupant le goémon. Elles portent à leur cou des foulards qui brillent au soleil. Et le bruit profond et sourd des vagues qui retombent. Et le bruit des rames frappant la surface étale de la mer. Et le chant du pluvier sauvage sur le sable... »

Elle pleurait. Elle paraissait si vieillie.

Dimanche. Je demeurai seul.

A. passa. Élisabeth formait l'espoir qu'on me revît plus souvent. Je lui confirmai que je viendrais le lendemain.

A. dit que ça y était, qu'il avait embarqué sur le refus de la mort.

Lundi 5 mars. Rue du Bac. J'arrivai avec beaucoup de retard. Recroît et Bauge étaient là. D. dormait.

Ils avaient commencé de dîner sans moi. Ils parlaient de Paul. Selon Marthe, Paul aurait dit quelque chose comme : « Les femmes ne caressent jamais. » Je rappelai un mot de Paul que m'avait rapporté — il y a quelques semaines de cela — Véronique.

« Tais-toi, tais-toi — aurait-il dit à N. — Dans tout ce que tu me dis le malheur me cherche... »

A. prétendit que Paul n'avait pas tout à fait tort. Dit que les saumons remontaient les rivières et, comme ils en avaient rejoint la source, jetaient leur frai tout soudain, mouraient.

« C'est un pêcheur de lune », dit Bauge.

Recroît ne put s'empêcher de prodiguer vainement cent conseils : ce qu'on aimait et qui était soudain absent, il fallait tout faire pour que son « absence » ne fasse pas retour, que la « mort » ne revienne pas. Or, Paul faisait tout le contraire. Bauge dit qu'il était bien connu qu'en latin les reliques, c'étaient les survivants, les excréments. Que placé adverbialement, cela signifiait : « A l'avenir ! »

« C'est cela, dit A. Oh oui, n'est-ce pas exactement cela ? Guérir, ce serait se souvenir de N., multiplier les objets, les visages, les sexes, les seins, les reliques, les images, non pour la rappeler à la vie, mais pour maîtriser l'angoisse due à l'absence, pour ne pas être en contact avec son absence, son épouvantable inexistence, pour chasser l'absence de N. — Et sans doute doit-il y avoir un nom pour définir ce mouvement qui ne nous porte vers les morts que pour les détourner de nous...

— Peut-être la *reliquatio* précisément, dit Bauge, qui voulait autant dire le fait d'abandonner que celui de conserver et de trahir. Mais les Romains d'origine étrusque employaient aussi le terme de *conclamatio*. C'est-à-dire tout simplement la nomination : il suffisait qu'on ait appelé le mort par son nom — et qu'il n'ait pas bien sûr répondu à l'appel de son nom — pour que le nom du mort protège de son éventuel retour. Le confine à l'absence. Écarte l'innommable...

— Se souvenir des morts, se souvenir de ceux qui ne sont plus, — reprit A. lentement — c'est-à-dire se souvenir de ceux qui ont été et qui tout à coup ne sont pas, c'est inventer de toutes pièces des petites images, c'est se protéger de leur vrai souvenir, car ce qui " souvient " d'eux après leur mort, vers nous, ce n'est pas eux vivants, mais eux morts. Ce qui vient d'eux en direction de nous c'est le fait qu'ils nous aient abandonnés à jamais, et qu'ils se soient abandonnés eux-mêmes, c'est le fait de la disparition. L'absence, ce qui n'est pas. Car ils ne cachent plus rien. Ils sont devenus réels... Un blanc dans la page... L'absence d'image...

— Et sans doute est-ce ininterprétable, dit R. en haussant la voix. C'est indescriptible. C'est *insignifiant.* Mais à vrai dire, qu'ils aient cessé d'être, ou plutôt qu'ils se soient soudain échangés à leurs corps comme des choses, par soi ce n'est ni malheureux. Ni exaltant. Ainsi Paul n'a-t-il pas opposé un refus à la voix absente de N. A l'absence de voix. Il n'a pas voulu de la trahison, du souvenir, du " numéro " d'hommage...

— Et aussi devient-il fou — s'écria A. — en s'échangeant à sa mort, à ce vide de l'absence. A ce vide que même le nom de la mort tâche à protéger de la simplicité de la mort...

— Ce n'est même pas un silence — dit R. avec componction —, ce n'est pas un " mutisme ", c'est le fait que les choses du monde ne parlent pas...

— Tout au contraire — répliqua A. avec une fougue toute neuve — toute notre voix, ce n'est pas un besoin de parler qui la nourrit. Elle est un écran pour ne pas entendre ce qui ne parle pas. Pour ne pas voir ni ne plus rien entendre de ce corps qui a cessé de parler et qui est ramené à la terre dans la mort ; qui est en train de rejoindre ce qui ne parle pas ! »

Mardi 6 mars. Véronique passa me voir. Elle parla de N. Qu'elle l'avait aimée.

« On le branle. Il pleure », dit-elle, prétendant rapporter une confidence de N. Paul ne supportait pas l'amour.

Il aurait dit : « La peau nue attire le regard comme la vie attire la mort ou un fruit avarié sous l'arbre les minuscules fourmis, le bourdonnement des abeilles. »

Mercredi 7 mars.

Quand C. avait eu son premier malaise (quand elle avait perdu connaissance toute une nuit, assise dans son *tub*) elle avait cru — avait-elle prétendu ensuite — qu'elle mourait. Elle disait qu'elle avait reçu cette pensée avec joie et que, après qu'elle fut revenue à elle, il lui serait resté quelque chose de cette pensée. « Après », elle confiait (à Ulrike, à Karl, à G.), avec l'apparence d'une conviction intraitable, au point d'embarrasser par une telle profession de foi ceux à qui elle s'adressait, que l'abandon à la mort présentait une saveur *agréable*.

(Mais C. me disait qu'elle avait recouvré avec haine le sentiment de ses membres un à un, touché de nouveau le monde avec terreur, perçu enfin, avec un air de trouble et d'ahurissement, la ténacité des choses visibles et l'arête foudroyante, quelconque, irrémédiable, sous laquelle chaque objet se présente à la lumière qui nous entoure.)

Jeudi 8 mars.

La chambre que C. avait trouvé à louer pour presque rien rue de l'Arbre-Sec, dans un assez bel hôtel du XVIIe siècle, dénué de chauffage. L'eau et les cabinets qui étaient communs à l'étage.

C. disait : « Il faut que nous achetions un de ces seaux en métal émaillé, pourvus de couvercle. Enfant je pissais dedans en faisant du bruit. Qu'il soit bleu outremer. »

Vendredi 9 mars. J'allai chez Karl.

Je lui parlai de Paul. Il me dit qu'il les connaissait tous deux sans doute mieux que moi. Ils étaient souvent sortis ensemble. N. était merveilleuse.

Je lui parlai prudemment de C. Que sa mémoire curieusement, tout à coup, m'obsédait. Il s'étonna que j'eusse conservé quelque souvenir d'elle.

Paul et N. Il la pressait : « Allaite-moi ! » — Du moins ce que prétendait Karl.

Samedi 10 mars. Quoeun m'appela. Pourrais-je venir dîner la semaine prochaine ? Nous convînmes du 12.

C. était encore revenue cette nuit.

Dimanche. Je passai avec A. rue des Bernardins.

Paul se taisait toujours. Marthe craignait qu'il ne cède à la folie. A la mémoire. Elle nous dit qu'il parlait parfois, sitôt qu'il était seul. Prostré derrière la porte de sa chambre, elle entendait d'étranges dialogues, dont il s'entretenait lui-même. Elle évoqua une sorte de conversation solitaire de ce genre (il détachait, dit-elle, extrêmement les mots — peut-être sous l'empire des calmants — et les articulait avec plus de soin qu'il n'avait accoutumé de le faire) :

« Entendez-vous les pas dans l'escalier ?

— Ne tient-elle pas à la main le cantique ?

— Est-ce Eulalie ?

— Non — se répondait-il —, vous êtes fou !

— Elle fait si peu de bruit quand elle descend. Aucune marche ne craque. Et puis est-elle jamais, une fois, descendue ?

— Je ne suis pas d'accord avec vous.

— Vous n'avez pas l'oreille qu'il faut. Ou bien vous n'aurez pas prêté l'attention qu'elle demande.

— En effet, si légère qu'elle soit, on l'entend descendre. Qui sait entendre.

(Puis il rit.)

— Eut-elle jamais un corps ?

— Peut-être le volume de l'air déplacé par ce corps

— à supposer ce corps — s'est-il modifié et vient-il lentement toucher d'espace en espace jusqu'à nous ? — Si elle est voix, peut-être son souffle halète-t-il encore, faiblement ? » Etc.

Lundi 12 mars. Je me rendis rue des Poissonniers à l'invitation de Quoeun. Après le souper, nous bûmes un vieux whisky dans son bureau (le salon était mal chauffé). Nous avions beaucoup parlé au cours du repas. Je ne savais quoi dire.

« Quel mort avez-vous fêtée aujourd'hui ? », lui demandai-je.

Il se leva, ouvrit un tiroir de son bureau et sortit une petite fiche d'universitaire. Il lut : « Anne est à genoux sur une chaise et regarde des gâteaux, que Tabby vient de faire cuire pour nous. Emily est dans le petit salon en train de balayer, et papa et Branwell sont partis. »

« C'est tiré du journal de Charlotte Brontë, dit-il, à la date du 12 mars 1829. »

Nous nous tûmes.

« Curieuse passion. Curieuse religion, ajoutai-je tout bas. Chaque jour vous priez de la sorte les morts ?

— Ce n'est pas si pieux que vous pouvez croire. Qui sans moi penserait à eux ? Puis je n'y consacre que la durée d'un quart d'heure, au matin... La valeur d'une cuillerée de cuiller, en regard du jour... — C'est tout laïque, reprit-il, et séculier — si on compare cette durée à tout ce temps que consacrent à leur passion un homme érudit, ou un homme amoureux, ou un historien. Ou bien cet endeuillé de Paul...

— Et comment cela se passe-t-il ?

— A chaque jour son mort. Du moins le mort qui me paraît digne d'un souvenir vain. Je m'échange la durée d'un grand quart d'heure à l'occupation qui était sienne ce jour-là. M'efface totalement, afin qu'il se substitue à moi. C'est comme le mal dans la victime. Posons peut-être que je meurs et que le mort ce court instant évoqué utilise mon corps, revit à peine... Quand cette petite métamorphose est cessée, j'inscris alors sur mon carnet de rendez-vous ce rendez-vous chétif — celui-là même qui m'apparaît souvent, à la fin du jour, comme le seul souvenir à peu près intéressant que je puisse conserver de ma journée... — Bien sûr je ne parle pas d'aujourd'hui, ajouta-t-il en souriant.

— Montrez-moi », dis-je.

Il sortit de sa poche un petit carnet pauvre et rougeâtre, tout à fait ordinaire, et me le donna avec un peu de gêne. Je m'approchai de la lampe, posée sur une petite table gigogne, près des Verard. Je cherchai la date du 12. Il y avait ceci, inscrit au crayon, dans une écriture très petite :

« 9 h 30. Il y a 150 ans. Le futur auteur des *Hauts de Hurle-Vent*, âgé de 10 ans, dans le presbytère de Haworth, est plongé dans le balayage du petit salon. »

Mardi 13.

C. revenait. Je dormis mal.

La réponse de C. quand j'essayais de m'éloigner, quand lâchement je prenais prétexte d'un voyage, quand, veulement, la priais qu'elle sursît un peu : « Si je vous demandais que votre cœur attende un an ou deux pour battre, que me répondriez-vous ? »

Mercredi 14 mars. Je passai rue du Bac.

Nous dînâmes agréablement. J'allai embrasser le petit D. Il dormait en boule. Son visage était détendu, entouré des cheveux blonds épars, humides encore de la sortie du bain. La bouche un petit peu ouverte.

Il tenait entre les doigts le petit bout soyeux de couverture : une sorte de contact avec ce dont il se croyait abandonné, et aussi une sorte de pouvoir exercé par ce biais — par ce petit délai, par ce frêle écran — sur ce qui l'assujettissait tout entier. Or, il paraissait confiant. Je me dis qu'il avait sans doute encore la conviction qu'il pourrait toujours manipuler de cette façon, à l'envi, dans le cours du sommeil, ou bien après le mauvais rêve, une petite image de ce sur quoi il n'aurait jamais prise.

Jeudi 15. Je passai rue des Bernardins.

Marthe si vieillie. Paul toujours plongé dans le silence. Je suggérai qu'elle lui donnait peut-être trop de drogues, de calmants, de somnifères. Elle me dit qu'il fallait bien qu'il dorme, à défaut qu'il oublie.

« Je m'attends qu'il mourra », dit-elle.

Vendredi 16 mars.

C. avait quitté son mari — Chapelle-Veuf, de douze ans son aîné ; il avait participé de très près au coup d'État de 58 — d'une manière surprenante. C'était comme dans un vieux roman.

Deux mois après leur mariage, alors qu'ils déjeunaient, elle dit à Ch.-V. que son corps ne dégageait plus une odeur qu'elle aimât. Elle ajouta que la province était à ses yeux fastidieuse ; que le grand parc qui entourait la demeure était magnifique mais vert ; qu'elle souhaitait habiter Paris. Elle lui dit qu'elle avait feint de paraître enceinte de lui dans le dessein qu'il consentît à précipiter une union qu'il avait semblé redouter au vu de la différence d'âge. Cette petite ruse toute traditionnelle n'avait-elle pas eu pour premier effet de faire taire des inquiétudes de cet ordre ? Elle lui remontra au passage combien il avait peu lieu d'en être bouleversé, et qu'elle espérait que son visage reprît bientôt quelques couleurs : que cette invention était d'elle, et connue d'elle seule. Que l'absence d'enfant dans les premiers mois du mariage n'était pas regardée d'un œil si *noir* en province. Qu'il y gagnait aussi bien quelques sous s'il cessait d'être besoin tout à coup d'avion qui la conduisît accoucher à Nice ou à Genève, et puis se cacher en Sicile ou bien se reposer à Malte. Elle fit valoir que ce tour qu'elle lui avait joué, contrainte qu'elle était par son désir d'être libre, quelque bien pesé qu'il fût, s'était empreint à mesure qu'elle l'avait mieux connu de mépris et de tendresse. Elle lui dit que quelque chose en lui emportait la confiance, au reste forcément acquise à la vue de sa fortune et de l'amitié très attachante qu'il avait contractée vis-à-vis du pouvoir. Non, elle n'avait pas arraché de ses épaules le joug d'une famille pour lui substituer sur-le-champ l'astreinte d'une vie commune. Elle répéta que les gestes qu'il exigeait d'elle quand ils étaient au lit lui soulevaient le cœur. Comme elle poursuivait son repas, Ch.-V. se leva les traits décomposés ; il sortit en titubant. Il était très pâle, le bas de son visage tremblait, et l'une de ses mains cachait ses yeux.

Samedi 17 mars. C. revint cette nuit. Avec une insistance qui me poussa à me lever.

Une insistance hallucinée.

Dimanche. Je déjeunai rue du Bac. D. se portait bien. A. et E. de même.

Nous passâmes dans sa chambre. Il me montra les fac-similés de partitions de Haydn. Il me dit qu'il n'arrivait pas encore à travailler.

« Sans doute j'avale ma salive, dit-il, mais quelque conscience que j'y mette, je le fais avec difficulté. »

Je haussai les épaules. Qu'il reprît goût à ce qu'il aimait, n'était-ce pas l'essentiel ?

« Mais je ne parviens pas à travailler, reprit-il. Tout ce que j'ébauche tombe dans la trappe du vide. Tombe dans le noir. Et ce n'est pas le noir de la nuit, la nuit de ce qui se repose, de ce qui se restaure dans la nuit, et rafraîchit herbes et fleurs et ciel. — C'est une sorte de buée noirâtre, de vide touffu — de noir dans le jour, un blanc dans le souvenir du jour — qui épouvante, qui suspend dans un vertige parfois pire, me semble-t-il, que celui devant le trou de la mort.

— Mais c'est le jour. Mais c'est la lumière ordinaire ! », dis-je.

Je n'en pouvais plus.

Lundi 19 mars.

C. devait penser : « Plus vite il sera nu, moins il aura honte. » Mais seule la honte avait de l'attrait dès lors que la perception d'un corps cesse d'être une amorce suffisante. Il n'y a pas de hardiesse : le corps est d'une étendue si courte. Et le moule en est si général, et si commun, qu'il y a peu d'épreuves capables de décontenancer. La hardiesse, qui est une impression exaltante, suppose la honte, qui est elle-même une impression que rien ne fonde ; la nudité n'est pas un état si artificiel même s'il n'est pas non plus tout à fait naturel (du moins à une espèce qui a toujours montré tout l'intérêt qu'elle portait à des plumes, circoncisions, peintures, position debout, tatouages, et aux chiffons).

Mardi 20. Je déjeunai avec Recroît. Nous passâmes rue du Bac. A. ne travaillait pas. Toute la journée, convint-il, il lisait les partitions qu'il aimait. R. le pressa de reprendre son travail, de retourner auprès d'Otto v. B., d'abjurer la foi qu'il consentait aux valeurs et à la mort.

Qu'il se dépouillât de toute idée de ferveur, poisons,

chimères. Par voie d'abstraction, et d'abandonnement au hasard.

Mais visiblement A. allait bien. Je ne comprenais pas le ressassement rituel de R. Je trouvais tout cela d'une complaisance à la longue insupportable et fastidieuse.

R. me raccompagna. Nous discourûmes des neiges d'antan, de la bile noire de A., mort de N., silence de P. Quai Malaquais, je le lâchai au plus vite :

« C'est le dernier jour de l'hiver ! », dis-je, comme si cela pouvait servir d'excuse.

CHAPITRE IV

Mercredi 21 mars.

La première fois que je vis C., c'était au vernissage de Louis-Édouard, rue de l'Université. C'était l'été. Il faisait encore jour ; cependant la galerie était violemment illuminée.

Elle était vêtue d'une robe longue et légère, grise, assez lâche, mouvante autour de ses membres, qu'un seul geste plissait entière, aux manches longues et étroites, et peu décolletée. Aux pieds, les bottes montantes grises que je n'aimais pas. Au cou, sous le chignon tiré, quelques perles chétives et rien, sinon une retenue plus grande, une froideur plus grande, ne la distinguait des femmes qui l'entouraient. (J'oublie la fermeté et la couleur de la jeunesse ; l'aplomb aussi que donne la beauté.) Quand j'entrai elle détourna son regard. Elle se contraignait d'être peu attentive aux toiles exposées, qui arrêtaient pourtant son regard, et qui lui inspiraient de la colère. Ses mains étaient longues, nerveuses, et d'une articulation remarquable. Je me souviens qu'elle obligea deux vieilles femmes qui ne pouvaient approcher du buffet où étaient disposés quelques plats, en leur apportant du vin et des tranches prélevées sur un morceau de bœuf. Au moment où on se séparait, Suzanne, Karl et A. (A. aussi était là) lui proposèrent de prendre un verre. Elle opposa un refus en souriant et, me regardant, prétexta la fatigue. Je déclinai aussi l'invitation. Et nous sommes partis ensemble.

Mi-carême. Rue du Jardinet. T. E. Wensleydale et Quoeun étaient là.

Je parlai de C., de N. Recroît dit niaisement qu'on ne pouvait penser sérieusement à contracter des liens durables avec des gens qui meurent.

« *Lien durable* est une proposition contradictoire, dit Wensleydale.

— Ne vous intéressez qu'à ceux qui sont morts — s'exclama Quoeun —, et si morts que leur langue soit morte, que plus rien de vivant ne transpire d'eux, qu'aucun souvenir privé ne soit possible à leur endroit, si loin qu'abstraits et, si je puis dire, d'une mort morte !... Toutes ces langues *feues* que Bauge chérit ! — Abandonnez l'édition — reprit-il —, devenez érudit ! »

Je fis valoir que je ne saurais vivre de rentes que je n'avais pas. Et que je le regrettais vivement. Qu'il savait assez bien par lui-même — ou du moins l'avait-il su — combien l'université haïssait la recherche absolue, la recherche vaine.

Vendredi 23 mars.

Le souvenir du vernissage de Louis-Édouard revint la nuit du 22.

Hommes s'agglutinaient en foule, acharnés à rien sinon à s'imiter entre eux et à se défier jusqu'à la mort. Des guêpes sur un piège gluant de sucre dans la chaleur torride de midi.

Samedi 24 mars. Je passai rue du Bac.

Il me dit que l'eau usait la pierre.

« Je ne sais plus — dit-il — ce qu'est une bonne surprise, une heureuse surprise. Être surpris. Il faudrait du désir et que celui-ci rencontre le fameux objet. Mais il faudrait qu'il ait perdu de vue qu'il le convoitait, afin que sa présence le surprenne. Mais il faudrait qu'il en ait conservé une sorte d'espérance dans la mémoire — afin qu'il le désire encore ; il faudrait qu'il soit à sa portée, et qu'il ait l'audace de s'en approcher, et qu'il s'en saisisse... Mais il faudrait que sa possession confirme l'espoir qu'il avait nourri à son égard telle une joie s'ajoutant à l'assouvissement. Tâche effroyable. »

Dimanche 25 mars. Je demeurai seul.

Mes amis vieillissaient et je rêvais d'une femme qui ne vivait plus.

Lundi 26. Il faisait extrêmement froid. Ieurre passa me voir. Gladys se portait bien ; elle était entrée dans son *dernier mois*... — Mais le printemps n'était-il donc qu'un nom ?, lui demandai-je exaspéré soudain, en lui montrant de la fenêtre la Seine violente, les branches d'arbre tombées au sol, ou bien roulées dans l'eau noirâtre qui bouillonnait.

Il me répondit qu'il était allé la veille dans sa petite maison près de Paris. Me dit que les bouleaux, cassés par le milieu, tombaient sur le sol, brusquement. Que les forêts de hêtres étaient dangereuses, les arbres cassant net, tombant en résonnant : c'était un bruit immense, et qui pouvait effrayer. Et même immobiliser le corps dans la suée, dans la terreur.

Mardi 27 mars.

C., la nuit.

Visage que les larmes boursouflaient.

Mercredi 28. C. dormait les poings fermés, les genoux remontés contre sa poitrine. Une sorte de marmonnement entre les lèvres. De temps à autre, au cours de la nuit, comme elle se retournait, de grands soupirs.

Jeudi 29 mars.

Je passai rue de Nesles embrasser Gladys, apportant une livre de chocolats à l'occasion de sa fête.

Elle me dit qu'elle ne les avait jamais aussi passionnément aimés que maintenant. — Ieurre me prit le bras et — pour la première fois — me fit entrer dans son petit bureau. Ce n'était pas une bien grande pièce. Elle était tapissée de livres : précis, dictionnaires de toutes sortes, recueils de grammaire...

« Pas un seul livre de littérature n'est entré dans cette pièce ! », dit-il avec fierté. Et il ajouta avec conviction :

« Et cela ne sera jamais ! »

Plus tard, en me reconduisant à la porte, il me souffla :

« Le secret de ma vie — dit-il en comptant de façon ostentatoire, affectée, sur ses doigts —, un : assécher le sentiment. Deux : dessécher la syntaxe ! »

Vendredi 30 mars.

C. me réveilla.

Samedi 31, je passai rue du Bac. Ils allaient bien. A. avait vu Marthe. Paul refusait toujours de s'adresser à sa mère.

En le quittant :

« Je ne sais plus, me dit-il, où j'ai lu que les malheureux voient mieux.

— Pour moi, je ne le pense pas, répondis-je.

— Du moins les larmes font-elles un regard beaucoup plus perçant, parce qu'elles ont lavé l'œil ! »

Dimanche 1er avril. Je n'eus pas le goût de sortir. Mais Quoeun, Karl, et Wensleydale me téléphonèrent. « On se lasse à demeurer chez soi », dit Quoeun. Il ajouta qu'il était contraint de repartir une semaine ou deux en Bavière. « Retrouver les vieux pénates... », dit-il. Je les invitai pour l'après-midi.

Karl avait passé la mi-carême sur la côte. Disserta sur le printemps. Les larmes du rossignol, gelées durant l'hiver, qui fondent. La brume se levant, se dissipant tout à coup. Et témoignant qu'il y a aussi des couleurs au bout des fleurs.

Puis une querelle de collégiens, ou de pédants, entre Quoeun et Wensleydale, sur les signes avant-coureurs du printemps. Quoeun affirmant : « C'est par les freux que le printemps commence. » Wensleydale : « C'est par le frai de la grenouille. »

Pour des raisons naturellement politiques, la discussion s'envenimant.

Mardi 3 avril.

J'appelai Marthe. P. avait refusé de s'entretenir avec elle. Il était sorti dimanche. Il n'était plus revenu. Hier, elle avait appris qu'il avait rejoint des amis.

Mercredi 4 avril. Je passai dans l'après-midi rue du Bac. Bauge était là. Et sans vergogne multipliait les conseils : frapper sur sa bouche, ne pas remédier au hasard, ni n'interpréter rien de ce qui arrive. Ne pas donner tort à ce qui est là. Qu'il fallait retirer sa main pour ne pas donner prise à ce qui effraie. Ne pas être d'humeur difficile avec ce qui est, etc.

Élisabeth servit le thé. D. poursuivait une balle de ping-pong autour de nous. E. découpa un gâteau marbré rassis.

Je fus pris d'un bref mais réel vertige.

« Rien de ce qui est ne saurait être déplorable, continuait inlassablement Bauge. Qu'une chose qui est vienne donner tort à une chose qui est, est-ce profondément efficace ? Incroyable magie...

— C'est toute la morale. Et une large part du langage... », rétorqua A. avec indifférence.

D. revint de la cuisine avec une boîte de boudoirs qu'il dévora. A peine reprenait-il son souffle.

Bauge dit qu'il y avait au Louvre un merveilleux bas-relief grec, d'une austérité et d'une gravité capables d'émouvoir, dit de l'exaltation de la fleur. Cela plut à Élisabeth. Elle ne le connaissait pas. D. exigea que nous y allions en chœur le dimanche.

Je déclinai l'invitation. D. ne tenait toujours pas en place. Il tournoyait sur lui-même, ou fondait tout à coup, comme un oiseau très menaçant.

Élisabeth plaisanta : combien c'était juste de dire qu'il *marchait* sur ses six ans.

Jeudi 5 avril.

Avec Ulrike dans le Nord. Suzanne conduisait la voiture. C. fut éjectée. Tomba dans un taillis d'orties. Suzanne me dit que, comme elle se relevait, elle remarqua un soulier de femme rempli de bouillie rouge. Y décela le pied de son amie.

Vendredi 6.

C.

Je songeai aux gestes que nous faisions quand nous n'étions plus maîtres de nous-mêmes.

Samedi 7 avril.

On voyait de sa chambre l'église Saint-Germain-l'Auxerrois et la frise des tronçons de carpes. Elle prétendait que cet *arbre sec* qui donnait son nom à la rue, c'était l'arbre d'Hébron. Il perdit son feuillage tout à coup quand le Christ expira.

Dimanche 8 avril. Élisabeth m'appela. Ne pouvais-je venir à midi ? Je la remerciai mais lui dis que non.

A. passa chez moi vers six heures.

« Les rôles sont inversés », me dit-il en souriant. Il me dit que D. était enrhumé. Mais ce n'était pas grave.

J'ouvris une bouteille de vin blanc.

Parfois, il enviait N., dit-il. Je lui dis qu'il mentait. Quel avait pu être cet amour ?, demanda-t-il vainement.

« Tous ces gens qui trouvaient le sommeil chaque soir — dit-il à voix très basse —, sans difficulté, sans délai, en posant leur corps sur des lits, ne donnaient-ils pas les preuves insensées d'une audace inintelligible ?

— Sont-ils si nombreux ?

— Et ils tombent. — Et tombent comme des pierres...

— Du moins ce sommeil dont dorment, paraît-il, les pierres...

— Et ce " bas ", qui est leur " lieu ", vers lequel elles s'efforcent... »

Lundi 9 avril.

La première fois que je lui jurai que nous nous aimerions toujours ; que nous vivrions ensemble. Que nous serions heureux. La première fois que je lui mentis. C'était rue de Rivoli, à dix ou onze heures. C'était à l'endroit où Coligny défenestré tomba.

Mardi 10 avril.

C. : « J'ai un petit carré poussé au bas du ventre qui empêche un échange absolu. Et vous ne voyez que lui. Et même — une fois *pu* la *largeur de votre langue* — vous me séparez de lui ! »

Mercredi 11 avril.

Je passai rue du Bac. D. était au lit, avec une très forte fièvre. Il n'était pas allé en classe de la semaine.

J'allai le voir. Il dormait d'un sommeil agité. Il était brûlant. Je le voyais de dos, sa tête enfouie dans les couvertures. Son dos grelottait.

A. était redevenu un peu hagard. Ne vaudrait-il pas mieux qu'il supprimât les drogues commencées au début de l'année ? Les angoisses qu'elles tâchaient à amadouer, à émousser, elles ôtaient aussi bien le moyen de les surmonter. Il était inquiet pour D., me répondit-il. C'était pour cette raison qu'il ne dormait plus. Il me rapporta qu'il voyait souvent l'océan de l'enfance. Souvenirs ou fragments de cauchemars, ou de rêves, se mêlaient. Cette nuit il était à deux pas de l'océan, l'hiver. La bruine opaque, légère, froide. Sans fond, sans repère, la terre, et l'air, et l'eau... Proche le sans fond, et très loin : la main, les bras, les pieds. Tout était dénué de sens, donnait froid, et paraissait inextricable. Il courait éperdument, soudain. Sur la grève.

Grève étrange. Sans hostilité particulière mais tout à fait instable. Roches curieusement hissées, irrégulières. Trous d'eau. Choses, morceaux, êtres paraissaient être des éclats qui grouillent. Pourtant turbulence comme immobile. Animaux fichés, accrochés aux rochers. Telles des moules. Pétrifiés, les rochers, mouvante : l'eau. Tout cela immobile, et mouvant. Il était plein d'assurance et en même temps rempli de crainte. Une épouvante très sûre d'elle-même. Il ne parvenait plus à sauter de rocher en rocher.

« N'importe quoi jeté en tas, dit-il, sens dessus dessous, sans fond ! » Pas d'opiniâtreté ni de revanche — dit-il aussi — de sa part, mais le sentiment d'une tenace perpétuité de ce déséquilibre qui par là (par l'incessant de ce trouble, l'incessant de toute voie d'accès toujours, au tout dernier moment, détruite, à chaque fois surgie par mégarde au dernier moment pourtant) se perpétuait. En perdant équilibre tenait.

De même son corps. Il soutenait que la maladresse de son corps, elle soutenait son corps. Aussi bien, s'il perdait équilibre, était-ce par l'intercession de ce défaut sans cesse qu'il tenait. Et il tenait très bien. Il surgissait en tombant. Et tout trouvait moyen — par la multiplicité spontanée de ces mouvements sans ordre — de se perpétuer alors sans finir : en ne cessant pas de finir. Il se réveillait en sueur, dans la nuit, souvent, puis replongeait de nouveau dans son rêve froid. Sans pouvoir avoir réellement accès au sommeil.

Jeudi 12 avril.

Ce matin je trouvai qu'il était dur de s'éveiller et de sentir soudain, physiquement, comme sous ses doigts, la matière affreuse de la mort. Je rêvais de C. et dans mon rêve j'avais oublié qu'elle ne vivait plus.

Témoin mon lit.

Vendredi.

Ulrike disait que Ch.-V. épousa C. parce qu'il n'en put jouir autrement.

Puis — qu'elle l'abandonnât — la lui fit aimer. Au désespoir.

Après moi, C. aurait aimé Gladys. Puis Ulrike.

Vers sept heures, A. passa. Le petit D. ne s'était pas remis. A. admirait sa fierté, son humour dans la fièvre et l'insomnie. Il ne supportait pas de le voir souffrir. Il me dit qu'il était à *deux doigts* de prier pour que toute la souffrance de D., il l'obtienne, il l'accapare, il la porte toute, — et que ce petit corps en fût déchargé.

Il me demanda si je pouvais venir déjeuner dimanche. Je le lui promis.

Samedi 14 avril.

Je ne dormis pas. C. de nouveau me racontait longuement la scène du bain. Après que je lui eus parlé.

Elle rentrait rue de l'Arbre-Sec. Par un changement qui l'avait surprise, elle se trouvait tout à coup dans la tranquillité la plus placide, alors qu'elle avait cru qu'elle céderait plutôt au désespoir, et aux gestes véhéments qui l'accompagnent.

Elle s'asseyait, se dévêtait, rangeait un à un ses vêtements, avec lenteur, et avec un soin de petite fille méticuleuse. Elle faisait couler de l'eau dans un broc — elle ne possédait pas de baignoire, ni bidet, ni cuvette, tant la place était étroite, et l'immeuble âgé. Quand nous avions visité ces deux pièces vétustes, et hautes, C. avait dit qu'elle préférait la beauté du lieu à tout. — Alors elle emplit le tub. Devant le miroir elle s'assit de nouveau, et se mit à se démaquiller avec application. Il lui semblait que la lumière du monde n'avait jamais présenté une force aussi crue. Qu'elle n'avait jamais vu aussi clair. Avec calme elle se releva, sa tâche finie, et entra dans le tub auquel, une fois assise, elle ajouta une grande casserole d'eau chaude. Elle attendit.

Le lendemain l'avait trouvée dans cette position, le corps nu, assise dans une eau qui était glacée. Elle ne savait pas quelle avait été la nature de cette nuit. Elle avait songé à ces fascinations absolues dont sont la cause — prétend-on — les serpents ; ils entraînent dans l'épouvante leur proie, et les immobilisent dans la séduction, c'est-à-dire dans la rivalité, c'est-à-dire dans la mort. Ou bien, peut-être, cette apathie serait résultée d'un mouvement propre au corps quand il se serait perçu tout à coup dans l'incapacité d'affronter une douleur — à ses yeux insurmontable par d'autres voies que le retrait, la carence, l'absence.

Un rayon de soleil — la porte étant restée ouverte — que le jour levant, l'angle de la fenêtre, et la saison allèrent porter jusqu'aux vieilles lattes du plancher de la chambre, à la limite du carrelage rouge, la fit s'agenouiller dans l'eau, hagarde, le regard niais, les membres sans grâce et pris des grains qui résultent du froid et qui sont comparables — dit-on encore — à ceux qui apparaissent sur le corps des poules de basse-cour après qu'on les a plumées, avant qu'on les embroche.

Puis elle s'agenouilla sur le carrelage. Elle approcha sa bouche du rayon lumineux, puis — cassant le cou — elle cherchait en vain à le lécher.

Sans qu'elle s'essuyât, ni debout, ni tout à fait à quatre pattes, elle alla s'asseoir par terre, à même le plancher, dans l'angle à peu près que font — près de la cheminée — le lit et la fenêtre. Et là encore, elle resta une partie du jour.

Dimanche 15 avril. J'appelai E. D. n'était plus aussi mal. La fièvre était un peu retombée. J'arriverais midi sonné.

J'achetai quelques œufs. Mais je pris soin de me munir de l'objet de la grande passion de D. : un éclair au chocolat.

Gladys, Ieurre et Karl étaient là. Bien sûr avaient fait comme moi. Je disposai autour du grand piano ma contribution. La pièce paraissait un poulailler.

Élisabeth alla prévenir D. que les cloches étaient passées. N'avait-il pas entendu le carillon ? Il arriva en marchant lentement, tout pâle, mais hurlant de joie. Voulut goûter de tout en dépit des objurgations de sa mère.

« Je peux », demandait D.

— Puis-je ? », répondait Ieurre.

Il était blanc et maigri, mais feignait de déborder de joie. Criait les hosannas. E. dit que ses parents le conduiraient peut-être à la campagne. Mais que, cette année, — et à son grand regret — il ne ferait pas ses pâques en Savoie.

A. paraissait heureux, et dissertait avec enthousiasme.

« Vous me faites penser à Okura, dit Karl tout à coup. Okura dit que quand il mange un melon, il pense à ses enfants, mais que quand il mange des châtaignes, il y pense encore plus.

— Ce n'est pas tout à fait vrai. On ne se guérit pas avec les maladies de ses enfants », dit A.

E. n'en était pas sûre. « Tout de même — dit-elle

— une inquiétude mieux fondée se substitue fort bien à une terreur chimérique. »

Lundi 16 avril. Je passai rue des Bernardins.

« Je n'en peux plus de ce silence », me dit Marthe. A. était là. Ils jouèrent la sonate *mi* mineur de Fauré. Marthe l'aimait.

« Paul yeux ouverts sur un souvenir — dit-elle après avoir joué le deuxième mouvement, et retendant l'archet —, lèvres d'enfant qui s'adressent à l'ombre. Plaie qui se gratte pour qu'elle saigne encore. Et qui, si on le presse de guérir, de revenir, se détourne doucement et apaisé de rien, les mains et les lèvres prises d'une petite turbulence de fièvre, se cantonne dans une rêverie au sujet de ce qui n'est pas là. De ce qui ne sera jamais là. De ce qui est mort. »

Plus tard — après le finale — elle dit encore :

« Les scènes imaginaires supposent tellement d'absence pour qu'elles se constituent, et plus encore pour qu'elles parviennent à meubler le vide et s'y maintiennent. Non seulement elles sont imaginaires (elles sont tissues d'absence) mais elles-mêmes, autant qu'elles sont, sont absentes. Et celui qui est n'est que le regard que le spectacle s'invente : le double que cette absence de soi se suppose et à la longue fait accroire pour singulier, pour identique, pour autonome, et pour présent. Ce n'est même pas à N. qu'il songe !

— Je ne sais pas, dit A. en replaçant sur le clavier de Marthe une longue bande de velours grenat, brodée. C'est songer à N. que songer à la mort. Mais comme c'est vrai — tout ce grand savoir qu'on croit avoir de soi, et qu'on multiplie en mémoire, et qui est fondé sur cette mirobolante amnésie de rien. Du “ rien ” de ce qui naît. Du “ rien ” de la mort. Du “ rien ” que refusent en s'empressant toutes ces petites narrations dont on se bourre le crâne pour *dormir debout*, pour mettre la *distance de l'océan* entre ce que je suis (car je suis, n'est-ce pas ?) et la mort. »

Mardi 17 avril.

Elle était affaissée au fond du fauteuil. Ses genoux pointaient sous sa jupe, à hauteur de ses seins. Peu décente. Une larme sur la lèvre. Ses cheveux admirablement mis, mais les mains tordues et blanches, agitées. L'air pitoyable : « Pourquoi cesses-tu de m'aimer ? » L'air lui manquant. La tête cherchant à éviter mon regard.

Elle se leva soudain et alla à la fenêtre, le nez vers la frise des carpes, que le jour éclairait. Elle pleurait doucement.

Mercredi 18 avril.

C. m'emmurait vif dans sa chambre sur le prétexte que nous nous aimions. J'avais perdu jusqu'au droit de m'habiller. Elle me faisait grief de tout intérêt qui ne s'arrêtât point à son corps, et à une partie de son corps. Elle ne cessait de la dévêtir, pensant m'enfiévrer de sa vue, et sans qu'elle y donnât les mains il me fallait témoigner de mon désir. Elle me faisait un crime de la moindre rêverie, du moindre ensommeillement. Elle ne dormait pas.

Je pensais au miel, et à l'écœurement qu'il suscite. Je voyais ces glus qui gouttent aux blessures des arbres.

Jeudi 19 avril. Ieurre m'appela le matin : « Avais-je vu le calendrier ? », me demanda-t-il. Je répondis que non. Il me fit remarquer que, cette année, la fête des martyrs tombait la Sainte-Emma, — et il partit d'un grand éclat de rire. Il m'apprit que Quoeun *avait* resté quelques jours de plus en Bavière, retenu par un lumbago qui le faisait beaucoup souffrir. Il m'avisa alors que même ses derniers amis le *lâchaient :* que Quoeun prononçait « limbago ». Mais, à proprement parler, sous cette forme, ce mal existait-il ? Ieurre distilla son fiel.

Dit que Quoeun ressemblait aux hiboux qui n'aiment que les ruines.

Karl passa me voir à neuf heures. Il faisait une fête le 1er mai. Tous les amis y seraient. Il m'apporta une traduction qui venait de paraître de Yakamochi, dont il était fort enthousiaste, et dont il pensait que je l'aimerais.

Je lui parlai de C. De cette hantise. Il parut gêné. Il se tut. Puis il me dit que ces crises de remords ne lui paraissaient pas — à dire vrai — tout à fait infondées. Qu'il avait eu pour elle une amitié infinie. Qu'en effet — alors — il ne m'avait pas trouvé tout à fait *bien.* Qu'elle lui avait trop parlé de moi, avant qu'elle meure. Qu'il m'avait même trouvé *odieux.*

Vendredi 20 avril.

Je songeais à ce que Karl m'avait dit la veille. Je ne supportais pas cette idée. Une perfidie de C. ?

Karl avait juré que C. lui avait dit — peu avant de mourir (mais je n'ai pas gardé le souvenir d'avoir laissé chez elle, en la quittant, quelques vêtements que ce soient) — qu'elle décrochait parfois du cintre où il pendait un de mes vieux pantalons de flanelle, assez usé.

Il disait qu'elle le posait de telle sorte, sur le dossier d'une chaise, que les jambes gonflées d'air paraissaient habitées. Il dit qu'alors elle s'allongeait sur le lit et que, comme elle le regardait longuement, elle le désirait.

Samedi 21 avril. Je déjeunai avec Recroît. Puis nous passâmes voir Marthe.

Paul acceptait enfin de parler un peu, de marmotter.

Mais il était retourné à la drogue. Marthe se lamentait. Arguait de la famille, des exemples autrefois donnés. Que c'était de sa faute. Qu'elle l'avait abreuvé de mille cachets, de somnifères. Qu'elle ne se le pardonnerait pas.

Le moralisateur essaya de calmer M. :

« Il n'y a pas de morale, dit-il. Les desseins sont trop improbables. Il n'y a que des circonstances, et des gestes qui sont aventureux.

« Les notions d'injustice et de méchanceté — poursuivit-il — sont sans fondement. Rets tissés entre les individus qui n'ont d'autre réalité que les objets d'espoir et les appréciations de désespoir de ceux qui les nouent ou qui s'y empêtrent, qu'ils en pâtissent ou qu'ils en bénéficient. Sans défauts, ni vertus. Les qualités et les valeurs sont sans existence. On ne trouvera pas d'exemples d'ingratitude chez les pierres et les herbes. Pas trace de méchanceté ou de bonté sous le soleil.

« Pas une larme, pas un doigt de moralité après des millénaires de mœurs diverses, et qui sont incompatibles. »

Mais Marthe se moquait de tous ces arguments. Elle paraissait très malheureuse. Ses cheveux étaient peu à peu devenus blancs. R. me dit en la quittant qu'en un mois elle « a vieilli d'un seul bond ». Qu'elle était devenue *vieillarde.* Je lui dis qu'avec les arguments qu'il lui assenait, elle ne mourrait pas en effet centenaire.

Dimanche 22 avril. Je passai rue du Bac vers quinze heures. Dans l'entrée, sur la commode proche du corridor, trois tulipes ochracées, acrimonieuses, raides.

D. courut à moi et me rappela ma promesse. Il ne me parut pas que je l'eusse faite. Que quand il était malade je lui aurais dit que je lui offrirais une perruche. Ou un tourtereau. Ou une tourterelle.

On traversa la Seine. On alla quai de la Mégisserie

chez l'oiselier faire l'emplette d'une petite tourterelle nommée Julie avant même qu'il l'eût vue.

Lundi 23 avril.

Je lus dans la traduction que Karl m'avait prêtée qu'Ôtomo no Yakamochi, après la mort de sa femme — en 754 précisait la traduction dans une note très savante —, dit que d'elle il ne restait plus rien dans le monde, et que quand il pensait à elle il ne pouvait pas parler. Que son chagrin était sans nom et que, partant, il n'était pas possible qu'il dise le nom de sa femme sans le souiller de douleur. Il disait aussi — avec le secours d'un vœu des plus hyperboliques — que si elle était encore là, puisqu'il n'aurait pas eu le courage de lâcher un instant la bretelle de son vêtement, alors ils auraient été sans cesse tous deux, côte à côte, comme vont sur l'eau les canards.

Sans doute étais-je un peu fatigué. Ou le souvenir de C. trop lancinant. Je nous voyais deux canards, et l'étang ; et je ne riais pas à cette idée. Même, j'étais très ému. Je ne trouvais pas de plus belle image.

J'ai aussi songé à une autre comparaison japonaise — beaucoup plus fréquente, du moins dans cette traduction que je lisais — selon laquelle certains palmipèdes en effet, et tous les oiseaux de mer, l'emportent sur nous. Ils plongent, mais ils reparaissent.

Mardi 24.

C. était capable de s'abandonner à ce qu'elle éprouvait. La peur exacerbait la perception qu'elle avait du monde. Alors le cœur lui faisant mal, et paraissant céder, elle s'échangeait entière dans tel craquement d'une branche, prise de gel. S'affaissait, se tassait sur elle-même dans le bruit sec et brusque de l'eau se durcissant en glace et amplifiant sur le sol les petites flaques. L'hiver, elle était le bourdonnement du silence, le froissement interminable des cristaux de neige qui se soudent les uns aux autres et se modifient, se défont, et se transforment jusqu'à reformer eau.

Mercredi 25 avril.

C. pleurait. Elle était toute nue. Elle refusait de parler. Alors elle posait ses deux mains sur ses cuisses, et elle me regardait.

Jeudi 26 avril.

C. me disait : « Seul l'amour compte. Société, amitié, travail... — tout cela ne m'intéresse pas. Sont-elles tombées tes dents de lait ? C'est trop niais. »

Vendredi 27 avril.

C. ne cessait pas de me reprocher l'insuffisance de mon amour. Mon peu d'abandon.

« C'est une courte tempête — trop embarrassée et

trop prompte sans doute — mais réelle..., avait-elle dit de l'amour. Qui a l'*immense avantage* d'être réelle... »

Dimanche 29 avril.

Au jardin du Luxembourg, près du bassin où D. poussait un bateau à voiles, à l'aide d'un jonc, le ventre posé sur la pierre, le bras tendu, A. et E. assis côte à côte, en manteau, un peu tragiques, comme deux grèbes fidèles.

Je ne m'approchai pas. Épithalame de E. et A.

Lundi 30 avril.

Rue Saint-André je vis un petit garçon de quatre ou cinq ans, près du marchand d'arbustes et de fleurs, les pieds dans le caniveau, sortant à vive allure d'une poche de sa culotte de flanelle de minuscules trésors et les enfournant aussitôt dans l'autre poche. L'allure très riche et le regard très absent. Il établissait une espèce de record.

1er mai. Nous allâmes tous chez Karl. Sans instruments. Ieurre prit sa voiture pour emmener Gladys. Élisabeth et A. partirent chercher Marthe.

J'y allai à pied. Rue du Fer-à-Moulin, je tombai sur Thomas qui me dit qu'il n'arrivait toujours pas à trouver un emploi. Quoeun et Recroît étaient déjà là.

Quoeun marchait très difficilement et paraissait souffrir.

« Encore un *limbago?* Ou bien un *lombago?* », persifla Ieurre en s'approchant de lui. Quoeun répondit qu'il avait le genou *féru*, qu'il était tombé dans l'escalier. Recroît dut l'aider à gagner sa place.

Karl avait préparé un sanglier merveilleux. Il avait la couleur de la nuit. La viande fondait dans une sauce âcre, lourde.

Je ne sais pourquoi, je parlai à A. de ce petit garçon rencontré rue Saint-André, occupant le malheur en faisant apparaître et disparaître de ses poches des petits bouts de bonshommes en matière plastique, d'automobiles miniatures et de ficelles.

A. parla d'intensification de l'échange, de pères imités, de capitalisme. Je suggérai qu'il ne fallait rien exagérer, ou que le malheur le transformerait définitivement en prophète, en Recroît. Il parla alors de mère présente ou absente, bonne ou mauvaise, etc. Je m'irritai. Jamais il n'eût ressassé, quand il se portait bien, de semblables conventions. Je lui fis observer qu'il serait paradoxal que tous recherchent avec tant d'acharnement un état qu'aucun n'aurait connu, et qu'ils voulussent recouvrer une dépendance dont il n'y avait pas d'exemple attesté sous le soleil, — du moins de l'aveu même de ceux qui en avaient accrédité l'idée. Les enfants crient.

— D'autres siècles n'en avaient pas porté mention, intervint Quoeun. Il y avait alors quelque vraisemblance que cette nostalgie ne fût apprise. Et qu'il ne s'agît que d'une rêverie devenue un mythe, qui avait suscité ses religieux et ses religieuses.

E. déclencha alors une longue discussion touffue

sur la notion d'enfance. Prit A. à partie sur l'éducation de D. Contre les idées de protection, de sécurité, d'asile. « Voyez où se réfugier avait conduit A. Rentrer dans sa coquille : quelle coquille ?

— Un seul principe pour éduquer, dit A. : cohérence, et conséquence. Et cela si arbitraires et si indéfendables que soient les choix auxquels elles correspondent ! » L'argument était à peu près le suivant : plus l'autorité s'exerçait, plus elle s'exposait à être défiée. Ce qui était alors si visiblement interdit cessait d'être n'importe quoi et devenait désirable ; l'ennui se dissolvait ; on n'était pas perdu ; il valait mieux se fier à l'interdiction pour apporter du sens, que se reposer sur quelque improbable nature attenante ou immanente aux choses mêmes. Celui qui s'essayait sur ce qui lui résistait avec une si simple évidence en acquérait la résistance ou la définition.

Élisabeth : « Extrême droite », dit-elle. Qu'il la laissât faire d'instinct.

La discussion s'étendit alors à la tablée entière — dans une grande confusion de voix. Thomas avait pris la parole : Famille, école, société s'acharnaient à capturer et à réduire l'enfant. Scarifiaient, enfermaient, appauvrissaient son corps. Dressaient, culpabilisaient l'innocence, brimaient la gentillesse native, bafouaient cette simplicité merveilleuse. Enrégimentaient, entravaient l'ébriété joueuse et l'appétit de vivre, domptaient l'îlot neuf du possible, mettaient au pas une royauté éblouie. Persécutaient la liberté et faisaient du petit dieu sauvage muet un martyr bavard...

« ... Une victime sur l'autel du capital ?, suggéra Ieurre.

— ... Un bouc émissaire de la violence de ses parents ?, demanda Marthe.

— Mais qu'est-ce donc que l'éducation — se récria Ieurre avec une véhémence et une conviction dont il n'était pas coutumier — sinon ce plaisir pris par celui qui en fait l'objet à l'acquisition de ce *cancer* dont meurent ceux qui l'élèvent ? Cet attrait qu'exerce la peur qu'il découvre avec admiration sur le visage de ceux qui l'asservissent ? Ce désir impatient d'épouser la culpabilité des plus grands, et dont toute leur gravité témoigne, et qui en impose si majestueusement à ses yeux ? C'est cet empressement si mimétique à apprendre à fumer, à aimer, à se noircir les doigts », conclut-il sur un ton vociférant (on ne savait s'il était sérieux ou non). Quoeun prit alors la parole. Qu'il lui semblait sans doute — à l'instar de Marthe et de Thomas — que la famille, l'État, les institutions religieuses et scolaires avaient porté un soin à l'enfance qui lui paraissait excessif. Que sans nul doute ils avaient débordé sur le peu de fonction que la tradition leur avait autrefois prescrite. Mais qu'il ne pouvait croire cependant à l'idylle de Thomas. Qu'enfant il ne l'avait jamais éprouvée. Ni joie de vivre, ni liberté : obsédé de dépit sur son incapacité, d'envie à l'égard des plus âgés que lui, porté comme exclusivement par le désir de s'affranchir de toutes ces béquilles, parentés, interdictions, recommandations et modèles, puis de s'en revancher, de s'affirmer par soi...

« ... La faiblesse humiliante de l'enfance », dit R. alors.

Marthe répondit savamment : l'enfant était pour elle une préhistoire impossible. Que nous traitions d'une pure fiction, d'une substance d'autant plus obscure que son âge était loin d'être simultané avec sa perception. Et d'autant plus que cette perception, cette reconnaissance éventuelle, étaient elles-mêmes enchevêtrées à cette enfance, — étaient elles-mêmes comme une sorte d'enfance récurrente ! (Ieurre baissa la tête.) L'enfance — poursuivit-elle — était alors une sorte de rêve projeté après l'épreuve.

« Plus simplement, dit Ieurre, un roman sur un roman...

— Plus encore, dit A. Plus que roman, et plus que phantasme : une religion nouvelle...

— Romantique..., ajouta Ieurre.

— ... et qui avait ajouté à une dépendance et à une souffrance que d'autres siècles avaient plaintes, n'avaient pas cherché à corrompre, à séduire, à expérimenter, ni surtout à comprendre. Mais avaient peut-être mieux respectées en les laissant — ainsi qu'on dit au fond si douloureusement — *livrés* à eux-mêmes.

— Et plus précisément encore que vous ne le songez, dit R. Religion au sens le plus strict, avec les grands accès théologiques, le grand mouvement d'évangélisation, multipliant de fait d'une façon peu imaginable apôtres, instituteurs, prophètes, et tout ce petit clergé comme les deux poissons et le pain ! Religion, enfin, qui s'était retournée contre ceux qui lui avaient donné essor : autres états et autres âges tombant à leur merci, et reportant sur eux-mêmes une culpabilité et une responsabilité qu'ils n'avaient pas en effet imaginées jusque-là. Ces sectes avaient eu tôt fait de les subjuguer et de les immobiliser en eux-mêmes. Les vieux devoirs coutumiers s'étaient vite transformés en charges monstrueuses, en catéchismes contradictoires et éphémères, et sans cesse réinterprétés. Cette paralysie terrifiée devenant malaise, ce malaise se transformant en gêne devant eux, cette gêne en hostilité sourde, puis agressive...

— ... Et conduisant finalement — dit Marthe — peu à peu à la diminution du nombre des enfants ! »

Quoeun reprit alors la parole. Que l'éducation classique lui paraissait au bout du compte plus judicieuse. L'enfance lui paraissait un état qui emportait avec soi un très grand abaissement ; par la débilité de leur nature ; par l'infirmité de leurs moyens ; par leur impuissance ; par leur science. Rien, leur semblait-il, ne les eût relevés de ce très long état qui ne les assujettît davantage. Dépendance absolue. Les enfants, aussitôt nés, ne mendiaient-ils pas leur vie à la vie de leur mère ? En bref, une condition sujette et d'une durée effroyable, et dont rien ne venait témoigner que le silence et l'épouvante muette, et dont aucun d'entre eux ne pouvait avertir autrement qu'avec des cris sans signification et des larmes impuissantes. Cris perçants, solitude, incapacité enfiévrée de se nourrir, de se mouvoir, de traduire sa détresse, qu'il fallait respecter avec un peu de peur, une incompréhension déférente, et une constante référence au pouvoir limité des hommes et à l'ouvrage — plus considérable, et aussi beaucoup plus généreux — du temps.

« Vie contrainte à végéter — dit R. —, mais aussi incapacité totale de vie intérieure. Petite humanité incapable de la société humaine.

— L'état d'enfance — reprit Quoeun — avait alors en outre et l'honneur et l'audace de déshonorer Dieu deux fois : d'abord par le péché originel qui était communiqué aux enfants dès avant leur naissance. Ensuite par cet autre péché — en effet des plus répulsifs — que représente aux yeux du créateur l'acte même au cours duquel ils furent conçus. Enfants deux fois horribles : fruits du péché et séquelles de la malédiction de Dieu en son premier Jardin. Et avant le baptême, qui les sacrifiait au sacrifice (qui les convertissait à Dieu par l'imitation de sa mort), tels ils étaient : " Ennemis de Dieu, captifs du diable, esclaves du péché, héritiers de l'Enfer, hosties immolées à la mort, et à la mort éternelle ! " — Eh bien, je vous avouerais — confessa Quoeun — que je comprends cela. J'ai le souvenir de l'enfance comme d'un long, un interminable séjour très triste, et sans cesse offensé, et qui ne peut que se mépriser des limites, des maladresses, et des fautes dont on ne cesse de lui crier aux oreilles l'existence. La mémoire est un lancinant rappel, en nous, de cet état, et qui contraint à le renouveler... »

— Même, ajouta Recroît, Bérulle parlait de ces silencieuses et petites " propres ruines " qu'est l'état d'enfance en nous, et qui serait la seule sorte de souvenir que nous conserverions de la mort.

— L'enfance, le paradis, la joie, la créativité, la liberté, l'innocence, l'âge d'or..., dit alors Karl.

— L'enfance, la tempête, le noir, le froid, la mort, la peur, le défi, la séduction, l'ennui intense, l'abandon, la solitude, l'absence, l'agression pure, l'enfer..., dit alors Marthe.

— Ce genre de discussion se termine toujours dans cette *eau de boudin*, dit E.

— *Os de boudin*, fit Ieurre.

— C'est le cochon qui, après qu'il a été découpé,

s'en va en *aunes de boudin*, affirma Quoeun, décidément intarissable.

— Quoi qu'il en soit, toute pensée prend cette *eau* par son développement lui-même ! », releva Recroît avec un air profond et avantageux.

Enfin nous parlâmes de choses moins vagues, plus anecdotiques, plus intéressantes.

Mercredi 2 mai. Dans l'après-midi je passai rue du Bac. Dans l'entrée, dans le vase, des fleurs blanches et jaunes comme des fleurs des genêts. A. était en assez bonne forme, et discutait avec R. Il disait :

« Ce qui refoule en nous est plus angoissant que ce qu'on refoule. Ces petits objets, on peut en parler des heures durant, ou les taire (non par volonté de les tenir secrets, mais pour ne pas importuner ceux qui nous entourent, et qui font preuve de pudeur). Peu importe. Ils sont totalement indifférents. En outre ce sont très vite des constructions verbales qui s'y substituent et qui peu à peu les affabulent. Mais la complexité et la fragilité de notre corps — à quoi nous sommes si totalement dessaisis que nous en épousons la matière sans reste — sont des pensées terribles, d'un mécanisme si fragile et si totalement proche, si totalement déterminant, puissant sur nous, si totalement roi à notre insu — comme nous-mêmes nous sommes à notre insu — et si impénétrables à nous-mêmes. — Le scrupule, en latin — dit R. —, c'est une petite pierre pointue que l'on ressent comme située à l'intérieur du crâne. Le souci. On entend craquer par instants de petites tumeurs dans la tête, siffler de petits élancements avec douleur. »

Ils me regardèrent. Je ne trouvai rien à dire. A. prit de nouveau la parole :

« Subordination humiliante en effet. Nous percevons si matériellement que nous tenons à des fils.

— La poutre que j'ai dans l'œil — dit R. sur un ton sentencieux —, cette chose si sophistiquée et violente qui me permet de voir, il n'y a pas moyen au monde que je la voie jamais. Que je la voie de mes yeux vue. »

Jeudi 3 mai.

C. passait un temps infini à s'habiller. Elle était persuadée qu'elle n'était jamais « suffisamment montrable ». Hantée par une sorte de honte à l'idée d'être vue. Peut-être l'idée de se voiler était-elle née des femmes elles-mêmes dans leur étrange commerce avec leur corps. Du moins était-ce ce à quoi je songeais sottement quand je la voyais de la sorte s'apprêter dans l'angoisse.

« Je suis faite comme un chien fou. » Ou encore : « comme un mauvais fagot. » Elle prononçait ces mots sur un ton fait exprès, aigu, presque niais, quand j'allais la chercher chez elle pour sortir, afin d'aller dîner.

Vendredi 4 mai.

Th. me téléphona, toujours désemparé et sans travail. Mais je n'eus pas le goût de le voir.

C. revenait toujours. Et je ne parvenais pas à fatiguer ou à user ce souvenir.

Samedi 5 mai. Sainte-Judith.

C'était au printemps.

C. était debout devant moi. Elle avait commencé à déboutonner sa robe et dans le même temps se mit à parler. Il y avait peu de malice dans son regard et une impudeur naissante qui me déplaisait. Quand elle se fut dévêtue, toujours continuant à parler, après qu'elle s'était approchée de moi, elle se mit de dos pour je ne sais quelle raison. Elle était belle, un rai de soleil entrait par les volets qui étaient refermés tant la chaleur était forte au-dehors, et frappait sur ses fesses. Je voyais ses fesses et elle continuait à parler. Je ne l'entendais pas et elle me dégoûtait. Ces flots de paroles, cette nudité si laïque, — cette association de la parole et de la nudité, comme c'était choquant !

Dimanche 6 mai.

Ieurre et Recroît passèrent me prendre. « Tu ne nous visites plus », se plaignirent-ils. Quoeun m'appela alors. Il retournait en Bavière jusqu'au 14. Puis nous allâmes rue du Bac.

Dans l'entrée : deux branches de lilas laides, violet, très entêtant.

« Comme il est parfumé, dit R. en entrant.

— Non. Odoriférant, dit Ieurre.

— Que c'est laid ! s'insurgea Élisabeth.

— Sans doute parfumé se dit-il de ce qui dégage une bonne odeur, répliqua Ieurre, mais à la condition qu'elle soit empruntée. »

Élisabeth haussa les épaules.

« L'est-elle donc ? », insista Ieurre.

Élisabeth ne lui répondit pas et alla prévenir A. que nous étions là.

Au salon, Ieurre parla de Florence. Puis étendit son propos à Gladys, à Suzanne, à Véronique. Même Élisabeth — qui n'était pas là — fit l'objet de ses représailles.

Recroît prétendit que la *joie* reviendrait. Évoqua un mystérieux *effet de retour.*

Je me surpris à me demander ce que je faisais avec eux.

Je passai embrasser E. et D. Et pris le chemin du retour.

Lundi 7 mai.

C'était blesser en vain une femme très amoureuse que de l'entretenir du peu de fièvre qu'inspirait l'existence de son corps.

Je ne sais pas.

Mardi 8 mai.

Je me trouvai nez à nez avec Bauge et Ieurre dans l'ascenseur de la Maison de la radio. Il y a des lieux où la tristesse envahit aussitôt. Nous parlâmes politique. Puis de A. « Il a changé », dit Bauge. « Il est changé », le reprit Ieurre. Bauge pronostiqua sur le signe de Saturne et évoqua la vieille théorie des fureurs. I. parla de la mélancolie de Littré et de la traduction que ce dernier avait faite d'Hippocrate. Ils estimaient que nous aurions dû faire l'acquisition d'ellébore pour le purger de son désarroi. Ieurre nous avisa qu'il fallait dire, pour peu que nous voulions parler strictement, *désopiler.* B. décrivit par le menu une antique recette pour préparer l'ellébore qui — je ne sais plus comment — déboucha sur Burton. J'étais excédé (avec en plus l'horreur infirme, agitée, grise du lieu). Je ne supportais pas leurs plaisanteries et cette sorte d'escalade d'érudition oiseuse, passe-temps de professeurs d'autrefois. Je formai le vœu que A. retournât à l'état où il avait été plutôt que d'oublier le vide à l'aide de telles béquilles. Par le secours de si piètres et si pédants *analgésiques.* Je les quittai brusquement.

Mercredi 9 mai.

Gladys était accouchée d'une fille. Elle paraissait heureuse. L'enfant minuscule, violet, terrible, et ses deux poings brusques.

Le père l'avait baptisée Henriette. Gladys consentante.

Jeudi 10 mai.

Gladys avait accouché la veille. Ieurre m'avait appelé de la clinique par téléphone. Il avait l'air extrêmement agité. « Ce n'était plus de son âge », prétendait-il. J'y allai.

Nous avions attendu ensemble — dans la chambre — que Gladys revînt de la « salle de travail ». Une odeur de lait, de suée, d'éther, de sang, suffoquait un peu. Pendant ce temps-là Ieurre — nerveux, exaspérant — me faisait la leçon. Qu'il fallait dire que les brebis agnèlent et, pour les chiennes, chienner. Que la daine faonnait. Que la truie cochonne quand toute vache vêle. Mais — ajoutait-il en citant à l'appui des charretées d'explications — la femelle de l'homme ni quand elle est grosse ne porte, ni ne met bas, ni n'accouche. Et qu'il fallait dire *enfanter*. Je l'assurai que tout cela était trop opportun pour être supportable.

Vendredi 11 mai.

Avec Zaezon je dus passer chez Karl. Nous travaillâmes. Vers sept heures K. nous interrompit. Il dit qu'il fallait qu'il arrose ses fleurs, ses *baromètres*, ajouta-t-il. Je ne compris pas.

Il faisait lourd. Il me montra ses petits sapins sur son balcon, les pommes se serrant les unes contre les autres avant la pluie. Il m'apprit que la pimprenelle, le chardon refermaient leurs fleurs alors. Comme, avant l'orage, le pissenlit s'abritait sous ses feuilles. Qu'avant la chaleur, en signe de beau temps, la nielle penchait la tête, le pavot relevait sa fleur.

J'étais enchanté. Comme un enfant que surprend une joie. « Habitants des villes ! Misérables ! », cria-t-il en riant, mais en nous montrant impérativement du doigt la porte. « Dehors ! »

Nous partîmes. Je dînai avec Zaezon rue de la Montagne-Sainte-Geneviève.

Samedi. J'appelai Élisabeth. A. allait bien, songeait de plus en plus sérieusement à travailler de nouveau. Je lui dis que je partais pour la semaine. Je prenais l'avion dès ce soir.

« Comme la nouveau-née est charmante ! », me dit-elle. Elle revenait de la clinique.

Samedi 19 mai. Recroît vint me chercher à l'aéroport. Nous dînâmes ensemble. Nous parlâmes de Quoeun.

« Que faisiez-vous le 19 mai 1838 ?, me demanda-t-il en riant.

— Ce que vous faisiez le 23 novembre 1654. »

Au retour, rue Mazarine, nous rencontrâmes Ieurre qui revenait de quelque soirée, enveloppé dans un imperméable tout neuf, mais visiblement trop grand.

« Comment se porte l'enfant ? », demandai-je.

Une petite Henriette, c'était un nom vraiment merveilleux pour un conservateur — ajouta R., il est vrai de façon stupide.

« Vous devriez savoir, cher ami, qu'au contraire de Henri, l'h d'Henriette n'est jamais aspiré, répliqua Ieurre.

— Est-ce pour en faire la leçon que vous l'avez nommée ainsi ? », interrogea Recroît.

Dimanche 20 mai.

Je déjeunai rue du Bac. Dans l'entrée : de hautes pivoines, mais trop ouvertes, presque huppées.

Le temps était lourd et brumeux. Ieurre passa. A. se plaignit qu'il n'avait rien à quoi s'occuper.

« Souvenez-vous de la civilisation de l'Inde, dit Ieurre. Le plus pur ne sert pas. Et même, au point de l'extrême pureté : il ne sacrifie plus. Il est dans la *sainte inutilité !*

— Et quoi d'étonnant à cela ?, lui dit Élisabeth. En travaillant à l'absence de travail... Toute la journée, toute la semaine, *bayant* aux corneilles...

— *Bâillant* d'ennui, dit Ieurre.

— L'eau la pire *dort*, reprit Élisabeth. Plus *dangereuse* que les pattes de l'âne...

— Je ne sais rien faire de mes *dix doigts...*, dit A., un peu accablé.

— Au moins dix ongles. Heureux les stériles !, s'exclama Ieurre avec grandiloquence. Heureux les ventres qui n'ont pas enfanté ! Les seins qui n'ont pas allaité ! Je me loue de ne laisser aucune *rognure* de moi après ma mort !

— Pauvre Gladys. Pauvre petite Henriette..., dit E. en riant.

— Un très *puissant infécond*, voilà ce que je suis, dit A. en soupirant.

— Ou plutôt un remarquable *impuissant fécond !*, dit Élisabeth en se tordant de rire.

— Ah non !, s'écria Ieurre. Ce second tour est une criante impropriété, — si j'ose dire... Et si nous allions au zoo ? », suggéra-t-il tout à coup. (Il prononçait avec affectation zo-o). D. plein de joie.

Nous passâmes rue de Nevers. Je portai la petite Henriette.

A Vincennes, Ieurre, l'air inquiet, dramatique, m'entraîna à l'écart :

« Le petit D. est extrêmement mal élevé, me dit-il. Comment tout cela finira...

— Mais qu'y a-t-il ? Quoi donc ? Qu'a-t-il fait ?, demandai-je.

— N'as-tu pas entendu ? »

Je pris l'air hébété.

« Il a dit fa-on, me dit-il. Et daine, il l'a dit daine ! Et jungle, il l'a prononcé *jingle...* »

Lundi 21. Quoeun me téléphona. Nous convînmes du vendredi.

Mardi 22 mai. Marthe m'appela. Elle n'oubliait pas le lundi qui venait. Mais Paul l'avait quittée. Il était parti — définitivement, lui avait-il dit — dans la maison de campagne de ses amis. A Vence. Elle était triste. Veuve, et maintenant rejetée par un fils, — et exclue par le fait même de la drogue ! Il avait emporté ses livres, son bureau. Dans une camionnette. Avant de partir, il ne lui avait dit qu'une chose — d'ailleurs assez énigmatique : qu'il ne pourrait plus jamais vivre avec des femmes. « Elles sont ce qui saigne toujours. Elles sont la cruauté ou ce qui y voue. »

Jeudi.

Je ne fis rien. Il me sembla que C. s'éloignait. Sa vision s'était usée.

Vendredi 25. J'allai rue des Poissonniers. Q. n'avait pas songé que nous nous retrouverions lundi. Je pris un de ses violoncelles, et nous répétâmes un peu en duo. Mais il souffrait. Sa jambe lui faisait encore mal. Et son dos l'élançait quand il tirait l'archet.

Nous dînâmes vers dix heures. Nous mangeâmes deux pigeons aux fèves. En silence.

« Oh ! J'ai lu quelque chose d'assez remarquable, dit-il après que nous avons eu fini. De remarquable du moins pour une page écrite sous Louis XIII. Il faut que je vous lise cela. »

Nous gagnâmes lentement la bibliothèque. La nuit était tombée. A tâtons il chercha la lampe, il se saisit de l'olive ; la lampe luisit.

Je m'assis dans un Voltaire fourbu, dont la couleur (violette ou verte) était passée. Il prit sur les rayons un gros in-quarto rouge, publié sous la Fronde.

« C'est du grand cardinal. C'est de Bérulle, me dit-il en le feuilletant. Voilà, c'est à la page 705. Cela ne plairait guère à Ieurre ! »

Il s'assit sur une sorte de fauteuil en éclisse, et grinçant, mit ses lunettes et lut alors :

« Que sommes-nous ? Que sçavons-nous ? Nous sommes un peu de poussière, et nous sçavons quelque chose des Langues. Et quand nous aimons et estimons quelque connaissance des Langues, que faisons-nous autre chose, sinon nous remplir du néant ? Ce sont des paroles nées depuis peu de temps, et qui passent avec le temps, et dont encores nous n'avons que l'escorce et la superficie. Ce sont paroles que nous n'avons que par emprunt, et non la propriété ny l'usage... » Il continua de la sorte près de la demie d'une heure. Sa voix chevrotait un peu. Il paraissait ému de lire.

Samedi 26 mai. Ieurre m'appela. Il était parti pour l'Ascension. Ils avaient rouvert leur petite maison près de Pontchartrain. Pour sécher les *polochons.* Il avait fait bon au point de mettre Henriette dehors, à dormir. Le hêtre restait nu.

Voulais-je venir ? Je le remerciai. Qu'il n'oubliât pas l'invitation de Wensleydale pour lundi.

Dimanche 27 mai.

Je passai vers quatre heures rue du Bac. D. avait offert à sa mère — c'était la fête des mères — un dessin la représentant — sorte de Badebec énorme, l'œil rond, cerclé de noir, propre aux héros cycladiques, mais moins despotique qu'au bout du compte compatissant — debout sur le pont d'un grand paquebot perdu dans de larges vagues noires, et touchant le haut du ciel de sa tête. Le petit D. me montra aussi un bouquet d'œillets bleus qu'il lui avait acheté — me fit-il remarquer — avec « ses sous ». Je l'assurai que je trouvais tout cela admirable. E. s'exclama — en l'attirant soudain dans ses bras — que le « langage » de l'œillet était « ardeur », et le couvrit de baisers.

J'évoquai Marthe. Jour sans doute des plus pénibles pour elle. A. me dit qu'il avait bien songé à l'inviter. Mais que cela ne lui avait pas paru très judicieux. Puis Élisabeth partit avec D. — au jardin du Luxembourg — Élisabeth portant le grand bateau à voiles sous le bras.

Nous restâmes seuls. Nous parlâmes de Paul. A. prétendit qu'il le comprenait. Il n'avait pas conservé de l'enfance un souvenir si prestigieux.

« Les tout petits enfants, dit-il, sans qu'ils marchent ni parlent encore, ont si souvent déjà compris, et de longtemps, qu'ils peuvent attendre plus d'affection d'un bout de couverture dans la nuit que de l'amour d'une mère. S'ils disposaient de la parole, ils jureraient qu'il y a là une régularité, une tendresse, une attention, une fidélité, une sûreté aussi — tout irremplaçables —, quand ils ne sont aux yeux de leur mère que d'infirmes animaux servant de bouc émissaire à la haine. Des objets de chantage à l'affection des hommes.

« Les tout petits enfants ajouteraient peut-être — continua-t-il — que celles qui les ont faits ne sont peut-être que des substituts à ces bouts soyeux qui forment le pourtour des couvertures de laine qui bordent leur lit. Et des substituts grossiers, assez défectueux mais qui présentent l'avantage de glapir. »

Memorial Day. Gladys préféra demeurer avec Henriette à la campagne. Marthe, Élisabeth et A. prirent la voiture de Ieurre. Je partis avec Recroît. Nous allâmes à pied. Retrouvâmes Bauge sur le chemin. Arrivâmes avec un peu de retard. Quoeun parlait de la Bavière. Par ailleurs, ce fut un « banquet américain » plein d'entrain, mais sans grande conversation particulière.

Thomas arriva avec beaucoup de retard. Nous étions déjà à table. Nous avions appelé en vain chez lui. Nous redoutions qu'il n'eût oublié.

Nous étions en train de manger un repas de rivière.

A l'arrivée de trois beaux brochets — et du beurre blanc — la conversation était descendue jusqu'aux propos de table. Le mot de sagesse se réduisait à celui de salive, disait Bauge. — Ce qui relie et sépare, disait R. — Discrimination entre douceur et amertume, et peut-être goût de la mort et goût de la vie, — me risquai-je à dire. Mais Élisabeth prétendit ranger les principales saveurs. Huit espèces eussent dominé toutes les autres :

« Le doux qui est dans le miel, l'amer qui gîte dans l'absinthe, le gras qui glisse dans le beurre, le salé qui se trouve dans l'eau de l'océan, l'âpre qui habite dans l'ail, le vert qui s'abrite dans la pomme de bois ou dans celles qui sont formées sans être mûres. L'aigu qui erre dans les huiles, l'aigre qui vit dans le vinaigre... »

Recroît et Ieurre trouvèrent moyen de disputer. R. affirmait que les seules « oppositives » étaient de l'ail au vinaigre. Aigre et âpre comme on était porté à dire blanc et noir. Tandis que Ieurre faisait une gorge chaude de son « oppositive » et nous assura qu'au contraire de l'aigre et de l'âpre, c'étaient le doux et l'amer qui luttaient sous nos lèvres.

T. E. Wensleydale s'indigna alors qu'on préférât se paître de mots plutôt que de brochet. Quel miel et quel fiel pouvait-on trouver dans un beurre blanc ? Il partit de nouveau préparer un petit bol. Puis nous parlâmes de riens.

D'abord une discussion sur l'état du monde. En gros, trois groupes s'affrontaient : 1) T. E. Wensleydale prétendait que depuis les Royaumes Combattants il avait empiré (Ieurre : qu'il *était* empiré) ; 2) Bauge, Élisabeth, A. et Thomas : qu'il avait toujours été ce qu'il était. Que c'était innommable. D'une grande égalité dans l'humeur ; 3) R. et moi : que c'était incomparable. Que ç'avait toujours été incomparable. Ni empiré, ni meilleur, ni même semblable. Toujours indescriptible.

Quoeun s'employa avec succès à imiter Wensleydale plissant les yeux. « Les bouquets, dit-il, après qu'ils ont été assemblés, se défont. Tout surgit, ne se fixe pas, et jamais ne s'achève. Maisons, ceux qu'on aime, richesses, mort, beauté, n'accompagnent pas dans la mort. Errer sur une terre errante sous les pieds. Tout le réel se disperse comme gens au marché. Tous meurent en perdant leur corps... »

Quoeun riait beaucoup. Il était à peu près seul à rire. Ieurre revint à la discussion précédente.

« Quel regard jettent les plantes vertes sur le monde ?, demanda-t-il, très heureux de sa phrase.

— Mais il n'y a pas de monde !, dit R. Ou il y en eut

tant ! Le monde est une certaine forme imaginaire sur un *rien ambiant.*

— Quel vide, toute la terre ! Quel hasard ! Quelle négligence absolue, dit A.

— Oh ! comme tout était !, rétorqua R. Quelle insignifiance ! Quelle merveilleuse insignifiance ! Quelle absence d'âme et de monde sous le monde ! »

Ieurre déclara : « Le genre humain se divise comme suit : les porte-drapeau, les porte-monnaie, les porte-plume et les porte-malheur. »

Il se tut. Il ajouta : « J'oublie les porte-cigarettes et les porte-liqueurs. J'ajoute les portemanteaux et les portefaix de la mort. »

Cela ne fit rire que lui.

R. dit qu'il ne fallait pas forcément être d'un caractère grégaire et religieux. Que de ce qui était il ne tirait pas pour son compte l'hypothèse d'un monde qui l'assemble, ni ne percevait de principe qui le régît, ni ne recherchait particulièrement d'étalon, de repère, de sens, d'ordre pour tout l'indescriptible qui lui tombait sous le regard. Et ne l'éprouvait pas autrement qu'une chose beaucoup ininterprétable, ne pouvant légitimer aucun désespoir, ni imposer aucune félicité par sa seule considération. Ni ne songeait jamais qu'une histoire l'eût porté jusqu'ici, — sinon un *décousu* de rythmes et de temps et d'expériences de temps. Ni qu'un avenir fût à l'attendre. Ni n'avait découvert qu'un équilibre l'assied, pour matériel et pour obscur qu'il fût. Ni qu'il repose à proprement parler dans la main d'un dieu.

« Nous sommes nés de la *dernière pluie.* Nous n'en savons que l'humidité !, dit Ieurre.

— Pas même le reste poisseux qui enduit les

cheveux et revigore l'odeur de la laine et des herbes, rétorqua Bauge. Il y a longtemps le dernier néo-platonicien, le diadoque Damaskios, niait le mot socratique : on ne pouvait savoir qu'on ne savait pas. On ne peut qu'ignorer qu'on ignore.

— Depuis quarante mille ans que les hommes peignent..., fit Élisabeth.

— Depuis qu'on dessine sur les parois ou sur les murs... En Dordogne, dans le Tassili, à Lagoa Santa, sur les monts Cantabriques..., dit Quoeun.

— ... On n'a jamais peint aussi bien », conclut T. E. Wensleydale à la surprise de tous.

La discussion était dégénérée. Quoeun cherchait à trépigner malgré sa jambe. Recroît vilipendait pêle-mêle Pline l'Ancien et Hitler, Rousseau et Maurras, Horace et Nietzsche. R. voulait accréditer l'idée que la terre avait été saccagée par l'idée de nature.

« Non, disait-il, il n'y a pas de monde. Et il n'y a pas même de temps, d'unité de temps.

— Quel jour pourtant — interrogea alors Thomas, avec véhémence — qui ne soit né précisément d'hier ?

— Souvenez-vous de ce que César fit l'an 708 de Rome, rétorqua R.

— Et Napoléon début 1806, dit Quoeun.

— Et le lendemain du 4 octobre 1582, qui fut un 15 octobre ?, demanda Ieurre.

— Il n'y a jamais eu de date, reprit Quoeun. Le mot lui-même se combat. Ou bien une datation est arbitraire, ou bien elle ne date qu'elle-même et de la sorte ne date pas. Une datation se définit comme un petit point sur une série temporelle, qui découpe des rythmes qu'elle invente et qu'elle étalonne selon son rêve.

— Aussi chaque “ série chronique ” — continua R. — porte-t-elle avec elle l’idée de légende. Dater, c’est légender un mort. C’est donner une histoire à une douleur. Le temps, c’est du dire !, ajouta-t-il sur un ton triomphant.

— Que veut-il dire avec un tel sabir ?, interrogea Ieurre.

— Je vous prie de patienter un instant », dit W. en se levant de table tout à coup. Il passa dans la bibliothèque. Il revint avec une vieille feuille brune dans les mains, rédigée en chinois.

« Je vais vous lire ce passage..., dit-il.

— On ne lit pas à table, dit Ieurre en frappant son verre avec sa fourchette.

— Qui pis est, déclara Bauge, on n’interrompt pas la paix d’un repas pour faire la guerre. Car dès qu’on commence à citer, on commence à faire la guerre. L’art de la citation est lié directement aux droits de conquête et aux seize coutumes des déprédations.

— Je vais vous lire — reprit T. E. Wensleydale sans se troubler un instant — ce passage de Yang Kouang-sien, grand lettré du XVIIe siècle qui tâchait à repousser la progression des missions chrétiennes et à ravauder la dévastation jésuite de l’ancienne Chine. Il écrivait cela en 1660 :

« “ De l’an *keng-shen* de l’ère *Yuan-cheou* des Han à l’an *ki-hai* de l’ère *Chouen-tche* il s’est écoulé 1 660 ans, alors que depuis l’an *kia-tseu* de la mise en ordre du monde jusqu’à maintenant il s’est écoulé 19 379 496 ans. Si Jésus est le Seigneur du Ciel, alors toutes les périodes antérieures à l’empereur Ai des Han ont été dépourvues de Ciel. ”

— L'humour chinois est une chose qui surprend à chaque fois, prétendit Marthe.

— Voici ce que veut dire Recroît, dit Wensleydale.

— Ce n'est pas beaucoup plus clair qu'obscur, dit Ieurre.

— A chaque instant du jour, dit R., le temps qui sépare l'intention de l'acte, et le temps qui sépare l'acte de ses conséquences rendent tout imaginaire l'établissement de principes au nom desquels nous prétendrions avoir agi. Ils interdisent toute morale — sinon le goût de faire accroire et l'habileté rhétorique, qui permettent de justifier pour confondre et de brandir la cohérence pour blesser. Sans lui laisser le temps logique de se constituer, ils la pulvérisent.

— Ne compte-t-on pas une petite soixantaine de siècles depuis que l'écriture est entrée dans l'usage, au Proche-Orient ?, demanda Quoeun.

— Vous faites tout tomber dans des poches de néant dignes des différents Moyen Age, dit T. E. Wensleydale.

— Depuis les trois millions d'années que des hommes crient, cueillent, chassent et désirent... », intervint A.

Et nous parlâmes étoiles. R. dit qu'il avait entendu dire que l'univers était un vieux feu d'artifice dont les dernières fusées s'étaient éteintes il y avait des millénaires. Que nous étions debout, ou plutôt en train de manger, sur un tison parmi les plus refroidis, et que si nous levions les yeux, alors nous inspections des braises qui avaient commencé de se refroidir avant que reine Berthe file, avant les collets montés, avant les pyramides, et dont l'éclat datait de plusieurs cents de siècles avant notre regard.

A. dit qu'il s'étonnait qu'on fît tous ces calculs de temps après ce qu'on avait médit de lui. Que l'on était en train d'exporter le sec dans l'eau, l'ère chrétienne dans l'ancienne Chine. Qu'on était en train de se munir d'un pèse-lettres pour s'enquérir du poids de la montagne. Ieurre tout à coup :

« Quand il serait à sa naissance... », mais il s'interrompit et fit remarquer que le mot déclin ne possédait pas de pluriel. Il avait l'aspect d'un homme désemparé.

« Le passé, répondit A., est plus imprévisible qu'aucune imagination concernant l'avenir. Il y a plus de langues disparues qui ne seront jamais écrites et de civilisations englouties, que le total de celles dont nous conservons les vestiges.

— De là *décombres !*, s'écria Recroît, à l'adresse de Ieurre. Nom masculin pluriel : c'est-à-dire réfractaire à l'unité !

— Les tragédies durant vingt-cinq ans, au cœur du Ve siècle, dit Quoeun. Un nô de Zeami...

— La forme sonate, pas plus de vingt-cinq ans elle-même, dit A. Aux derniers instants du XVIIIe siècle... »

Mais Recroît nia que les hautes époques, l'activité brusque et intense portant soudain telle ou telle ville de telle ou telle langue à des sortes de crises superbes, aient jamais été liées à une solidarité particulière entre les membres qui les forment, ni à l'esprit de conquête (quelque conquête qui s'ensuive, et qui en assoie ou en étende le pouvoir, et qui en maintienne ou plutôt en invente le souvenir). De même dans les accalmies. Ou les longs essoufflements ou abîmes. « Un étrange manque de coopération et de participation entre les circonstances en présence, dit-il, font qu'elles ne concourent jamais à une sorte de monde, quelque imagination qu'elles en aient. » Que si parfois ceux-ci paraissent se développer — ou, à d'autres époques, périr — c'était affaire d'une mayonnaise incontrôlable et sans effets directs des composants, faite en leur ignorance et qui ne répondait — quelque volonté dont ils donnassent les preuves — qu'à une agglomération fortuite, dont nul n'était capable de se ressaisir en pensée, et tout improviste.

Thomas fut pris tout à coup de colère :

« Vous n'imaginez pas combien vous êtes choquants et risibles !, dit-il en remontant les manches. Vous êtes quelques-uns, dans ce petit quartier, à fuir, à fuir comme à la fin de l'Empire ! A vous isoler dans un microscopique jardin d'Adonis, — un petit isoloir temporaire pour fuir la peste, pour fuir le monde absent, pour fuir ce qui a lieu ! Et vous boucher les yeux devant cette large trirème barbare à plus de 168 rameurs : économie, sciences exactes, guerre. Épiciers, pédants, et bandes d'hommes d'armes ! Gangs ! Ou pour parler comme vous aimez le faire : Jourdain, Diafoirus, Matamore... — Ainsi l'antique Stoa. Ainsi les couvents bouddhistes. Ainsi les archaïsmes de Lucrèce. Ainsi les bris de poteries des grammairiens mendiant les figues dans les banlieues d'Alexandrie. Ou bien le nihilisme, ou tout l'idéalisme ! Un petit couvent hyperdifférencié dans un code banalisé, dans une mer d'identité et d'ubiquité que déversent les machines à communiquer, — et oubliant la norme qui s'étend à la dimension de la terre, à force de politesse, à force d'aveuglement...

— Aveuglement, pourquoi ? dit Ieurre. Nous

hochons tous la tête en vous entendant parler de la sorte. Nous voyons peut-être pis que ce que vous voyez ; nous avons les yeux sans plus de chassie que vous ; mais nous ne sommes pas des *tyranneaux* — si nous entreprenons de ne pas être des esclaves, comme font hélas nos proches. La contrainte que nous exerçons ? Elle est celle de l'amitié et ne s'étend qu'à ceux qu'elle oblige. Nous sommes les seuls et les rares — dans ces rues — à apprécier la vie de société. C'est le désert qui a gagné, l'unanimité par le sport télévisé sans doute mais — de façon plus monstrueuse — par la maison individuelle. Je ne dis pas unique, Quoeun ! Aussi, loin de nous emprisonner, ou bien nous séparer du monde, vivons-nous à peu près dans son centre et les deux bras peu refermés. Sans l'ombre d'une religion, de la haine du bonheur, ou bien d'un *stoïcisme.* Le VIIe arrondissement, ce n'est pas le désert, les champs de Port-Royal, la grange, ni le puits, l'humidité si verte, ni les petites écoles, le silence, la foi, ni la persécution, la terrible assurance de soi !

— En effet, dit A., moins de choses, moins de grands, moins d'herbes, moins de Dieu et moins de sens nous protègent. Nous ne sommes pas des réfugiés, nous ne sommes même pas des égarés, Thomas : nous sommes perdus. Et ce n'est pas un brouillard qui nous entoure : la nuit. L'étrange et simple *nuit des temps* est tout notre avenir !

— Mais la guerre de tous..., dit Thomas avec vigueur.

— D'abord y croire, dit R. Puis y croire assez pour y faire croire...

— Même pas — dit Ieurre. On peut se défendre

sans raison, sans chercher à imposer sa conviction à d'autres. C'est tout le “ sens ”, la guerre ! C'est son puits privilégié. Et ce qui donne raison à toutes les raisons. Et suscite la “ vérité ”, donne l'éclat à tous les regards, et baptise “ bonnes ” les raisons... La somme des maux n'était-elle pas suffisante ? N'imposait-elle pas suffisamment ? Puis-je ressentir un petit peu de crainte quand j'entends retentir des mots de guerre ? Et ce petit sifflement qui alors me harcèle l'oreille, ce n'est pas exactement une sonnerie de trompettes, — ni lointaine dans le bois pris de brume... J'ai sur-le-champ la sensation qu'il ne faut pas ajouter au pire. Ne pas concourir à ce qui le déchaîne. S'abstenir.

— Réactionnaire !, cria Th.

— Non pas réactionnaire — dit Ieurre — et sans doute éprouverais-je une peur panique si je me trouvais jeté dans des temps plus anciens. Il n'y a pas une minute de tout le temps passé qui m'inspire un sentiment d'envie, ou bien de nostalgie. — Mais parfois, j'en conviens, un peu conservateur. Encore qu'à la chinoise — comme Wensleydale. A la romaine — comme Bauge. Que rien ne revienne. Que rien ne progresse. Que tout reste en l'état. Plus du tout de changement — du moins dû à nous-mêmes... »

Visiblement il rêvait. Il ajouta : « Si on s'en était tenu à la lance, à l'imprécation terrible, à l'épée, à l'anthropophagie, au cheval, au sacrifice... — croiriez-vous aux guerres mondiales ?

— N'y a-t-il pas toujours eu lieu d'être dans une grande inquiétude ? La menace ne pèse-t-elle pas dans la formation de la tête humaine elle-même ?, demanda A.

— Pas plus solidement que l'espérance, répondit R. Ni les sentiments d'une grande ébriété. »

Mais nous retrouvâmes notre sérieux. Mangeâmes. C'étaient trois canards aux navets, ruisselant de cognac, avec la couleur de l'or rouge. Le silence devint — par contraste — excessif.

Comme nous nous servions de nouveau, T. E. Wensleydale demanda que chacun d'entre nous évoquât la plus grande souffrance qu'il avait connue durant sa vie.

« Voilà bien une proposition américaine », dit Ieurre.

Tous paraissaient graves et soudain passionnés de soi. Mais personne n'eut le cœur de répondre. Si ce n'est Ieurre, précisément.

« *Moins de deux* met le verbe au pluriel alors qu'avec *plus d'un* il garde le singulier. C'est un de mes grands regrets — fit Ieurre avec un air curieusement sincère ; cette règle, à laquelle je défère bien sûr, me semble si injuste ! Plus d'un, n'est-ce pas le pluriel ? Moins de deux, c'est le parti unique ! C'est une règle injuste, religieuse, sombre. Et je mourrais en respectant cela !... »

Thomas dit que ce n'était pas cela, le malheur. R. nia qu'il y en eût. Thomas prit la mouche. Non : le malheur ne s'échangeait pas dans le simple fait d'une interprétation. Il en donnerait son bras à couper ! Pourquoi le bras ? demanda Ieurre. Qu'était-ce alors, dit R.

« Un morceau de réel, lui répondit Thomas.

— Pas même un signe ?

— Mais pourquoi les hommes pulluleraient-ils —

intervint Wensleydale — s'ils étaient tous si malheureux ?

— Pour le conflit, dit Quoeun.

— Et quand ils auraient été heureux ?, répliqua R. Ils auraient eu garde de ne pas se multiplier. De ne pas se susciter des *rivaux*.

— Ils se reproduisent pour infliger la peine qu'ils ont subie. Et satisfaire de la sorte une sorte de vengeance à l'égard du combat nu qui leur a donné jour. Et s'exalter — dans la vision de leurs enfants — de n'avoir pas été les seuls à mourir.

— Menteur !, dit E. Et comme c'est littéraire !

— Non, reprit R. Rien de ce qui est n'a été conçu. L'existence, la naissance, peuvent-elles être évoquées autrement que comme d'imparables et *constitutives* surprises ?

— Constitutives ? s'amusa Ieurre. C'est sans doute là le caractère " primesautier ", n'est-il pas vrai, Recroît ? C'est-à-dire " tout d'un coup " du réel ?

— C'est tout cela moins la langue racornie, repartit R. agacé. Je ne puis suivre ce que dit Thomas. Le malheur n'est pas une part du réel. Même, le malheur est un art d'agrément si on le rapporte au point zéro du réel. Pas de différence de nature entre une partie de dominos, une tragédie, le jeu des sept familles, le texte d'un prophète, des mots croisés, un discours de propagande politique.

— Voilà encore la parataxe qui resurgit, dit Ieurre. Et toute la Bible du même coup !

— Mais, comme une partie de go », dit T. E. Wensleydale.

R. rétorqua qu'il avait renoncé la foi. — Quand ç'aurait été trois fois avant que le coq s'ébroue..., répondit Ieurre. — Mais A. prit la parole : la langue était la queux pour aiguiser la faux. La pierre de l'autel. Tout ce qui différencie dans un reflet de mort.

« Tout est toujours plus obscur, plus insensé..., poursuivit R.

— ... Et trait d'union qui s'écrit sans trait d'union ! », s'exclama Ieurre.

Par chance on servit une tarte à l'envers. Marthe, durant tout le dîner, était demeurée indifférente. Elle n'avait pas pris la parole.

Il faisait très chaud. Les radiateurs de T. E. Wensleydale étaient encore brûlants. Violent emportement de Quoeun blâmant l'air étouffant. De même, il vilipenda les nouvelles lampes électriques acquises par T.E.W. — à vrai dire aveuglantes du fait d'un dispositif nouveau qui faisait rebondir la clarté sur le plafond. Regrettant les temps où le froid était froid, le chaud le chaud, la nuit la nuit, la distance distante. Invectivant comme un ultra contre ces chaudières, appareillages électriques, voitures automobiles par lesquels nous aurions décapité l'hiver, réprimé la nuit, contraint la distance. — Et tout ceci après que R. avait mis en poudre et le malheur, et le temps, et le monde !

Nous nous levâmes alors de table. Élisabeth et Bauge s'assirent et nous nous accordâmes. T. E. Wensleydale apporta le café. Élisabeth reprit un peu de tarte à la façon des demoiselles Tatin. Nous jouâmes du Mozart : le K. 478 avec piano, une réduction de sonate avec basse de Quantz, et le K. 465 en *ut* majeur.

Ce fut un peu long, lent, mais assez doux.

« Belles retrouvailles ! », dit Wensleydale comme

nous le quittions. Il prit à témoin Lao-tseu, l'obscurcissement de l'obscurité qui est la porte de toutes merveilles. Et nous sortîmes.

Dans la rue. Je crus soudain que tous ces visages fatigués, rougeoyants, tendus, vieillis, osseux, piailleurs, s'étaient rassemblés sous un réverbère de l'avenue de La Bourdonnais pour ensemble tout à coup surgir parmi les arbres. Comme les bourgeons blanchâtres, sur les branches proches du réverbère. Peut-être dans le dessein de s'assurer à plusieurs — semblait-il — du retour du printemps.

Le 30 mai, je rencontrai Ieurre rue de Buci. Marchandant une raie au mareyeur. Je lui demandai des nouvelles d'Henriette. Il ne fermait plus l'œil de la nuit. « Béatifié sans doute, mais point encore au canon des saints. » Je m'offris à l'accompagner chez le marchand de légumes. Thomas, me dit-il, s'était engoué de quatre formulations vicieuses... Je l'envoyai promener.

1er juin. Je partis avec Julienne en Bretagne.

Un petit hôtel de trois chambres près d'une ferme bruyante (le chant d'un coq particulièrement excité).

Le 3. Une Pentecôte humide. Des odeurs inattribuables d'avoine mouillée, tiède et entêtante.

Les essieux grinçants, les raclements d'attelage sur les pierres. J. était heureuse : la soupe épaisse, pleine de pois ou de pommes de terre. Je toussai. Et de belles et lentes ruades.

Lundi 4 juin. Les genêts. Les roches immobiles et surprenantes. La force de la mer.

Mercredi 6 juin.
Il fit très froid. J. regagna Paris le matin.

Jeudi 7. Marchant, pourtant peu exalté, toussant, je vis des choses qui me bouleversèrent. Une grande touffe d'orties humides. Je vis une feuille pourrie au sol, qui était entourée de bois qui bruyaient tant le froid était vif — mais pas au point que les pierres se fendent et murmurent

Malgré un merle qui pépiait, un grand sentiment de silence, et d'être sans distance avec le réel ou la mort.

Des flaques peu profondes reproduisant, sur des petits cailloux, l'image reflétée du soleil. Et puis le souffle sur mes lèvres qui, au contact de l'air, se matérialisait en un petit paquet de brume blanche et s'éparpillait en se détruisant à mesure que je le produisais.

Dimanche 10 juin. Avec R. nous passâmes la journée chez Ieurre, à Pontchartrain.

Après avoir marché dans la forêt. A. remontant dans la voiture de I. s'écria en direction d'Élisabeth et de D. (connaissant les manies de I.) : « Essuyez vos pieds ! Essuyez vos pieds ! » Mais Ieurre le tança. Le visage de A. marqua une sorte de découragement.

« Essuyez-vous *les* pieds », dit-il. Puis, une fois installé au volant :

« Je ne trouve rien de si vénérable que cette règle qui interdit le possessif, toute prétention à l'identité, toute propriété, s'agissant des parties mêmes de notre corps...

— ... Des parties *du* corps », rectifia R.

Lundi 11 juin.

Quoeun m'appela. Il souffrait encore. Dîner rue des Poissonniers le 15.

Je goûtai à la primeur des fraises.

Mardi 12 juin.

Recroît m'accompagna rue de Nesles. Ieurre ouvrit. Il y avait, sur un lot de petites tables gigognes, dans le salon, un frêle bouquet d'œillets de poète. R. mortifia Ieurre en en évoquant le nom. Il eut un air émouvant — si rare chez lui — et comme profondément blessé.

Nous ne restâmes guère. Nous dînâmes rue Mazarine.

R. dit que ce *bien-disant* de leurre mettait dans sa passion pour la langue une application et une chaleur comparables à celles que les personnes hystériques mettent à rêver des parties qui caractérisent à peu de chose près les hommes et les femmes. Et qu'il l'utilisait un peu comme elles en usent. Encore qu'elles les violentent parfois, et rêvent, paraît-il, qu'elles les déchirent ou les mettent en sang. Lui, au contraire, y introduisait des précautions et un respect des convenances, un souci de régularité propres aux amateurs solitaires.

Au surplus, R. fit une remarque qui me frappa : qu'une aussi vive passion pour les règles d'accord était luxurieuse. Elle incitait à fabriquer la phrase en vue des féminins. La marque du féminin n'était-elle pas seule, dans notre langue, à être perceptible à l'oreille ?

Mercredi 13 juin.

Thomas m'appela. Il avait vu A. Celui-ci était retourné chez Otto, et son retour avait été merveilleusement fêté. Il y était lui-même. Travaillait à la pige pour Otto.

Th. dit qu'il était embelli.

Jeudi 14 juin. Carrefour Buci.

« Enseigner n'est pas apprendre, dit à je ne sais quel propos Recroît.

— Fiez-vous-y ! Ce n'est même plus savoir ! », fit Ieurre en le fixant.

•

Vendredi 15 juin. J'arrivai chez Quoeun vers neuf heures. Je demeurai un long moment à *croquer le marmot.* (Sa porte était pourvue d'un vieux heurtoir à forme de Méduse.) Au point que je le crus absent.

Quoeun arriva enfin. Il se traînait, les jambes percluses de rhumatismes. Nous dînâmes sans tarder. Nous parlâmes des *banquets américains,* de la réputation que lui avait faite T. E. Wensleydale : l'hyène, fouilleuse de tombeaux, qui se repaît de la chair des cadavres. Ou bien encore, selon Ieurre, le hibou, etc.

Il n'en était pas affecté. Il approchait en effet de la mort, dit-il, mais ne s'en sentait pas plus proche que quand il avait cinq, quinze, ou quarante ans.

« Quelque vie que ce soit est vide et oiseuse, suggéra-t-il. La mort désœuvre tout. »

Il n'avait pas d'enfant, reprit-il après un instant. Il ne s'était pas marié. Tous ses amis de Bavière, la guerre les avait emportés. Si nous-mêmes comptions comme ses seuls amis, nous demeurions étrangers. Et tout ce qu'il avait vécu non seulement « échapperait » à sa mort, mais « échappait » à sa vie même, et dans le temps qu'il l'éprouvait lui avait toujours semblé se détacher sur-le-champ. C'était comme la vapeur au-dessus d'une casserole d'eau qui bout. Il avait « beaucoup » cherché à empêcher « un peu » que des souvenirs s'effacent.

« Les morts ne sont rien sans les vivants, dit-il avec plus de chaleur. Et les vivants ne vivent pas dans un monde qui est au-delà de la mort. Il arrive que certains s'attachent à perpétuer des voix, à rappeler des ombres, à évoquer des souvenirs, à parler de ce qui n'est pas. De ce qui avec eux n'est pas et de ce qui n'est pas. Et, parce qu'il les détruit, à entretenir le feu qui les a détruits, et à s'entretenir auprès de lui — qui est vraisemblablement le même. »

« Ceux-là, dit-il alors, ce sont peut-être moins les vivants que les livres... »

Il me demanda d'aller chercher, dans le bas du secrétaire, une eau-de-vie de Bergheim. Les verres étaient à gauche, sur la petite table. Nous bûmes en silence.

« Rome, reprit-il, séparait avec rigueur ceux qui brûlent les morts de ceux qui tiennent l'urne. Le petit enfant *urniger*. Parce qu'avec les mains moins rugueuses, peu rudes, et la chaleur du sang propre à leur âge — et aussi parce qu'elles ne sont pas encore ensanglantées du sang d'autrui — il semble qu'ils réchauffent les cendres refroidies qu'ils tiennent dans leurs mains. C'est de là que provient sans doute le sens du « tombeau du cœur », du cœur des survivants, du cœur du lecteur, dans le livre de Tacite. Non pas dans le dessein que tout ce qu'ils avaient vécu ne se perde pas entièrement après qu'ils étaient morts. Mais afin que ceux qui vivent n'étreignent pas sans reste la vie. Qu'ils n'allassent pas s'imaginer qu'ils vivaient tout à fait comme font peut-être les ablettes — ou bien les petits goujons — dans l'eau trop peu profonde, trop proche du soleil, trop près des rives et des champs qui longent les rivières. »

Samedi 16 juin. Tout à la fois. Les dernières violettes, et la première apparition d'un bourdon.

Vers six heures. Je rencontrai Ieurre rue de Seine. Puis Recroît, rue de Buci, achetant des salades au maraîcher.

Nous allâmes dans un café. Ieurre et moi prîmes un verre de vin blanc. R. refusa.

« Je ne supporte pas le vin, dit-il.

— Comment cela se pourrait-il en effet ?, répliqua Ieurre.

— Mais en quoi..., repartit R. interloqué.

— On dit *bien porter* la boisson, ou la rendre, dit-il. Jamais " supporter " ! Et en quoi donc le *support* présentera-t-il un sens ici ? A moins que vous ne soyez de ceux qui *soulèvent* des lièvres ? »

Dimanche 17 juin. Je passai rue du Bac vers sept heures. Dans l'entrée, sur la commode avant le corridor, dans un verre, sans eau, un maigre bouquet de pensées flétries, aux teintes mêlées et sombres.

Près de la baignoire. E. oignait le petit D. sortant du bain. A sa joie. Je le trouvai bien parfumé.

Il me dit qu'il avait offert à son père une clé à piano.

Mardi 19 juin. Ieurre et moi passâmes rue des Bernardins. Marthe nous offrit à boire. Elle nous désespéra de gentillesse et de silence.

Ieurre dit sottement que nous étions à la veille de la

Saint-Jean et des feux. Qu'il fallait simplement recourir au lis blanc, et au pourpier sauvage.

Mercredi 20 juin. Le dernier jour du printemps. Le dernier des beaux jours. Il faisait très chaud. Je passai rue du Bac.

Je donnai à D. une coccinelle entrée chez moi le matin. Je l'avais enfermée dans une petite boîte d'allumettes afin de la lui porter. Le petit D. prit peur quand elle se posa sur son genou. Il ouvrit la fenêtre de sa chambre. Elle partit. Il me fallut prêter le serment qu'elle regagnerait le bord du fleuve, d'où elle était venue.

Bête sacrée devant laquelle les enfants éprouvent de la frayeur désormais. Dans l'ignorance où ils sont tenus de plus en plus — et qui est plus bestiale que proprement urbaine ou humaine — que nous sommes des bêtes. Nous-mêmes parmi les bêtes.

CHAPITRE V

Premier jour de l'été. Il plut. Je passai rue du Bac.

A. travaillait à nouveau. Mais il lui semblait qu'il n'y parvenait pas. Il s'assit à son bureau, sur lequel était posé un petit buis coriace, à l'odeur forte et amère, parce qu'il avait été lavé. Il parlait avec difficulté, un peu hagard. La langue un peu empêchée, comme quand un homme a trop bu.

« Ah ! ces crises — dit-il —, je commence à les aimer. Leur brusquerie. Un événement si fortuit les suscite. Brusque. Le corps replié. Le ventre tellement tordu. Plié soudain en deux. Sur-le-champ. Dans le mouvement abrupt qui tout à coup est survenu et qui a dessaisi entier à lui. Dans l'imparable peur brusque.

« Alors le jour : clair, la lumière : lumineuse, le temps : pur. Clarté qui est, juste ce temps : brusque. Brusquerie de ce qui dessaisit.

« Brusque comme l'air est cru. Comme le vin est brusque.

« C'est le réel, dit-il. De même, même rupture, tout à coup : le ciel. De même, — qui cèdent, brusquement — les genoux dans la rue : de même l'angoisse — brusquement — irrésistiblement submerge. Elle envahit. Elle inonde la voix de celui que l'angoisse soustrait à lui-même. De même elle cède. Cède au mouvement, dans l'invasion. Violente, de même, elle cède. Elle cède alors à la rupture. Qu'elle est.

« Plus proche du visible que celui qui voit n'est contigu à ce qu'il voit. Mais juste en deçà du visible — et sans le discours. De même le vent froid : il pique les yeux. Il voile le regard. Il brûle la peau de la tête. De même le vent froid frappe la bouche. Il fendille les lèvres. Alors, on ne les desserre pas. Comme les dents auraient froid ! Comme notre prénom aurait froid ! Il fend les lèvres contraintes. Elles se rétractent. Assurément on ne les desserre pas.

« Et de retour ! Je me suis jeté dans le coin obscur de la pièce. Presque le centre de la pièce. Il y a si peu de repères, alors. De même que tête est proche des genoux, de même que sexe est proche de la bouche, de même que deux talons de pieds sont proches de l'anus ouvert, brûlant, de même l'angoisse, qui submerge, est proche de la mort, qu'elle appelle, et qui la terrifie...

« Il me paraît qu'alors l'envie précipitée de mourir est surprise par *réplétion* — dit-il — de ce dégoût, et ce dégoût est sans mesure ! Mais rien n'a alors de mesure. Goût très loin au point que les mots sont trop fades, et les articuler répandrait entre les dents une salive atroce, une déjection de la bile, un fiel très loin aussi de ce qu'on peut vomir, — qui est — mais c'est du dégoût — qui est... — Mais c'est sans mesure. Il est sans proportion.

« Une sorte d'alacrité, en somme. Et de laquelle la liquidité chaude, palpitante du sang, hâtes de hargne dans le corps — ne se départagent pas.

« En vain, en hâte, hâte vaine, brusque, sans mesure. Elle est sans proportion. Ce n'est pas le sens, non, ce n'est pas le sens : la joie ! »

Je restitue comme je puis un débit difficile, et une manière de démonstration qui ne convainquait pas par sa clarté.

Avant de partir je passai au salon. J'embrassai E., assise près de la fenêtre sur une petite chauffeuse, peignant ses ongles avec application. Le corps très beau dans une robe longue et légère, déjà un peu hâlé. Puis j'embrassai D., tout yeux, tout oreilles, assis à même le plancher, ou plutôt dans une sorte de position accroupie, devant le poste de télévision, et le pouce dans la bouche.

Vendredi 22 juin. A. passa me voir. Il louait ces resurgissements de passé, qui montaient par brusques bouffées involontaires, desquels la précision le terrifiait. Telles des crises de remémoration, et de remémoration oppressante. — Je lui dis que le caractère d'évidence et de véracité qui les marquait ne tenait qu'à une émotion puissante, — à une grande volonté de s'émouvoir. Que j'en étais le réceptacle d'une façon aussi impromptue et pitoyable. Qu'aussi bien il y avait quelque hasard, n'est-ce pas, dans un monde qui était *sublunaire*. Que les futurs n'étaient pas seuls à être contingents. Qu'aucun passé n'est donné dans l'instant où il n'est plus puisqu'il y revient. Ne serait-ce qu'à l'échelle d'une vie le souvenir de soi n'était-il pas, à vrai dire, plus imprévisible que la présomption qui touche aux heures qui approchent ? Ne fallait-il pas convenir de la nature très aléatoire de ce qui se présente sous nos yeux à l'égal des sensations de ruines ? Et — fiction pour fiction — le désir n'avait-il pas tendance à hanter plus là où tout pouvait être reconstruit et plus rien précisément perçu ?

Samedi 23 juin.

C. fut de retour. J'allumai. Je m'efforçai de lire. Mais la nuit ne finissait pas.

Je n'avais sous la main que l'*Abrégé* de Marandé, qui tombait en lambeaux. Un vieux livre paru en janvier 1642. Qu'on vendait, alors, à deux pas de la chapelle Saint-Michel. Une gravure d'Œdipe, déguisé en Romain, était arrachée : elle me servait de marque-page.

A la page 251, je tombai sur un passage qui me parut beau. Il commençait ainsi :

« Il n'y a rien de si gueux et de si pauvre entre les êtres que le vide... »

Je me levai. Je partis boire à la cuisine. Puis je relus. Je cornai la page.

Dimanche 24 juin. Je demeurai chez moi.

Soudain, je ne supportai plus d'être assis, et de tourner des pages.

Un livre. Un cache-misère. Saint-Simon parle d'un crucifix en caleçons.

Lundi 25 juin.

C. revenait.

La nature cadavéreuse de la pensée.

Mardi 26.

Invitation chez Karl pour le 30. Il fit très chaud.

Mercredi 27, je passai rue du Bac. A. était chez Marthe. Je jouai avec D.

Il faisait très chaud.

Vendredi 29 juin.

Je devenais superstitieux. Dans l'attente des Érinyes. Dans la menace des cauchemars. Quoeun m'appela. Il était à Paris. Pouvions-nous nous voir le lundi 2 ? Comment cela allait ? Je lui dis que je buvais la mer et ses poissons.

Samedi 30. Je me rendis chez Karl. Véronique était là. Ieurre et Gladys. Zaezon et Thomas.

Véronique était très vivante et charmante.

Ieurre multiplia les provocations grammaticales. Au cuissot, il dit — je trouvai cela assez beau — qu'il fallait détester la litote. Que parler à demi-mot était une contradiction dans les termes. Du moins pour ce qui en restait.

Il dit aussi qu'il fallait affectionner l'hiatus, parce qu'il donnait de la fermeté, de la vigueur à la langue. « De plus, ajouta-t-il, la bouche s'ouvre dans l'hiatus, et c'est très beau ainsi. Cela procure de la franchise au visage, et de l'éclat. »

Se servant un second petit ballon de cognac il nous dit qu'il avait lu dans le journal que la France comptait 21 millions d'animaux familiers. Leur seule nourriture représentait un chiffre d'affaires de 70 milliards. Le journal précisait : 7,7 millions de chiens, 5,7 millions de chats, 7,6 millions d'oiseaux en cage. Et que quand il disait « animaux familiers », bien sûr il ne tenait pas compte des enfants et des femmes. Et omettait les poissons rouges. Véronique et Thomas l'assommèrent avec cent arguments.

Après que Gladys et Ieurre nous eurent quittés pour rejoindre leur fille — et libérer leur jeune garde —, Thomas estima que, parmi nous, Ieurre détonnait. (Son antiféminisme, la vulgarité de ses réactions, etc.) Je rétorquai que nous étions aussi vulgaires que la vulgarité qui commençait par faire baigner dans la naissance — Zaezon osa utiliser les deux termes bibliques — et que son sexe le fondait aussi peu à défendre les femmes que ses goûts ne paraissaient l'y porter. Karl et Zaezon me donnèrent tort. K. enfin montra du doigt une fleur et dit qu'elle donnait le signe de l'orage.

Véronique me raccompagna.

Lundi 2 juillet. J'allai rue des Poissonniers vers huit heures. Q. allait mieux.

Le 4, nous jouerions.

Mardi 3 juillet. J'appelai Thomas.

Il fit très chaud.

Je ne dormis pas.

Independance Day.

Le temps était lourd, orageux. Élisabeth et Gladys, A. et Ieurre partirent ensemble. Avec Recroît nous passâmes chez Marthe. Recroît avait pris sa voiture.

Nous arrivâmes les premiers avenue de La Bourdonnais. Wensleydale ne paraissait pas souffrir de la chaleur. Il était dans une grande excitation.

Thomas vint, Zaezon l'accompagnait. Ieurre et la voiturée de Ieurre les suivirent de près.

« Voici le marguillier, ses rites, et son patois..., dit R. en le voyant arriver.

— Voilà le margoulin avec son margouillis... », répliqua Ieurre. Mais Bauge entra. Quoeun, et son violoncelle, et sa planche, furent les derniers arrivants.

Marthe n'ouvrit pas la bouche. Nous mangeâmes des minuscules loups flambés au fenouil. Nous parlâmes de l'univers.

Qu'il faisait chaud, me plaignis-je. — La radio avait annoncé que le temps se rafraîchirait, dit Thomas.

« Aucune détermination, dit R.

— Indétermination cosmique, ajouta Ieurre en le contrefaisant.

— Nous possédons plus de science et plus de sagacité que toute *météorologie*, affirma Quoeun. Parce que nous pouvons conclure à quelques heures près sur nos vies. Quand c'est à peine sur l'état du ciel.

— Non, reprit A. Rien ne prévient du pire. Et le souvenir même n'en conserve pas l'appréhension. Ni même ne parvient à retenir le mouvement qui surprend dans l'instant même de la surprise !

— A quand la doctrine vraiment destructive — repartit Élisabeth en plaisantant — et le bon *détergent ?* »

T. E. Wensleydale dit que le trafic de New York dépassait 200 millions de tonnes.

« Tout cela est absurde », dit A.

Recroît s'irrita. « Quelle prétention ! dit-il. Rien n'est absurde, le sens ne fait pas défaut, et ce qui est ne trahit pas ce qui n'est pas ou plus. *C'est absurde* veut dire : j'avais voté du sens et les choses du monde ne m'ont pas suivi. C'est clair, le monde ne m'aime pas puisqu'il ne fait pas ce que je lui demande. Il n'a pas respecté le coefficient de sens que j'avais affecté à son fonctionnement... Mais quel état de félicité et de plénitude, quel plateau de gâteries, de gourmandises, quel régime d'abondance ne lui avais-je pas supposé pour ressentir un tel manque, une pareille disette ? Et quelle illusion n'avait-on pas nourrie comme un niais quant au monde, pour se trouver si déçu que tout ce qui est soit ?

— Pour vous tout est simple : tout est inintelligible, dit Thomas. Le monde était un disparate sans nom. Mais d'où tenions-nous l'insensé, l'inintelligible ?... Tous ces termes négatifs, ne leur fallait-il pas de quoi nier ?

— Une disparate ! », s'écria Ieurre. Et il brocarda Thomas. Wensleydale dit que l'intelligibilité était une notion sans valeur logique. Que ce que nous pourrions comprendre de ce que nous sommes était une part aussi exiguë que ce qu'une pointe d'aiguille peut se saisir de terre par rapport à la totalité des astres. « Car ce que nous sommes nous le sommes et le sommes là où nous le sommes ! », termina-t-il d'une façon toute sonore et elliptique. — Recroît poursuivit : la remarque de Thomas ne serait fondée en raison que si les mots étaient des êtres. Mais le moyen que nous comprenions jamais quand les moyens dont nous disposons pour comprendre sont agencés de telle sorte qu'ils ne puissent pas se ressaisir des mécanismes qui assurent leur fonctionnement sans qu'ils l'interrompent ? Et sans verser sur-le-champ à la différenciation de la mort qui les fonde, — dans cette incompréhension où ils sont de la passion toute mécanique qui les assujettit à l'idée de comprendre ?

Mais pourquoi fallait-il que ce fonctionnement fût détraqué ?, demanda Thomas. Et comment avions-nous l'audace de penser que précisément nous pensions de façon incorrecte. N'y avait-il pas là de l'inconséquence ?

« Je n'ai pas dit cela, répondit R. J'ai dit que la pensée était une petite machine de différenciation. Je n'ai pas dit qu'elle ajoutait à je ne sais quel ordre chimérique de l'univers. Et je n'ai pas dit non plus qu'elle mettait à mal cet ordre hypothétique qui lui préexisterait dans ce cas. Il n'y a sans doute ni chaos ni univers, et à la vérité je crois la pensée sans grande fonction particulière. Et plus capable de sacrifier de l'énergie de reste — comme la voix prélève son souffle sur cet excès de l'air requis par la respiration — que de satisfaire ou bien un besoin d'ordre ou bien une manie de désordre... — Mais quand cela serait — reprit-il — alors l'homme serait particulièrement apte à raisonner de façon incorrecte, à rendre les coups — certains préféraient dire jadis qu'il passait ce faisant un " contrat " avec ses semblables, que ce fût sur les places de marché, dans la jungle sous les Tropiques, ou bien dans les comptoirs des ports, ils disaient même en vue d'une " constitution politique " — et à châtier des victimes choisies au hasard pour se rassurer sur son compte avec de l'histoire, avec des morts, avec des dieux ! »

Wensleydale fit remarquer que Recroît avait une mâchoire bien dentée. Ieurre observa alors qu'il avait aussi une langue remarquablement *pendue.*

« Aucun espoir dans ce cas », reprit Thomas. R. répondit plus sèchement :

« Les notions de monde, de liberté, d'espoir, de sens, de justice, de nostalgie, de bonté, d'origine, d'objectivité, d'égalité, de vertu, de réel même, d'honnêteté, d'équilibre, d'avenir, de paix, de passé, d'ordre, d'indifférence, d'importance, de devoir, de bonheur, ce sont de courts analgésiques sur lesquels en effet je ne fonderais pas un *espoir.* Ce sont là de petits philtres qui furent débouchés il y a si longtemps, croyez-vous qu'au cours des siècles ils ne se seraient pas à peu de chose près éventés ? Vous souvenez-vous, dans un vieux dialogue grec, de l'eau du fleuve Léthé et de ses propriétés remarquables ? Or, ne s'y plongent que les morts.

— Mais de quel droit — le reprit Ieurre —, par quelle raison jeter le discrédit sur qui préfère fermer les yeux sur ce qui le fait souffrir ?

— Et d'où tient-il le privilège dont tu le crédites — dit A. —, celui qui prétend qu'il regarde dans les yeux ou en face ? En face de quoi ? Tout n'arrive-t-il pas aussi dans le dos ? Et ne surprend-il pas ? »

R. dit que manquaient l'horizon, le sujet, le sens, la référence. Il ne privilégiait aucune conduite. Que rien ne se présentait de face, sans doute. Mais de dos non plus. Que l'absence de site et de fond était générale. Que tout était exception, et d'une anormalité pour ainsi dire absolue. Des irruptions, ou plutôt des éruptions auxquelles on ne s'attendait pas, à peu de chose près indescriptibles, et d'un effet énigmatique. Des « occasions exceptionnelles » comme il est écrit sur les pancartes des marchands, et qu'on ne pouvait manquer sous aucun prétexte, sauf cas de morale, qui parvenait de temps à autre à dresser un écran bien fragile entre la poussée de l'eau de toutes parts et la petite éponge sans grand usage sous la calotte crânienne. C'étaient des fêtes sans coutume.

Zaezon emboîta le pas. Vanta l'éclat. Rien qui ne fût discontinu, comme ces vieux bris de poteries que les grammairiens d'Alexandrie allaient chercher au dépotoir, pour rédiger des règles de grammaire. Systèmes entre eux intotalisables, telle une sorte de dissymétrie fondamentale et semblable en cela à la forme qu'épousent les cerveaux des hommes. Mouvements « ruineux » — dit-il — et d'un caractère « dirimant », — compulsion à l'état nu. Intrusion d'étranges ruptures rebelles à l'addition et qu'aucun tissu ne parvient plus à ressaisir, dit-il encore. Miettes du temps dont le comput lui-même se divise, succession ou juxtaposition d'époques incompressibles, de jours inaccessibles à sa lumière, et d'égarés sans nature, sans culture ou du moins si étouffés que perdus dans la division même des cultures et des classes qui les portent, dans l'étendue de l'âge dont elles sont affectées, et qui s'approfondissent en arrière tels les karmas bouddhiques, dépourvus même de la protection de leur langue, de leur silence, de leurs phantasmes mêmes.

Il employa le terme de schizophrénie. Ce qui eut l'heur de faire rire Bauge comme un vieil Égyptien.

Quoeun dit qu'il ne voyait pas là signe de « mutation ». Il ajouta qu'il avait toujours été difficile de percevoir, dans les sociétés humaines connues, des codes et des fonctionnements plus généraux et plus immédiats que la mise à mort.

Wensleydale revint de la cuisine avec un prodigieux bavarois moulé étrangement, sortant du réfrigérateur.

Ieurre voulut tout à coup que *car* cherchât à étayer un jugement quand *parce que* eût répondu à la question pourquoi. Les exemples qu'il fournit à notre demande ne surent pas nous convaincre.

« Les mots n'ont pas de sens », dit A. avec un air accablé.

Mais Quoeun s'irrita.

« Au moins, prouvez-le de temps en temps !, dit-il. Ce nihilisme est fastidieux, pieux, et son assurance risible !

— Prenez *dépister*, dit Ieurre. Celui qui dépiste découvre la trace de celui qu'il poursuit et qui ce faisant cherche à le dépister. Quoeun, répondez-moi, est-ce perdre la trace ou bien la découvrir ? Les mots ne sont que leur emploi et par eux-mêmes dotés d'aucune teneur particulière, et sans intimité, ni *étymologie.* Prenez les éternels hôtes ! Et le lecteur ou l'auditeur consacrent à chaque fois un assez bon quart d'heure à faire le départ entre ceux qui offrent l'hospitalité, et ceux qui la reçoivent. Comprenez-vous vraiment que le chien qui dépiste le lièvre n'est pas le lièvre qui dépiste le chien, et pas encore le chien que le lièvre dépiste ? Et la constellation ? Pas celle qui aboie ? Voilà comment on *dépiste* le sens, Quoeun : vous le perdrez en le découvrant dans quelque sens que vous le preniez !

— Quel maniaque ! Toute valeur et tout sens sont posés par convention. C'est très beau — disait Recroît —, mais la convention date. Pourquoi la respecter ? Et ceux qui pactisent, quand ils ne souffriraient pas du caractère arbitraire du pacte, n'en ont-ils pas — presque nécessairement, par exemple du simple fait du temps — perdu le souvenir ? L'oubli du hasard, plus le temps, feraient toute nécessité.

— Ieurre est un dieu, dit Bauge en riant. Les dieux servent à faire respecter les règles qu'ils enfreignent. Ils sont dressés au ciel par esprit de vengeance. Ils fascinent comme la mort violente qui les a fait dresser. »

Ieurre s'emporta. Il avait l'air outré.

« Qui ne censure ce qu'il ignore — s'écria-t-il sans sourire — et ce qu'il n'est pas capable d'entendre ? Et le moyen qu'il sache qu'il le censure, s'il n'était pas capable de l'entendre, et puisqu'il n'est pas possible qu'il sache qu'il l'ignore ? Comment réprouver chez un homme un tel aveuglement, qui est le seul moyen dont il dispose afin de voir ? Je comprends cela ! Mais aussi bien celui dont la langue est plus pauvre est-il désapproprié de ce qu'il n'est pas capable de dire. Désapproprié de ce qu'il ressent quand il n'a pas les moyens qu'il le ressente. Désapproprié de ce qu'il n'est pas capable d'éprouver dans le moment où il l'éprouve ! »

Tous rirent. Élisabeth et Thomas lui firent reproche de l'*élitisme* que supposait une telle *homélie.* La discussion se fit plus vive. Ieurre dit que le désir où il était d'une langue difficile ne tenait pas à la qualification de cette langue. La persuasion qui pouvait en résulter, ou un souci de discrimination sociale n'étaient pas les motifs de la *marotte* que R. lui imputait à défaut. Mais qu'il eût quelque chose à désirer, et qui le détournât du vide. La résistance — non la beauté — qu'offrait la régularité de sa langue faisait la condition de sa valeur. Elle ne pourrait être si infiniment désirable qu'à proportion de son inaccessibilité. Le moyen — pour qu'il perpétuât ce désir — qu'il pût être assouvi sans que tout ce peu d'élan qu'elle lui offrait, et ce peu d'étai dont elle le secourait ne se brisent et ne le laissent aller à *renverse ?* Une difficulté, si insurmontable, — une régularité si sourcilleuse qu'elle obligeât continuellement à se trouver en défaut, faisant échouer sa réalisation — laissait la proie courir sur la ligne de l'horizon et elle contraignait à la course, à perte d'haleine. Cette langue était un substitut au désir et elle consistait moins dans l'illusion d'une perfection éventuelle que dans la condition d'une imperfection qui tînt à flot. Moins la ressource d'un petit dieu au-dessus de soi, que l'assurance d'un péché qui mît quelque distance entre la fragilité connaturelle et lui-même, et servît d'émissaire à sa culpabilité et à sa peur. Non pas férule de maîtrise, espérance de délimiter le monde, ni soif de l'autorité du nomenclateur ou du puriste, ni cérémonial de caste, mais exaspération. Expulsion toute verbale et si peu dommageable et si peu préjudiciable à autrui et à la conservation de sa vie.

« Valet de collège, dit Zaezon.

— Quelle part de dénégation en cela ? », demanda R.

Ieurre s'irrita. Il s'en prit maladroitement aux fautes que chacun d'entre nous lui paraissait commettre. Que A. prononçait pusillanime « puziyanim », osciller « osciyé ». Que E. avait prétendu qu'elle était « tranzie » de froid, quand le *s* en était aussi dur que le froid coupant. Que D. disait timbales pour cymbales... Thomas le chahutait. Il le siffla.

« Cuistre, dit R.

— Dites tout ce que vous voulez — s'écria Ieurre exaspéré —, vous décriez un ensemble de convenances qui n'a d'autre tort que d'être devenu inutile. Pour moi, l'inutilité me semble convenir à une époque où l'on en fait si peu cas. On choie les tapisseries décolorées et pourries, on remet à l'honneur les vieilles poutres ; on flatte les chansons de campagne... Puis ce langage n'a pas failli ; il est tombé en désuétude peu à peu. Je conserve le souvenir des anciens, et l'étiquette qui assurait leur voisinage. Je suis un peu comme Quoeun. Cette compagnie est disparue, voilà, c'est tout, et je n'empiète sur le territoire de personne, — je n'empiète que sur l'aridité du néant ! Rien de plus ! »

Recroît se moqua :

« C'est un *dieu*, ne pensez-vous pas, celui qui respecte le règlement ?

— Le cœur de l'homme c'est le nez de Thot, déclara Bauge. Ce nez est le long bec droit et inquisiteur de l'ibis. Ce *nez* de l'écriture et de la règle qui fouille l'âme et sa langue maternelle comme l'oiseau sacré fait de la vase du Nil. Et y recherche les desseins, et les calculs, et les beautés comme des vers ! »

Zaezon et Thomas riaient. Bauge le harcelait, le houspillait. « Comme on dit *répondre la messe*, il répond sa langue ! », dit Élisabeth. Que c'était un *moribond*, dit R.

Le ton monta. Ieurre dit qu'il était si sensible à cette *baie* générale, que nous la lui paierions. Qu'il ne la pardonnerait pas. Qu'il ne connaissait pas de caractère plus ensanglanté, plus *rancuneux* que le sien. Sinon A. peut-être !

Il était furieux. Les lèvres frémissantes. Du diable si on l'y reverrait !

Quoeun — d'ailleurs mis en cause par I. — cherchait à faire diversion :

« J'ai lu dans quelque livre que si l'on veut connaître ce qu'est un mot, alors il faut le faire basculer jusqu'à son *absence.* Puis transformer cette insaisissable absence en *désert.* Alors ce désert, comme il se dénue peu à peu de tout sens possible, se fait *silence,* extrême et incompréhensible silence. Et c'est sur fond de ce silence que, même si nous le chuchotions très bas, et à la condition que nous ne formions pas l'espoir qu'il prenne quelque sens, ce mot peut sonner. Son éclat n'est alors que l'éclat d'un son, mais il s'agit d'un éclat ! »

Bauge dit de façon paradoxale que la parole, parce qu'elle ne « se » tait pas, tait, arrache à tout moment ce qui la meut, ôte la monstration ; elle fait de tout ce qui est un bouc émissaire, dressant en place un serpent-de-Moïse opaque.

« Autant de regards que nous jetons sur ce qui nous entoure — intervint Wensleydale —, autant de visages qui sont dissemblables.

— Je ne sais plus qui disait que tout ce qu'un homme au monde pourrait penser, dit R., se sentirait si inévitablement du " cru " de sa langue et de la " fabrique " de son esprit que, loin de tirer le rideau de dessus les choses qui sont, il ne ferait que le tisser davantage, ajoutant à son opacité et à son étendue.

— Le langage est une lutte beaucoup plus sombre et plus primitive que ce que vous croyez, dit Marthe. Les psychanalystes disent que c'est une scène effrayante qui ne cesse pas de ne pas parvenir à s'accomplir dans cette sorte de contact au réel que devrait constituer l'orgasme. Une fièvre de mort que le désir masque bien vainement, et aveugle, qui parfois en effet s'assouvit brutalement au moment du plaisir — et en ce sens A. a peut-être raison —, c'est-à-dire au moment du sentiment de l'anéantissement.

— Ah ! nous déchoyons !, fit Ieurre avec rage.

— Au bout de l'aune, faut le drap ! », dit Quoeun sur un un ton plus détendu.

Nous nous levâmes de table. Nous nous accordâmes. Thomas ne parvenait pas à sonner comme Marthe. A. dut accorder le violon en sa place.

« L'oreille *absolue* de A. », dit Thomas.

Wensleydale, qui servait le café, dit alors qu'il avait été il y a moins de deux cent quatre-vingts ans la femelle d'un grillon, et qu'il recevait encore volontiers les sons dont les fréquences étaient comprises entre 800 et 50 000 Hz.

Nous jouâmes fiévreusement. Nous commençâmes par le *mi* bémol majeur LXIV. Cela fut raté. Nous nous interrompîmes.

« Musique inaudible !, dit A.

— Si cela pouvait être vrai !, fit Ieurre avec un air mécontent et rogue. Inécoutable sans doute, mais si *audible* que l'ouïe en est déchirée... »

Marthe, A. et Quoeun jouèrent le premier mouvement du *si* bémol majeur de Schubert.

L'orage ne voulait pas craquer. Nous finîmes par l'admirable *si* mineur de 1781. Ce fut réussi encore que ce fût exalté. Nous marquions de l'émotion : celle-ci nous gagnait. A. suggéra entre deux mouvements que nous ravalions peut-être la musique à n'être qu'un mauvais *affect*, un *excitant*.

« Clôture de la session !, dit Wensleydale comme nous le quittions. Réouverture cette année, dès le 4 septembre ! »

Jeudi 5 juillet, je rencontrai Ieurre rue Dauphine. Il achetait des poireaux à l'éventaire du marchand de légumes. Henriette se portait à merveille, me dit-il.

Nous nous installâmes à la terrasse d'un café.

« Donnez-moi un *chocolat de déménageur* », commença-t-il par dire.

Ieurre ne souffla pas mot de la veille. Il me

demanda des nouvelles de A. Hier, il lui avait paru un peu grossi et préoccupé. Je lui dis qu'à mon sens il allait mieux, que les joues n'étaient pas un signe particulier de détresse. Qu'il s'efforçait de travailler, encore qu'il y mît une impatience et une fébrilité qui me faisaient un peu peur : il accordait à cet acte une importance peu judicieuse, cherchait — de façon excessive — à *s'étourdir*, à *s'activer coûte que coûte.* Ieurre se renfrogna soudain et fit mine de se lever pour partir. Comme je lui demandai la raison de ce brusque changement d'humeur, il me demanda si « s'activer » n'était pas une forme aussi monstrueuse qu'elle était dénuée de sens ? Qu'on pouvait suffisamment précipiter un mouvement, le presser, le hâter, accélérer, bref tout rendre diablement actif sans user de ce verbe. Quant à « activer » un « soi-même », cela lui paraissait la quadrature du cercle, et tâche à ses yeux d'autant plus ardue qu'elle consistait au bout du compte à redoubler un défaut ou une absence de soi que les formes pronominales avaient déjà pas mal de difficulté à masquer. Je donnai au plus vite mon assentiment. Ieurre maintenant m'agaçait. J'imputai cette haine à la hauteur de sa voix, à ses cheveux grisâtres, à sa peau bronzée par le soleil de Pontchartrain.

Samedi 7 juillet.

Véronique avait un visage triangulaire ; ses mains tremblaient sur ses genoux.

A. vint nous retrouver. Nous partîmes dîner ensemble.

A. parlant de Paul radota un peu :

« Il faut beaucoup de force et de désespoir pour céder à l'amour. C'est le fait d'une nostalgie incoercible et qui dans son principe est vaine...

— Nous n'allons pas recommencer un dîner chez Wensleydale !, dis-je avec un peu de brusquerie.

— Si relevées que soient des jupes — poursuivit-il —, nous ne réintégrerions pas le ventre de nos mères ! »

Il ajouta qu'il en savait quelque chose. Qu'il voudrait ne plus jamais aimer. Être absous de la « vieille torture rituelle », dit-il encore.

Puis A. nous embrassa. Ils partaient tous trois dès le lendemain. Et à l'aube. Suzanne les avait invités dans un moulin à eau, sur les contreforts des Pyrénées.

Dimanche 8 juillet.

Si tôt que j'aie appelé — vers six heures et demie du matin —, je ne parvins pas à joindre la rue du Bac.

Plus tard j'appelai rue de Nesles. Ieurre n'était pas là.

V. partit à midi.

Lundi 9. Curieuse séance de travail.

Zaezon tout à coup morose. « Dans un temps où des centaines de milliers de livres sont publiés, dit-il, ce qui n'est pas publié, ce sont les livres de lecture. » Encore qu'à sa hargne il ait mêlé quelque soumission.

Ce qu'il a publié porte des témoignages que sa parole n'a pas tout à fait le moyen de récuser. Mais je me rangeai à l'avis donné. Tour de table bien sûr plus optimiste.

Le 10 juillet. J'appelai Marthe. Je partais — dès le 13 — un mois aux U.S.A. Avait-elle songé à appeler Ulrike ? Comment allait-elle ?

Elle n'entendit pas que je parlais de U. Elle me répondit qu'elle avait un petit espoir que Paul restât à Vence une partie de l'été. Qu'elle y séjournerait tout l'été.

Jeudi 12 juillet.

Je passai chez Ieurre. Il irait rechercher Henriette et Gladys dans deux jours (elles étaient à Pontchartrain). Ils attendraient le 16 pour partir. Il avait loué pour trois semaines en Corse une maison magnifique, pour sept mille francs (Ieurre prononçait à l'ancienne, ayant soin de ne pas faire sonner le t : « sè » mille francs). Ils seraient de retour — mais à Pontchartrain — avant « la quinze août ».

Nous nous embrassâmes. Il me pardonna d'aller aux États-Unis — puisque c'était pour de l'argent.

*

Le 13 août. Quoeun vint me chercher à l'aéroport. Nous passâmes au quai. Puis rue du Jardinet où nous allâmes chercher R.

Nous dînâmes sur la rive droite. Nous parlâmes de nous, des U.S.A., etc. Recroît dit (je ne sais plus à quel propos, il est vrai, je suivis difficilement la conversation, j'étais très las) qu'au début du XVIIe siècle on nommait à Paris *oublieurs* les garçons-pâtissiers qui sur les huit heures du soir, l'hiver, allaient courir les rues en criant les oublies.

Quoeun précisa que c'était une pâte faite à partir de miel, d'œufs, de farine, et cuite entre deux fers.

Je jugeai belle l'expression : crier les oublies. R. ajouta que sa beauté tenait sans doute à sa nature paradoxale, et parce qu'elle répondait à un de nos rêves les plus tenaces, dont la réalisation, si elle n'avait pas été impossible, aurait assouvi un désir *peu ou prou* fondamental au regard de la constitution de nos têtes.

« Perdre la mémoire, dit-il. Avoir des absences. C'est tout Chrétien de Troyes ! Posséder l'absence et pouvoir la proposer aux passants dans la rue. »

Quoeun ajouta : « Comme jadis le merveilleux trafic catholique des années de paradis. »

Mardi 14 août. Véronique revint de Bretagne.

Elle était très ravissante. Une jupe baie, une chemise de soie bai clair, assez ouverte. Un petit pendant d'or.

La 15 août. Véronique repartit pour la Bretagne à midi. Sans même déjeuner. Quoeun m'appela : il rejoignait la Bavière. Bauge m'appela : que je vienne dîner le 17.

Vendredi 17 août.

J'allai chez Bauge. Suzanne n'était pas là.

Après le dîner (trop méridional, — multipliant les huiles, les aulx, poivrons, thyms, et lauriers...).

Tous deux entassés dans les Migne :

« C'est en lisant un livre de Henri Bergson que j'ai songé à R., dit Bauge, et que je lui ai finalement donné raison. Bergson, en introduisant *La Pensée et le mouvant*, dit ceci avec un calme et une sobriété qui passent tous les délires de R. : " On n'est jamais tenu de faire un livre. " C'est-à-dire : aucune pensée au monde n'est nécessaire. Ce sont des événements aussi fortuits — sinon " hasardeux ", pour parler comme R. — que l'existence de ceux qui existent. Qu'il s'agisse de la Bible ou de Mathilde de la Mole, des merveilleuses chansons de Malbrough ou de Pierrot, tous ces pères de l'Église grecque ou latine — dit-il en montrant les murs tapissés de livres —, Mahomet ou Mao, toute l'œuvre de Mézeray, les curieux livres de Marx et de Freud, ce fut sans nécessité, et cela le demeure. »

Il faisait chaud. Je demandai à Bauge qu'il refermât la fenêtre. La rue Suger était puante. Nous bûmes deux bières.

Machiavel aurait confessé dans une lettre — déclara Bauge, étonnamment disert — une de ses ruses les plus singulières : quand le soir venait, une fois rentré chez lui, avant qu'il passât dans son bureau, il ôtait ses vêtements, plus maculés au demeurant du souvenir des occupations du jour que de boue réelle ou de poussière. Il revêtait un habit de cour. Alors — habillé de la sorte et l'esprit, si je compris bien, vidé à force de vêtements — il pouvait franchir le seuil de sa bibliothèque : *entrer dans les antiques demeures des hommes du temps passé.* Il y était accueilli par des hôtes d'une courtoisie due à la distance des siècles et polie par l'habitude de la mort, usant de langues les plus fermes, anti-orales, intransposables à la voix d'hommes vivants. Et il se repaissait enfin — ce sont les termes qu'il utilisait — d'un aliment capable de ne pas nourrir.

En nous séparant Bauge me dit que le livre de Marguerite Porete venait de sortir, et qu'il me fallait l'acquérir.

Samedi 18 août.

Je goûtai de merveilleuses myrtilles.

Dimanche 29 août.

J'avais acheté la semaine précédente le livre de Marguerite Porete. Je le lus dans la soirée.

Une page commençait ainsi : « Et non pas yvre tant seulement de ce qu'elle a beu. Mais tres yvre et plus que yvre de ce que oncques ne beut ne ja ne bevra... »

Lundi 30 août.

Ieurre m'appela. Pourquoi ne viendrais-je pas ici ? Il avait reçu une lettre de A.

Qu'il allait bien. Qu'il s'ennuyait un peu de nous.

Dimanche 2 septembre. Je passai rue du Bac.

E. sommeillant dans un fauteuil du petit salon — près d'un bouquet de fleurs bleues comme les pervenches — abandonnée parmi la lumière.

Ç'avaient été, me dit-elle, de très simples et très belles vacances.

D. était hâlé comme un Indien d'Amérique. Je passai dans le bureau de A. et je lui demandai comment ce séjour dans la compagnie de Suzanne s'était donc déroulé.

A. me dit en souriant qu'écoutant S. il ne pouvait empêcher qu'il songe aux chants d'église, — ces joies de bouche, ces expirations délirantes. Chants de mots dénués de sens à l'instar des neumes, glossolalies et rituels d'extase verbale des moines, extrêmes ivresses dues au signifiant seul et si semblables aux cris de guerre, et comparables à ces ressassements effroyables des enfants autistiques ou dus à certains fous. Il estimait avec quelque excès que ces argumentations toutes verbales de S., ces joies mêmes de plus en plus de nos jours prisées et mises en avant — sous le chancelier Hitler, dans la poésie lue à haute voix au Bauhaus de Beaubourg ou dans les universités des U.S.A., dans le succès même, d'une insistance dans le temps capable de stupéfier, des musiques noires, ou dans les chants et les discours politiques que la télévision couronnait — lui inspiraient parfois de la haine. « Ce refus de l'écrit — disait-il —, terrorisme de Pentecôte, feu brûlant tout savoir, voix prétendue vive, dire ayant pas sur le taire... Cette exclusion de toute médiation, de tout ce qui suppose que des langues ou des codes intercèdent, de tout ce qui contient la violence, ou la différencie, ou bien l'intensifie mais qui requiert le biais d'institutions, de savoirs, de traditions qu'épousent les corps eux-mêmes sans qu'ils y prennent garde, et dès avant qu'un corps d'enfant se dresse, et élève les mains vers les barreaux aux pieds des chaises et l'altesse prodigieuse des petits guéridons ! Les exemples moralisés et niais de Socrate ou Jésus, figures toutes livresques dénonçant dans les livres les livres, et convainquant de crime, traînant aux bûchers d'une façon si directement contradictoire les auteurs mêmes à qui ils doivent pourtant de demeurer dans la mémoire, et de prêcher leur haine au profit du naturel hypothétique des bêtes. »

Telle à ses yeux la désastreuse et humiliante jouissance sonore jadis des variations sur l'*a* final du mot alléluia.

Lundi 3 septembre. T. E. Wensleydale m'appela. Que mardi au soir nous venions avec les instruments, — même si Marthe n'était pas là.

Zaezon vint déjeuner — pour notre travail — chez moi. Me dit qu'il vivait avec Thomas. Que le garçon *bien fessu* qu'il aimait jusque-là s'était enfui au Maroc. Il vanta la docilité de Thomas, la diligence dont il donnait mille témoignages, sa hardiesse. Et qu'il lui en coûterait au bout du compte relativement peu à entretenir ce feu, et à préserver la pureté, et la solidité de ses mœurs.

En écoutant Z., et cette sorte d'esprit si mondain et sec, si volontiers impudique, désagréable, je compris soudain la curieuse inimitié de A. Qu'il aurait voulu Thomas marié. Ami et marié.

Ieurre — de retour lui aussi — passa. Je lui servis une tasse de café. Il parla de S. « Notre spécialiste en dénichements de merles », dit-il à son sujet.

Zaezon nous dit qu'on avait « croch'té » la serrure de son appartement et mis à sac sa collection de médailles. Les pênes étaient inutilisables. Il lui avait fallu faire refaire toutes les serrures. De plus leur état — ou leur nombre, je n'en ai pas conservé le souvenir — avait fondé l'assureur à exclure toute idée d'un dédommagement. Ieurre refusa toute commisération. Puis Zaezon partit.

Après que Z., nous eut quittés, je lui demandai la raison de son indifférence. La prononciation fautive d'un mot, me dit-il, rendait inexistant l'acte qui aurait été alors prétendument commis.

Ainsi, ajouta-t-il, il avait ouï dire à Sébastienne « eu-cuménique ». Or comment croire que ce mot pût offrir quelque sens que ce fût, quand sa prononciation était si défectueuse ? Ne supposait-elle pas la plus complète ignorance et de sa formation, et de son histoire ? Sa signification ne leur était-elle pas étroitement liée ? Ieurre affirma alors qu'un homme ne pouvait comprendre que le peu de mots qu'il fût capable de définir. Et par voie de conséquence ne pouvait être cru que sur ce peu-là.

« Mais il me faut rentrer au *galetas* », dit-il en se levant et en me serrant la main.

Labor Day. R. passa me prendre en voiture. Nous allâmes rue des Bernardins. Nous sonnâmes vainement. Je vins tout à coup à me rappeler que Marthe n'était pas de retour. Sur-le-champ nous retournâmes sur le quai prendre des partitions de trios.

Nous arrivâmes avenue de La Bourdonnais vers huit heures et demie. La voiture de Ieurre était garée en *deuxième position* devant la porte : Ieurre et A. sortaient du coffre une imposante caisse de vin de Bordeaux en ahanant. Nous les aidâmes à gravir les marches du perron.

Wensleydale tenait la porte. Zaezon et Thomas étaient là, ainsi que Quoeun, Suzanne, et Bauge. De plus Otto et Karl étaient venus. « Pourquoi ce trafic d'alcool ?, demanda R.

— C'est la moindre récompense que je vous doive », dit A. en rougissant.

W. nous pressa.

Nous passâmes à table. La conversation fut des plus vulgaires. Ieurre commença par féliciter Thomas de son élégance. Ils rivalisèrent en propos aimables jusqu'à ce que I. le tançât parce que Th. avait prononcé « dézué ».

« *Désuet*, lui remontra-t-il. Voilà ce qu'il importe que vous disiez ! »

Thomas dit qu'il passerait outre à ces observations

de *garde champêtre*. I. répondit que d'une part il s'en fallait beaucoup, et que de l'autre il fallait se garder de parler de la sorte.

« Ieurre a l'œil sur la bouche de Ieurre, déclara Bauge.

— Il est vrai, lui répondit-il. Et je demeure inhabitué aux barbarismes.

— Ieurre veut une bouche irréprochable, reprit Bauge en en soulignant de façon affectée l'accent.

— Oui, repartit-il plus sèchement. Les crimes qu'on commet impunément n'en sont pas moins des meurtres horribles. L'oreille des dieux saigne. Les analphabètes comme ceux-là — ajouta-t-il en désignant Thomas — sont des assassins odieux. Ils devraient être dépossédés du langage, et mis au rang des bêtes de somme ! »

Thomas, blanc de colère, se leva pour partir. Recroît le retint : que lui importait que Ieurre sortît sa vieille rapière ? Elle était si vermoulue ! La rouille ne l'avait-elle pas rongée jusqu'à la garde ? Un cent déjà de siècles, usée, émoussée, dégradée, rompue ?...

« Plus capable de désigner les choses qui sont, pourtant, que le silence. A fortiori de toucher la peau, rétorqua Ieurre. J'en veux pour preuve la confusion de Thomas !

— Mais tout le monde dit “ dézué ”, intervint Suzanne sur un ton conciliant. Cette habitude s'est invétérée.

— Et les règles elles-mêmes — reprit A. — sont le plus souvent des fautes qui se sont invétérées...

— Notre langue même, à ce compte, n'est qu'un immense solécisme consacré par l'usage..., dit R.

— ... Et une liste de fautes à la mode dans les mains pies d'un cardinal ! », ajouta Quoeun.

Ieurre s'irrita et dit que tous les professeurs, les bibliophiles, les lexicographes étaient des trafiquants.

« Parlez de façon ferme, et précise, et *congrue !*, reprit-il. Et ne dites pas “ dézué ”. Vous m'obligerez en ne le disant pas.

— Pourquoi ?, demanda R.

— Parce que ce sont des affaires où je suis intéressé », repartit-il. Que Thomas était joli sans doute. Raison de plus pour qu'il se tût. Qu'il avait un bien mince *bagage*. Thomas de nouveau voulut se lever. Zaezon — un peu ivre — le retint et demanda à Ieurre comment il l'entendait. Il prétendit défendre — bien mal à propos — l'homosexualité :

« Croire l'espèce coupée en deux sexes, dit-il, c'est imposer une symétrie peu pertinente et nier la diversité des corps réels et leur autonomie relative, et l'état qu'ils doivent à l'âge. En somme, c'est ajouter foi à un curieux mythe de réparation : une sorte d'unité chimérique réparable dans l'amour.

— L'œuf sans germe, dit Bauge, fruit du vent, et pondu par la nuit, avant que toutes choses fussent...

— Pourquoi les femmes nient-elles que les hommes ont des seins ?, s'écria Th. avec une passion touchante. Pourquoi les hommes refusent-ils de peindre ou de dire cette sorte d'aspérité ou de relief propre aux sexes de femmes ? »

Gladys rougit soudain. Elle était plongée dans une robe vert pomme. Je pris moi-même tout à coup conscience qu'elle avait aimé C. — R. lui répondit :

« La plupart du temps nous faisons l'amour avec des images et, si concrets et si particuliers que soient les attributs que nous manipulons, nous avons alors dans les mains des symboles.

— Des symboles !, releva Ieurre.

— Enfin, reprit-il, vous vous trompez : quelle norme qui ne soit pas un être de raison, la classe d'un système, un rêve qui délire ? »

Otto égala perception de la beauté et présomption de la mort. Cita les vers célèbres de Platen. « L'œil découvre la beauté — dit-il avec un fort accent —, la main fouille, le cœur dégage la mort. » Non pas la grâce, dit-il avec un accent plus rude encore, ni l'exemption de la mort ! Mais le contact avec la mort. L'insécurité immédiate. La beauté, dit-il, *certifiait* de la mort.

« *Certifier* est ici tout à fait impropre », dit Ieurre pendant que Karl faisait reproche aux femmes qu'il avait connues, si ragoûtantes et jeunes qu'elles fussent, qu'elles étaient des souillons. Bauge riait.

« Dieu nous punirait ! », s'écria Suzanne, l'allure vengeresse, l'esprit brouillé peut-être par le vin de Bordeaux. Elle prétendit aussitôt multiplier les preuves de l'existence de Dieu.

« Si Dieu est une créature du langage, comme nous sommes nous-mêmes — dit-elle avec beaucoup de franchise —, il est autant que nous sommes. Sa vie vient de notre mort et si nos morts se succèdent, par la langue qui en constitue la principale figure, et par la mémoire que la langue procure aux noms des hommes, — qu'elle procure de la sorte à son nom — il se nourrit de nos invocations, se repaît de nos successions, s'immortalise de nos morts, et des noms de nos morts. Ainsi la langue est-elle ce par quoi Dieu nous lie à lui, en vivant de nous, autant que nous sommes. Parce que nous parlants, et de ce fait nous mourants, alors il est. Existence qui repose sur la voix dans la prière, et sur l'invocation de son nom quand la pensée de la mort nous étreint ! »

Après qu'elle fut époumonée, elle se servit à boire. Ieurre me souffla à l'oreille : « Prose qui porte les bouteilles. » Wensleydale vanta la sodomie.

« Si on étendait le volume d'un corps dans l'espace, dit-il, sa surface n'atteindrait pas le mètre carré. Le moyen que nous ne fassions pas le tour d'un cuir si exigu ? »

Suzanne reprit la parole en agitant les bras. Nous étions des criminels, des hommes. La langue était un organisme vivant et sexué (Ieurre la regardait hébété), et qui pis est : de notre sexe. « Et sitôt que j'accepte d'user de cette langue, disait-elle, je suis associée à vous-mêmes, à vos crimes. C'est-à-dire à la mise en place du sacrifice. A tous les crimes, qui furent commis par ceux qui la parlèrent, ou qui le furent en son nom. A tous les pouvoirs, qui furent établis, et qui le furent par son biais. A tous les ordres, dont la langue assura la persuasion et la légitimité, qui exercèrent quelque empire — c'est-à-dire à toute violence qui, étant perpétrée, perpétua le langage, et qui trouva par son moyen une injustifiable justification — bref à tous les ordres qui furent, sont ou soient un jour liés à la langue que j'emploie pour vous le dire ! »

Ieurre se pencha de nouveau vers moi.

« C'est une grande débiteuse de mensonges », dit-il. Bauge pleurait de rire. « Il n'y a rien de bon à ce qu'on fait avec ces choses-là, dit-il.

— Il arrive que cela occupe la fin de la vie, lui

répondit Wensleydale. Et puis il y a bien d'autres raisons d'estimer les femmes et de mettre en valeur les qualités qui leur sont propres.

— Il y a quatre mille cinq cents ans — sous la Ve dynastie —, répliqua Bauge, le sage Ptahhotep fixait par écrit les règles du savoir-vivre. Remplis le ventre de ta femme !, disait-il devant les dieux. Habille son dos, caresse-la et assouvis ses désirs tous les soirs, cela adoucit le ton de sa voix et fait honneur au maître de maison.

— Dans la légende de Bouddha — dit Karl plus gravement — la main des femmes s'interpose entre les pères et les fils, empêchant qu'ils s'étreignent jamais, ou qu'ils se reconnaissent. ».

Otto crut judicieux de se lancer dans une vaste théorie :

« Les mères répercutent indéfiniment dans les gestes dont elles entourent leurs enfants une façon d'être dont elles furent elles-mêmes l'objet, et c'est un immense mouvement de flux de mère à mère venant du fond des âges (le reflux ce serait les garçons, prétendit-il, telle une sous-espèce en rebut, plus fragile, plus mortelle, dénuée de descendance) et reproduisant sans grande invention une relation toute-puissante, sauvage et mammifère, indescriptible, à peine historique, et si impersonnelle qu'elle peut paraître douloureuse (il n'y aurait pas de vraie mère mais de mère en mère une relation maternelle toujours en défaut, en souffrance, irréelle, et persécutrice de toutes les femmes qui tombent sous son joug), absolument dénuée de conscience, et brutale, et *non verbalisable !* »

Ieurre pleurait de rire.

« Il est vrai, reprit A., que le tissage entre fille et mère est d'un point étranglé et étouffant. Est d'une violence qui n'est pas vraiment comparable à la vivacité querelleuse qu'engendrent les sortes d'assauts ou de petites guerres — presque superficielles et civiles par contraste — qui ont cours entre les pères et leurs fils. »

Ieurre ne cessait pas de rire. « Les liens du jars à l'oie, ânonnait-il, ou de la colombe au pigeon. Du sanglier à la laie, ou bien du gendre et de la bru. De bouc à chèvre, de la jument à l'étalon... C'était bien trop triste », dit-il.

Élisabeth et Gladys parlaient ensemble. « Ils braient !, disait E. Comme à l'accoutumée ! » Quoeun demanda que l'on suspendît cette conversation. Que c'était trop dire de *gueulées.*

A. ressassa qu'il détestait l'amour.

« Le rien entre quatre yeux, dit Z.

— Différence vide ! Ce n'est jamais pertinent, reprit O. Bout de chair hagarde qui balle et qui s'émeut dans les jambes des hommes. Touffe hirsute du sexe de la femme, et ses lèvres qui sont débridées, et qui béent...

— Pertinent !, releva Ieurre.

— Une main tendue vers une braguette. Tout le désir du monde, dit O.

— Vain défi à la différence inscrite sur nos corps, dit R.

— L'entreprise comporte le hasard vis-à-vis de l'élection, l'ignorance quant à la fin poursuivie, apparat et munificence dans l'approche, ruine et terreur perpétuelle pour ce qui la conclut. C'est assez magnifique, dit Quoeun. Je suis loin de partager votre réprobation...

— Vous vous égarez, dit A. Il n'y a pas de sexe, il n'y a pas de désir. C'est une sorte de peur, reprit-il, et quand elle se saisit de soi il semble que toute la peur est hors de soi. Que venue hors de soi elle pèse, étreint de tous côtés, s'approche du visage et qu'elle étrangle. Alors le corps plié en deux, l'envie qu'elle déborde une " bonne fois ", qu'elle écrase le corps et assouvisse ce désir immense où plonge cette envie sur-le-champ d'en finir. Or, cette envie ne diffère pas de l'abandon sans maîtrise que l'on éprouve parfois, quand culmine l'amour. »

Suzanne s'exalta de nouveau. Défendit la passion, l'amour, la jalousie, etc.

Ieurre me dit à voix basse qu'elle y allait de cul et de tête telle une corneille qui abat des noix.

Alors nous mangeâmes un excellent haddock avec des pommes de terre anglaises.

Quoeun défendit l'idée toute prévenue que seuls les gens du Nord étaient capables de parler correctement. Il estimait que le froid *maintient*. Que l'odeur était contenue par la froideur de l'air alors que le soleil hâtait le pourrissement. Le froid contraignait à la tenue qu'on voyait aux stalagmites. Le gel propre à la courtoisie. Une raideur, une distance qui conviennent au langage.

« Les vieilles gens, nés de Paris, ne parlent pas si mal », dit Ieurre. Et il fit observer qu'on avait mieux conservé l'usage de notre langue — qu'on en avait plus scrupuleusement respecté les règles traditionnelles — dans le Midi de la France, même si on parlait là-bas en effet dix fois plus qu'en Lorraine ou dans les vieilles Flandres.

Mais Q. n'écoutait pas. Il abreuvait d'injures la chaleur, la dénudation, la clarté du soleil, la capacité de vision, de transparence, d'unité, de vérité qui en résultent. Vilipendait la tépidité, la facilité, la vapeur, la spiritualité, la cordialité, les Méridionaux. Récriminait contre sueur, couleur, sieste. Et désirs presque liquides des femmes, leurs vêtements, leurs cheveux, leurs odeurs.

Suzanne récita nos péchés. Cela prit quelque temps. Elle finit par ceux de commission et d'infirmité. Elle avait omis ceux de malice.

Nous recherchions dans l'amitié, sinon le contraire de la complicité, — la reprit Quoeun — une sorte de réserve, un réseau neutre, peu affectif, très formel ou d'une dépendance formelle, absolument pudique, civil, et violemment insincère. Plus proche de l'esprit de corps que de l'élan d'amour.

Fidélité que ne fonderaient pas la niaiserie, la sympathie, — continua R. Qu'avions-nous dit alors ?, interrogea Suzanne en éclatant de rire.

Zaezon dit que les réunions d'amis — ou bien les rassemblements de famille — étaient comme les repas d'auberge où les voyageurs partagent le pain avec des inconnus.

« Cela suffit ! » s'écria T. E. Wensleydale. Nous nous levâmes de table. W. dit sur un ton bourru qu'il fallait maintenant se taire. Qu'il fallait se disposer à écouter la « quadrille du carrousel ».

Nous jouâmes avec gêne. L'absence de Marthe, la présence de tous ces « auditeurs » firent à plusieurs reprises trébucher nos doigts.

Thomas, A. et Quoeun finirent avec le trio *mi* bémol majeur. Ils le jouèrent assez bien.

Nous coupâmes court. A la demie de onze heures nous refermions nos boîtes.

Ieurre dit qu'il s'était amusé comme la croûte du pain tombée derrière la malle.

Mercredi 5 septembre.

J'attendais place Dauphine. Rue de Harlay, Véronique vint à ma rencontre. Il faisait beau.

Ses cheveux blonds, pris dans un large bandeau de soie passant sous la nuque. Elle portait une robe légère et jaune. Elle avançait vers moi les bras croisés serrant contre les seins une grosse édition récente des *Wuthering Heights*. Comme elle marchait, les jambes défaisaient tous les plis de sa robe. Du fait de la lumière leur ombre pouvait être perçue. Des bretelles étroites découvraient les épaules. La taille de la robe était prise haut sous les seins.

Elle était peu bronzée. Elle souriait. Elle m'embrassa.

Jeudi 6 septembre. Thomas m'appela. Il souhaitait me voir. Je lui dis qu'il passât samedi.

Vendredi 7. Ieurre m'appela.

Il se plaignit, R. ne le détestait-il pas ? Il avait

abandonné le jeu d'*échè*. Qu'il ne le vaincrait plus. Qu'il ne le *purifierait* plus. Qu'il n'avait plus, pour oublier sa vie, que son travail.

« Je suis un brahmane instruit qui hélas connaît l'impureté du service », dit-il avec amertume.

Il poussait l'hindouisme un peu loin. Parlant de sa femme et de sa fille, il disait le gros bétail et le petit bétail.

Que je le réconcilie avec R. !

Je lui dis qu'il vînt dîner demain soir. J'inviterais Recroît.

Samedi 8 septembre.

Recroît et Ieurre parlaient par monosyllabes, se dévisageaient d'un air sombre. Thomas voulut m'accompagner à la cuisine. Me narra les vacances qu'il avait passées avec Z. Qu'il vivait désormais avec lui. Celui-ci venait de lui louer — au 1er septembre — un petit studio rue des Deux-Ponts. Puis nous parlâmes de A. Visiblement, il en parlait plus volontiers. Avec plus de chaleur. Il l'avait vu la veille. Comme nous retournions dans la salle à manger :

« ... Tout va bien maintenant, disait Th. Élisabeth est heureuse ; c'est comme s'il était né de nouveau...

— *A nouveau*, s'écria Ieurre. Il lui a fallu naître *à nouveau*, par une tentative toute différente de celle qui lui avait donné le jour, et dont il répondait alors si peu — sa mère l'abandonnant aux cris, au froid, au jour, à l'air et à la faim perpétuelle. Naître *de nouveau*, c'est-à-dire dans les mêmes termes qu'autrefois, est une tâche qui ne passe pas seulement les capacités d'un manuel de grammaire ! »

Il n'en fallait pas plus. Feu mis dans la poudre.

« Cela suffit ! Modère-toi, lui cria R. Que t'a fait Thomas ? Pourquoi cette attitude toute policière ?

— ... Toute musicale, dit Ieurre.

— Ces considérations *serves*...

— Et en quoi serait-on plus *affranchi* en parlant sans savoir, et comme à l'étourdi ? »

R. lui repartit qu'il ne voyait pas en quoi il aurait été plus savant, en le sachant, et plus persuasif, parce qu'il se serait écouté. — « Pourquoi cette incessante inspection ? continua-t-il. Cette incessante purgation de ce que nous disons ? Et pourquoi cette affection pas forcément bien inspirée pour les formes les plus solennelles et celles qui sont le moins vivantes ?

— Ai-je donc besoin d'une *justification* pour cacher un désir ? Est-il obligatoire de masquer un parti pris à l'aide d'ambitions secrètes ou de motifs psychologiques ? Ou encore : ai-je donc besoin d'autre inspiration que celle que me souffle la peur, et qu'elle me souffle sans délai ?

— C'est très insuffisant, — fit R. Sans doute une fragilité particulière justifierait fort bien que cet exorcisme s'exerçât sur toi-même, te protégeât toi-même, mais pourquoi alors donner des leçons à autrui ? Pourquoi semoncer, reprendre, réprimander de tous côtés ? Pourquoi porter la compassion si loin ? » Craignait-il que non seulement sa langue fût si peu resserrée que les mailles se déchirent, — mais encore que tout le langage s'émût ?

« ... Que le langage s'émeuve..., répéta Ieurre. C'est toi qui fais soudain l'objet d'un mot heureux. En effet.

C'est une sorte de syllogisme. Si le corps qui cède à l'émotion enténèbre sa voix, démembre son discours, alors un langage par soi-même démembré, désordonné, laissera la porte ouverte à tout ce qui émeut, désordonne, enténèbre... — Et entraînant le corps, le pliant peut-être sans possibilité de retour à son délire...

— Et ce sera le seuil d'impureté, l'horreur, et toute la généalogie des monstres !, s'exclama R.

— Quand les constructions verbales perdent en complexité, quand les mots se condensent, perdent leur sens, poissent, jargonnent, quand les accents s'altèrent, quand la concordance s'affaiblit, quand l'excès, la vulgarité...

— Le chaos, les spectres et Tarasque, la luxure..., dit R. en poursuivant sa moquerie.

— Ne ris pas. Cette frontière passée — vaine je le conçois, et toute mythique — c'est la terreur, l'aphasie terrible, l'animal de folie qui galope dans l'épouvante au fond de soi et que les flammes lèchent, l'immense incendie de forêt !

— Pourtant les langues ne purifient rien, dit R. Souilleraient plutôt si l'on en croyait A.

— Oui. Mais ce sont des formes à peu près fixes. Je ne sais pas, à vrai dire.

— Un grognement aussi est une forme fixe — comme une longue période latine...

— Je m'égare, dit Ieurre. Ce n'est pas cela... Sans doute les formes du langage sont-elles moins fixes que des bruits, des émotions, et des silences. Plus libres même, — car à partir d'une règle plus perceptible, plus compliquée, plus convenue...

— Ainsi donc, dit Recroît, entre un miaulement de

chat et un vers de poète, Ieurre le Brahmane, Ieurre le Puritain, Ieurre le Purificateur, tu découvres une différence de fonction ?

— Pas de fonction, bien sûr. Oui. Toutefois — peut-être d'usage...

— Mais comment ce qui serait sans fonction aurait-il un usage ?

— Pas un usage propre à la langue. Mais une façon d'en user particulière à celui qui l'utilise... Tu ne comprends sans doute pas cela. Il y a une tradition des livres, dirait Quoeun. Il y a un usage de la langue qui n'est pas la voix. Comme il y a un usage des sons qui n'est qu'elle. La musique, les livres... Pas le langage...

— Y crois-tu ?

— Je ne sais pas. Mais je crois qu'il n'y a pas à y croire. Sans doute est-ce aussi une croyance. A. a-t-il besoin d'ajouter foi à la musique — à ce qui n'a de sens qu'à être exécuté ? Et qui ne laisse rien ? Et dans le temps de cette lecture, de cette exécution ? »

Dimanche 9 septembre. J'étais grippé. Je demandai qu'on mît la chaudière en route. Le concierge ne le voulut pas. Je passai la journée à délirer dans mon lit, sans sommeil.

Lundi 10. Ieurre passa dans l'après-midi. Je me levai difficilement et eus quelque mal à atteindre la porte, et à l'ouvrir.

Contre mon gré, il appela un médecin.

Mardi 11 septembre. R. m'appela. Il vint me voir vers neuf heures du soir : avec une livre de pommes de reinette et une bouteille de vin blanc. Ieurre excitait la haine, me dit-il. « En plus de pourchasser les tours *déshonnêtes*, les prononciations qu'il prétend *malgracieuses*, en plus de mettre en avant et de fourbir toutes les lois qui ne sont plus obéies, en plus de restaurer les façons de parler qui ne sont plus usitées, ce Ieurre est une vraie *trompette !* » ajouta-t-il.

Il le voua à l'escalier des gémonies mais je ne pouvais rien avaler.

Il mangea pour moi. Il promit Ieurre à une réprobation éternelle. Je vis le petit corps risible et grisonnant et nu léché par les flammes d'enfer.

Mercredi 12 septembre.

Zaezon s'inquiétait de moi : Th. passa me voir.

Jeudi 13 septembre.

A passa. Puis Suzanne. Elle voulut nous faire signer un manifeste. Elle parlait de publier la vérité, de témoigner, de « faire quelque chose » en signant sa pétition...

A. murmura que le soir venu, près de la lampe, quand on lit un livre, qui n'est qu'une répétition...

« L'ombre qu'il fait ne se meut pas beaucoup au plafond », avança-t-il.

Je m'abstins. « Que toutes les choses écrites... », dit A. encore. S. nous quitta, *furibonde.*

Vendredi 14 septembre.

J'allais mieux. Mais je ne m'attendais pas que tous vinssent vers sept heures. Du moins, Ieurre, A., Recroît. Tous cornant aux oreilles. Ils s'installèrent. Ieurre m'apportait une *sixaine* d'œufs.

Je dus me mettre debout et leur offrir à boire. Je les engageai à quitter ma chambre et à passer au salon. R. et Ieurre disputaient de nouveau.

Ieurre prenait à partie A. : qu'au carrefour Buci, venant ici, comme il achetait les œufs en compagnie de Recroît, ce dernier n'avait-il pas eu l'audace de prononcer « crèmeux, crèmerie » ? Et pourquoi pas « enrégistrer » ?

« Cesse de gendarmer, je t'en prie, dit Recroît. Moi, je ne règle pas ma bouche pour parler, ajouta-t-il, excédé. Et ce que je dis cède le pas à ce que je ressens.

— *Crèmerie* lui sert d'émotion !, s'exclama Ieurre. Ah ! tu dis n'importe quoi. Et cette particularité hélas ne t'est pas propre. Elle est même professionnelle ! Les actes réflexes, pourquoi les nommer ? Pour moi ce que je dis, cela fraude et ruse, dissimule autant qu'expose, et protège et étouffe. Cela sacrifie ! Ce terme devrait te contenter : cher Recroît, je parle pour ne pas te mettre à mort illico. Quand tous ont l'usage de la parole pour ne rien dire, et pour éviter de faire, et pour se distinguer de ce qu'ils éprouvent et s'éloignent de ce qu'ils vivent. »

Cette considération plut à A. « Comme l'émotion en musique, dit-il. Retirer l'absence de sens de la gangue de la signification. Et faire pleurer en plaçant *rien*, ou un retour de rien. Ou un silence. Décalquer ce motif que les sons limitaient jusqu'à ne pas le reproduire, — ou plutôt le détruire en épousant l'ombre de son rythme. Différer jusqu'à l'accord — n'est-ce pas, Ieurre — l'*accord*. Décalquer l'émotion jusqu'à l'équilibre qui l'anéantit...

— Oui, fit Ieurre. Encore que cette forme soit malavisée. C'est *calquer* dans ce cas qu'il faut dire, et non pas *décalquer*. Pour mon compte : me *calquant* ce faisant sur la langue, c'est-à-dire en relevant le dessin, les traits particuliers, le son et le contour. »

Le mot d'*accord*, reprit-il, le fait de s'accorder, étaient justes. Aussi énigmatiques que justes. Et sans doute était-ce tout à fait inutile. Au regard de l'univers c'était un *bimbelot* arbitraire. Un petit *fifrelin des bois*... Ou un petit jouet à ressort qui n'était toutefois pas dépourvu tout à fait de grâce mécanique et de valeur. Car les signes comme les sons n'avaient-ils pas besoin pour être perçus de justesse ? Et les signes, dans le chaos, n'avaient-ils pas besoin de protecteur, comme les vaches ou les moutons de pâtres pour monter l'été dans...

— Les oies capitolines, les oies grasses des Atrébates, ont donc toujours si grand besoin de l'ouïe de Manlius ?, interrogea Recroît en ricanant. Petite vestale vieillie et honoraire, dans ta toute chaste tunique grise et blanche, soufflant le feu de la déesse !

— Et puis : cela occupe !, décréta Ieurre.

— Cela ne justifie nullement ce soin, rétorqua R. en haussant les épaules. — Les poules auraient des dents, et assez longues, — reprit-il — et le vocabulaire serait un répertoire précis, et cohérent, et unifié de signes. Comment croire que la valeur de ces signes ait été fixée par l'usage ? Par Ieurre ? Quel usage ? Et à quel usage l'usage ? Et le moyen que ces signes hybrides, empruntés çà et là, et d'un emploi si divers, d'une ressource si contradictoire, si distinctive, si guerroyante, et ce peuple sans nombre des langues qui aura visité la terre, et sans relation dans le temps, ni dans la signification qu'ils se supposent, leur servent de support pour dire, de rapport pour s'assembler, et assurent entre eux — où il n'y a pas entente, ni non plus rien à faire partager que tous ne sachent sans mot dire — quelque communication que ce soit ? »

Recroît continua longtemps de cette façon. Je n'en ai pas conservé un souvenir exact. Bref il répéta à Ieurre qu'il aurait passé son temps à astiquer un outil inutilisable. Et si propre, si briqué que devenu cassant.

« Oui, répondit Ieurre, visiblement échaudé. Mon canoë est un frêle esquif ! »

Mais quelle étrange sollicitude — continuait R. — le poussait donc à entourer le langage de soins aussi peu appropriés à sa nature ? Pourquoi prétendre restituer plus pur ou plus propre un outil emprunté dans un dessein tout anonyme et social ? En réglant jusqu'à la manie ses mécanismes il l'aurait plus tôt déréglé qu'il ne parviendrait à le parfaire. « Ah ! tu devrais plutôt craindre qu'un zèle excessif, ou bien ce que tu nommes pureté, ne revienne à un procédé simplement rhétorique, dont l'effet, par la rareté, et puis bientôt par l'apparence d'étrangeté des *baragouins*, équivaut aux astuces assez faciles dont usent les burlesques, ou les poètes populaires. »

leurre, blessé, se taisait. Je m'endormais un peu. A. regardait par la fenêtre une péniche s'amarrant au quai. Recroît ne tarissait pas.

« Quelle langue, marmonnait-il, et dans quelle civilisation, pourrait prétendre — que ce soit à elle seule ou par l'addition contradictoire, de part en part hétérogène, au bout du compte impossible, de toutes, si ce total pouvait être défini, et quand la totalité de celles qui sont disparues sans mémoire soudain revisiterait les hommes — quelle langue pourrait prétendre apporter le sens aux actions et refléter les choses ? Et l'emporter, exercer quelque ascendant que ce soit sur telle autre, sur telle voisine, ou de très vieilles mortes ? Ou le plus lointain et solitaire patois ?

« Non. Les langues sont sans contenu, elles n'ont de réalité que le pouvoir matériel qu'elles exercent sur ceux qui se servent d'elles, aucun sur ce qu'elles disent, n'ayant jamais eu beaucoup d'attache avec la signification. Rien de réel n'est évoqué, rien d'universel n'est pensé, et par aucune d'entre elles. Dès qu'on parle l'incendie fait désert, l'absence s'étend, le réel ne repousse pas, le chaos semble de l'ordre, tout est semblant mais rien ne ressemble. »

Samedi 15 septembre.

Marthe m'appela : elle était de retour. Elle serait heureuse si je pouvais venir.

Je lui dis que je ne tenais pas encore très bien sur

mes pieds. Mais lundi ? Mardi ? Nous convînmes du 18.

Dimanche 16.

Je passai rue du Bac vers sept heures.

A. joua deux sonates de Haydn. Nous prîmes une sorte d'apéritif d'eaux et de glaçons.

Dans le silence, au désarroi de tous, on entendit le petit D. faire sonner le *p* au jeu du Grand Dompteur et du lion Indomptable. Nous nous prîmes pour Ieurre. Nous dissertâmes sur le mystère : qu'un enfant prononçât une lettre qu'il ne connaissait pas — toute luxueuse et graphique — tandis qu'il savait à peine lire ?

Puis, sans qu'il nous défiât, à grands tours de bras, et hurlant tout à coup, il fit claquer le fouet imaginaire.

Lundi 17 septembre. A. m'appela. Recroît et Ieurre frondaient toujours. Et l'agaçaient à domicile.

Que c'étaient de trop stupides *palabres.*

Mardi 18 septembre.

J'arrivai vers huit heures rue des Bernardins. Nous dinâmes seuls.

M. me parla de Paul, de Vence, de ses « amis », de ce cercle d'enfer.

Elle me dit que A. était passé avant que j'arrive. Il était transformé, avait fort vigoureusement parlé de la musique — du moins lui semblait-il. « Le plus inassimilable des arts, avait-il dit, parce que le plus abstrait. Parce que *sage* d'une négligence miraculeuse à l'égard de toute médiation symbolique. » Il ne représentait rien. L'action qu'il exerçait était d'une précarité souveraine, ne devait pas laisser la moindre distance entre la matière sonore et le corps de celui qui en faisait l'objet. Seule langue qu'il sût qui se passât du langage ! Puissance qui ne connaissait pas de prétexte. Art qui ne se traduisait pas, qui ne se *verbalisait* pas.

Mercredi 19 septembre.

R. passa vers neuf heures. Il voulut me persuader que toute la fortune, tout le trésor d'antiquités chinoises que Wensleydale avait rassemblées, n'avait tenu qu'à une ruse vulgaire et paysanne — dont il rendait responsable la nationalité de W. — et qui supposait chez autrui, si intelligent qu'il fût, une niaiserie si foncière, une naïveté si insondable que l'interlocuteur n'était pas capable de penser qu'on puisse les lui prêter. Ainsi T. E. Wensleydale feignait-il d'attacher une importance décisive à un ou deux objets qu'à part soi il jugeait misérables, et dans le même temps il réussissait à dérober aux regards d'autrui la valeur réelle qu'il attribuait à tel autre, voisin, ou d'un caractère opposé, ou d'un style dont il se prétendait peu amateur, et qu'il souhaitait ardemment acquérir. Aussi, au terme de chaque opération, donnait-il toujours à autrui l'impression d'avoir perdu la bataille (puisqu'il n'achetait jamais l'objet pour lequel, très artificiellement, longuement, il avait fait monter l'enchère) alors qu'il avait remporté sur lui la victoire qu'il escomptait. Il avait plaisir à déprécier ce qui lui paraissait estimable. Les concessions qu'il avait multipliées, le dépit qu'il avait marqué devant l'insuccès de sa première démarche, réjouissaient celui avec qui il avait traité et qui se frottait les mains quant à lui de la bonne affaire qu'il avait su conclure. Aussi avait-il une réputation excellente.

Je dis à R. que je ne voyais rien là qu'une ruse antique propre au marchandage. Que W. était un vieux marchand d'*antiques* — pour parler comme I. Qu'on ne pouvait pas déduire d'un procédé ordinaire le cynisme ou la fourberie de l'âme qu'il y décelait.

Vendredi 21 septembre. Je passai rue du Bac. D. était rentré en classe. Il portait haut le front. Il était fier d'être dans la *grande école.* Et était ébloui de s'essayer à écrire et à lire. Il était cependant moins superbe à l'endroit de sa maîtresse. Même, il se montrait beaucoup plus précautionneux. Elle lui paraissait très nerveuse, impatiente.

« Pour moi, dit A., tout va bien. Et j'ai repris avec entrain ce travail. Tu ne peux imaginer — ajouta-t-il — quelle gratitude je ressens... Chaque soir, je vous rends grâce de ce que vous avez fait pour moi. »

Je le pressai de parler d'autre chose. Il me demanda si je me souvenais de R. ? — Les mots de R. étaient si nombreux..., répondis-je. Recroît lui avait dit que *même l'abîme passait*, et était sujet à la mort. C'était cela. Le vide allait çà et là. Et il était passé.

Samedi 22 septembre.

Il faisait sombre. Je rencontrai Ieurre à la boulangerie rue Dauphine. Il avait ressorti l'imperméable trop large et l'écharpe de laine jaune.

Nous parlâmes de A., d'Henriette, des déficiences instrumentales du *Labor Day*, de l'été. — Ieurre dit qu'il était *décampé*.

CHAPITRE VI

Dimanche 23 septembre. Je demeurai chez moi. V. vint.

Lundi 24 septembre.

Je dînai rue du Bac. Dans l'entrée, sur la commode, à l'angle du corridor, des cinéraires jaunes.

Recroît était là. A. dit qu'il travaillait comme jamais.

Parlant de la dépression de A. avec Élisabeth, Recroît affirma que toute la fée, toute la pharmacopée consistait dans la désillusion, c'est-à-dire dans l'approbation, comme on voulût dire.

« Tout le remède, poursuivit-il, se résume dans la persuasion qu'il n'y a rien à remédier. Vous ne pouvez pas poser de conditions au fait que vous vivez. Ne niez rien. Ne rêvez pas debout. Ne raisonnez plus jamais... »

Il dit encore — à voix plus basse, avec une secrète conviction :

« Ce qui domine nos vies est pur hasard, à l'égal de

son existence même. Aussi, quoi que ce soit prend par surprise, laisse incapable, demeure inadaptable.

— Qu'il n'y ait plus de santé, il n'y a plus de maladie, avançai-je.

— C'est cela, dit R.

— Vous aviez déjà connu cela ?, suggéra E.

— Oui. »

Il se tut. Puis se tournant vers A. : « Et même pis que vous... Si c'était une chose sensée que de comparer les malheurs...

— De mesurer le sans fond du vide sans fond..., dit A.

— Tout est incommensurable en effet, reprit R., parce que manque la mesure. Parce que manque la prévision de l'imprévisible... »

Il ajouta mystérieusement : « Mais il n'y a pas de principe certain qui permette d'affirmer qu'une fascination exaltée est *moins* capable d'appréhender le réel que ne le peut une perception plus impavide ou plus indifférente. »

A. repartit qu'une épreuve plus passive à ce qu'elle éprouvait, — n'était-elle pas plus aveugle ?

« Aveugle, oui, répondit R. Et absolument aveugle en ce sens qu'elle ne voit pas. Et sans doute est-elle très loin d'être détachée, souveraine. Mais y a-t-il à voir, — comme elle éprouve ? Et éprouver quelque chose est-ce commander à cette relation ? Oui, elle est si aveuglée par ce qu'elle éprouve qu'elle s'échange à lui et ne le voit pas... Mais qu'est-ce qui nous assure que ce n'est pas cela, *tout à fait voir ?* »

Le mardi 25.

Ieurre me dit combien il jugeait admirable que tout un chacun employât un tour aussi difficile et à ses yeux aussi profond que « tout un chacun ».

Mercredi 26 septembre. J'allai rue des Bernardins. Marthe très fatiguée, nerveuse. Son visage se décomposa tout à coup : elle n'avait plus de vin. Ses vacances l'avaient, me dit-elle, peu reposée.

Toutefois Paul était revenu. Elle apporta de la bière. Elle me rapporta les discussions « inquiétantes » — mais à mon sens aucunement dangereuses — entre Paul et Suzanne. Elle préférait de toute façon ce délire aux drogues, convint-elle, encore qu'il ne les eût pas abandonnées.

Selon Paul et Suzanne : corps, objets, événements, la totalité du monde et des astres étaient conçus comme des agglomérats de flux, de transits de parcelles de matières si contiguës qu'elles justifiaient la prédiction du destin, l'évocation des morts et la confection des thèmes d'horoscope. Ces mouvements incessants étaient pourvus d'une sourde mémoire à l'état pétrifié, presque solide, que fondaient — selon Suzanne — des jeux de parenté immémoriaux. Comme ces souvenirs étaient des marques matérielles, on pouvait faire prédiction, d'étape en étape, des transferts et des contacts qui liaient entre eux ces sortes de dépôts. Tout s'inscrivait de proche en proche et se répondait de lointain en lointain, c'est-à-dire à la fois par simultanéité et par succession ; et puisque ces mouvements s'enchevêtraient non seulement par simple contiguïté ou similitude, mais encore par intensité matérielle, on pouvait déduire que les séries que ces mouvements constituaient étaient nécessairement, et inextricablement, vestigiales et futures. Un enregistrement inénarrable s'abolissait et se renouvelait sans cesse. La carte du ciel présentait le même caractère d'archives que la cicatrice d'Ulysse, l'arme de Brutus, le Louvre de Hubert Robert, la couleur des yeux de la femme qu'on aime. Les prodiges régnaient sans partage, puisqu'un événement dénué de sens et d'une apparence ordinaire eût constitué une exception miraculeuse. Toute perception était devenue chose, et empreinte de chose ; les effigies de tout ne cessaient de circuler partout, et les sacrifices et les rituels qui avaient présidé à leur surgissement, par ce jeu de dédoublement et suivant une progression aussitôt déchaînée, se multipliaient comme les rats. La terre était une mémoire naturelle, et rien n'aurait pu contenir l'incessante terreur. Et la réitération des conjonctions similaires entraînant la reproduction des émotions qui leur étaient attachées, tout mouvement et toute affection étant tour à tour originaire, dernier dans l'ordre de la série, et futur, tout se reconstituait à si vive allure et aussitôt sur tant de plans, et avec des conséquences si enchevêtrées et si diverses, que le plus petit bout de peau contenait en son grain la richesse des cinq continents, le plus chétif geignement faisait résonner les neuf parois de l'univers ; et sensibilisaient au point d'étouffer par profusion le souvenir de celui qui en faisait l'objet, c'est-à-dire de celui qui au même instant ressentait, restituait et anticipait.

Aussi ne pouvait-on s'étonner que le monde sublunaire eût fixé au moyen de marques les faits insolites qui surviennent dans la vie des hommes, comme les hommes consignaient aussitôt toute infraction soudaine au régime régulier auquel les astres sont soumis. Il suffisait qu'on les découvrît pour qu'on reconnût dans leur présence leur trajet et dans le trajet le convoi d'un signe ayant frappé, frappant, et comme devant frapper. Tout instant était fatidique : tout n'en fournissait-il pas les preuves et les témoins ? L'horreur avait-elle jamais marqué le pas ? Et ce signe convoyé jusque dans le corps des hommes, les viscères ou les cerveaux, dans le vol des oiseaux ou les rêves, par la métamorphose à laquelle il aboutissait, faisait vite connaître sa nature et laissait vite présager de quel passé futur il était l'ange annonciateur, de quel futur passé il constituait la commémoration, et de quel incertain présent il était l'appel indiscutable. De la même manière que la représentation des causes d'envie ou de frayeur chez les femmes enceintes voyageaient intactes du cerveau où l'imagination les a conçues à la matrice qui les pourvoit de chair, de même le coup de lance de Longin dans le flanc de Jésus, ou bien le coup d'épieu lancé dans le sexe de l'empereur Néron avait pu décider, quelques quatre siècles auparavant, du si célèbre éclat de voix du rhéteur oriental, debout sur les tréteaux multicolores, faisant tourner sa manche devant un petit attroupement d'Athéniens médusés, et celui-là même être la conséquence d'une piqûre de serpent d'eau, traînant dans l'herbe qui longe la Loire, à l'époque mérovingienne, celui-là même être la préfiguration du geste bouleversant qu'avait fait N. et lui-même résulter du vers ancien chanté soudain dans la forêt, le jour où la fille du fermier So-Hei, à l'époque des Royaumes

Combattants, égarée parmi les arbres noirs et violets dans la nuit, laissa couler ses larmes, dans la peur des sangliers qui hantent, des désirs des hommes en vie, du souvenir horrible que laissent les mères après elles dans la mémoire de leurs filles, et des démons qui se séparent tout d'un coup du corps des hommes qui ont été tués violemment.

Jeudi 27.

Les sombres et beaux parquets de E. Une odeur de vraie cire.

La vieille et presque enchanteresse encaustique, un peu entêtante, plus luisante que brillante, et tenace.

A. n'était pas là. J'embrassai E.

Vendredi 28 septembre.

Je reçus une lettre de Quoeun. Il viendrait à Paris du 6 au 9. Et du 20 au 23.

Sans qu'on lui eût fait signe, il demandait, d'une façon spontanée, qu'on programmât le quatuor.

Samedi. Je passai rue du Bac.

Dans l'entrée, des espèces de gueules-de-loup d'un rouge sombre.

K. était là. A. avait consenti à surseoir à son travail quelques moments. Karl nous proposa de dîner chez lui dans la semaine. Le 3. Élisabeth dit qu'elle ne pouvait pas. A. évoqua de nouveau l'année qui s'était écoulée.

« Choses extraordinairement distinctes et obscures. Éparses, et silencieuses. Précision irréférente.

« Chaque instant porté par une puissance comme neuve, dit-il encore, et de ce fait totalement inattribuable, réfractaire, impensable. Franche de toutes interprétations possibles. Sur laquelle nous ne portons pas la main, que nous ne savons pas, faute de signes ou de visages, mettre sous nos regards. Dont nous nous détournons sur-le-champ dans la répétition et l'épouvante. »

Karl ajouta : « Yamabe no Akahito dit que toutes choses ont splendide apparence. Elles sont si belles, parce qu'elles peuvent disparaître. »

Dimanche 30. V. m'appela.

Lundi 1er octobre.

Recroît passa vers sept heures. Nous marchâmes un peu avant d'aller dîner. Traversâmes la rivière, et le jardin des Tuileries.

Il parlait des querelles avec Ieurre, de son cours, des dissertations avec A...

« Ces jouets, ces petites tueries verbales sont fructueuses — prétendait-il — en ce qu'elles accordent sérieux et importance à des sujets qui sont particulièrement impuissants à présenter de tels caractères. »

Il ne s'arrêta pas en si bon chemin. « La pensée ne

se dissocie pas des mots, poursuivit-il. De là la pensée est morale. Elle s'empresse de céder à la tentation de pendre de grands voiles chamarrés, d'élever des murailles, des représentations, des distances entre le réel et le corps. Toujours portée à nier ce qu'elle ne parvient pas à tolérer.

« Il y a ceux qui *réparent*, dit-il encore. Les bandits, les penseurs, les ministres de la propagande, les rêveurs, les prophètes, les amoureux, les prêtres. D'atroces bricoleurs. »

Mardi 2 octobre.

Je vis une petite fille blonde dans un imperméable bleu foncé. Elle était debout sur le seuil de la porte cochère. Ses yeux étaient fermés, le buste oscillant de droite à gauche, elle tenait dans ses mains une poupée sale, au visage effacé, aux cheveux paraissant immenses, ils tombaient à terre.

Le 3. A. vint me prendre à huit heures et nous allâmes à pied dans le Ve arrondissement.

Karl était seul. Marthe n'avait pas souhaité venir.

Nous mangeâmes une daurade un peu calcinée, à la japonaise.

A. répéta une fois encore — comme nous parlions de M. — qu'il ne fallait pas aimer. Qu'il n'était pas besoin de se déchirer cœur et tête, de courir à un supplice inutile. Qu'il fallait vivre en paix, assouvir son désir sans le compliquer de chimères absolues et prétendre l'étayer de l'impossible. Ne pas exercer d'empire sur la liberté de ceux qui nous entourent alors, ni nourrir le rêve d'une communication, d'une dépendance irrésistible, de cruautés, d'abandons sans réserve. Tout pour deux corps qui tremblent un peu ensemble, et des regards solitaires, brouillés, et qui implorent.

A l'amour, préférer l'amitié.

Karl répondit plaisamment : « Dans les rapides courent les petites truites. Des nouvelles renversantes ont-elles cessé d'arriver ? »

Jeudi 4 octobre.

Ieurre s'en prit à R. « Un *belître*, dit-il, avec des arguments qui vont tout de travers. » Il souffrait d'une escarre au talon, et marchait lentement. Il ressassait. « Cette race a dégénéré », dit-il.

Alors nous prîmes la rue Christine. Ieurre évoqua les chimères ; la santé ; un cercle carré ; une femme silencieuse ; l'irréalité de la mort ; un fruit sans saison. « Autant prétendre rompre une anguille au genou », dit-il.

Nous traversâmes la rue Dauphine et pénétrâmes dans le passage Dauphine. Il continuait à marmotter :

« C'est une issue pour entrer. C'est une escalier sans degrés. C'est une échelle sans barreaux. C'est une aubade au soir, et c'est une sérénade au matin... »

Vendredi 5 octobre.

Je passai rue du Bac. Élisabeth m'ouvrit. Dans l'angle de l'entrée, des immortelles de Lisieux aux écailles roses et jaune d'or. Je dis à Élisabeth qu'elle ne pouvait avoir idée combien j'aimais ces fleurs un peu flétries que — plutôt que les jeter — elle laissait à mourir, à tomber en poudre, ou à se recroqueviller sur elles-mêmes dans le recoin du corridor.

« Je ne peux m'empêcher d'aimer, dit-elle, — et c'est peut-être un petit côté Quoeun au fond de moi — les fleurs qui se dépenaillent. Qui, quoiqu'elles soient péries, se tiennent debout cependant comme jamais. Et dont le teint — alors qu'elles sont soustraites à la lumière, et alors que l'eau les a abandonnées — n'a pourtant pas passé. Même, il conserve encore de la chaleur, une sorte d'éclat !

— C'est pourtant vrai, murmurai-je. C'est presque une sorte de sourde, de seconde éclosion, où ayant perdu jusqu'à l'odeur, — à l'instar de petites créatures graves, c'est-à-dire tout à fait déflorées, terrifiées — elles s'ouvrent à la mort et s'épanouissent silencieusement dans leur retrait en se concentrant sur elles-mêmes, et avec une apparence de richesse qui n'appartenait pas aux bourgeons. Comme jadis elles s'étaient exaltées et accrues.

— Autant qu'elles défleurissent, je les conserve, dit-elle. Mais sitôt qu'elles s'effeuillent, je les jette. »

D. nous écoutait, — nous regardait, l'air hébété.

« Que vous êtes ridicules ! Neveu et nièce de Gorgibus ! », dit A. en me serrant la main. Mais son fils m'entraînait dans sa chambre. Il me fit asseoir sur son lit. Il tourna autour de moi. Je lui dis qu'il semblait un ours dans une cage. Il rougit. Attendait-il

Boucle d'or ? Au bout d'un certain temps, il prit la parole : il voulait pour sa fête une carte routière. Avec des routes qui sont jaunes, et d'autres qui sont rouges. Mais avec la mer.

Samedi 6 octobre. V. vint.

Columbus Day. Nous partîmes (Marthe et moi) dans la voiture de Recroît. Élisabeth, Gladys, A. prirent la voiture de Ieurre.

Zaezon n'était pas là. Suzanne et Thomas parlaient ensemble. Wensleydale montrait à Quoeun et à Bauge une admirable série de statuettes chinoises. Trois d'entre elles représentaient des déesses au bain.

« Une espèce d'Aphrodite..., suggéra Bauge.

— De Suzanne..., dit Ieurre en s'approchant et en élevant la voix.

— Ou plutôt de Pallas », dit Quoeun.

B. dit qu'un poème de Callimaque sur le bain de Pallas — d'une façon, nous affirma-t-il, qui était vraiment extraordinaire — déclarait que la nudité était la sauvegarde propre aux bêtes offertes en sacrifice. Marthe et Élisabeth s'approchèrent. Peut-être Callimaque entendait-il souligner — dit R. — que la nudité était une fonction redoutable, peut-être, pour une espèce qui parle, *impossible.* Que voir ce qui est nu c'était redevenir sauvage, qu'on ne pouvait « lire » (sans péril de ne plus savoir lire, sans crainte d'être absorbé par une brusque régression à la violence de l'état antérieur) la trace de la sauvagerie empreinte sur la nudité des bêtes... — Que Callimaque aurait porté ainsi mention — intervint Th. — d'une épouvante comparable à la peur panique de mourir que les juifs prétendaient qu'ils éprouveraient s'ils voyaient face à face la face nue de l'ange ou du dieu.

« Voir ce qui est nu, poursuivit R., ce serait y céder. Glisser dans cet abîme, entre ses lèvres. Basculer à partir de ce *regard jeté en arrière* qui ne connaît pas de retour. Ce serait " s'ensauvager "...

— Perte de l'individualité, de la perception, de la sexuation..., dit Th.

— Plus que cela, dit Quoeun. Perte de toutes formes, perte de tout ce qui est visible et de tout ce qui est dicible...

— La virginité de la Diane artémisienne..., dit Bauge. C'est-à-dire l'indifférenciation, la violence, la pureté, la bestialité de la victime. C'est-à-dire le seul espace où la divinité se laisse voir...

— Le fait de mettre à mort, comme on nommait autrefois les dieux, le sauvage en effet — dit Suzanne — cela ne se trouve ni dans l'espace ni n'est visible. De même le nu, le nu obscène *troue* l'espace...

— Il le rompt de part en part — dit R. non sans complaisance — dans la proximité sans proximité des corps qui désirent et par le moyen de cette " vue sans vue " où ces corps se dépossèdent en s'étreignant...

— Métamorphose violente de la violence elle-même — s'exclama Bauge — qui est celle à laquelle s'échangent, plus que tout autre objet au monde, les animaux de sacrifice à l'instant de porter le couteau sur eux, — qui sont toujours, hommes ou bêtes, des individus tués en place de tous. »

Alors Wensleydale reposa les statuettes comme si

elles saignaient. Il nous invita à passer à table. Nous mangeâmes une croustade aux fruits de mer.

Mais à peine quelques coquilles Saint-Jacques avalées, le démon de la nudité réintégrait les corps de Quoeun et de Recroît. Avec impétuosité :

Quoeun vanta la nudité et la frayeur, la fragilité des attributs qui les fondent.

Ieurre le vêtement, la gêne qui punit de la nudité, accroît son désir en frustrant de sa vision, la beauté s'accroissant avec l'ignominie, le corps se dédoublant, édifiant un mensonge autonome, un masque sacré.

Un découpage de signes peu articulés entre eux, déclara Marthe, plus qu'une machinerie de fonctions.

Thomas parla du vêtement comme des scarifications, des parures qui éloignent de l'animalité, qui différencient, sexuant ce qui ne l'est pas si ouvertement par nature.

Ieurre nia qu'il y eût jamais un corps naturel ou sauvage. Que la notion même de corps se réduisait toujours au bout du compte au reflet d'un nom propre ou d'un mot.

A. dit curieusement que la soif qu'éprouve un homme devant le corps nu qu'il convoite est moins ardente que ne le brûle le désir de la perdre. De l'étancher violemment. D'en finir avec la nudité.

Situation plus proche du dilemme que du paradoxe, décréta Recroît. Relation « privative » quant à la nudité et relation « négative » en regard de ce qui la vêt d'ordinaire. « Un vêtement est ce qui la recouvre, dit-il, et elle n'est plus que ce que le vêtement découvre. Une sorte de néant ! Puis, autant qu'il parle, tout être est habillé !

— Ainsi le *couvert* en forêt », dit Quoeun de façon obscure.

Suzanne — avec pas mal de préciosité — dit que nous étions habillés de la station droite. Qu'aucun corps nu n'était tout à fait nu en effet, et moins le vestige d'une bête que les traces d'un sacrifice culturel jusque dans les sons que produit notre gorge dans la plus intense souffrance.

« Un habitat, dit Thomas, un petit gîte supplémentaire. » Il dit que comme il se vêtait il se mettait à l'abri. Qu'il s'enveloppait de quelque séquelle de la poche maternelle. Il fallait des peaux pour être bien dans sa *peau*, dit-il encore. Une habitude, une assurance, une appartenance, des droits dont le vêtement l'investissait aussitôt qu'il l'avait revêtu. « Ce qui protège à l'instar des armes, du langage, de tout apparat. Et ce qui séduit. »

Recroît rétorqua qu'on ne mettait tant d'énergie à cacher que pour cacher l'incroyable secret du « comme les autres », du non-différencié. On ne colmatait si désespérément que ce trou de néant et de généralité qui ne cessait de se montrer en nous. On ne recouvrait que le rien à découvrir, qui ne distinguait pas. Quoeun s'emporta contre la métaphysique. La fonction de l'habit était sociale et coutumière. Habit comme une langue : association et dissociation selon le groupe, le pays, l'époque, la condition, la fonction, l'état, le mariage, la profession, le deuil, l'âge. « Outil qu'on garde sur la peau. Ou plutôt la griffe d'une société sur ce corps — et la présence du dieu du groupe aux côtés de l'homme revêtu. C'est une fourrure totémique qui soustrait à la mort en même temps qu'une solidarité qui la conjure. » Ieurre abonda dans le sens de Quoeun : « Son corps ne laissera pas quelque parcelle de lui à l'air qui l'entoure, il ne laissera pas des atomes de son reflet sur l'eau, ni une part de son ombre sur la terre qu'il foule. Et non plus un peu de sa vie à ces regards qui le dévorent. Ce fourreau écarte bien des pouvoirs, et il contient des forces au sein de lui, et les concentre. »

« Une *tenue*, souligna R. avec emphase. Le *maintien*, répéta-t-il soudain transformé, comme pour la tête on parle de *système*. Fond de permanence et de mise en commun à partir desquelles la différenciation peut s'exercer. Telle l'image traditionnelle qui lit les mouvements de l'amour dans les plis de la robe que les mains de l'héroïne froissent. »

Ieurre affirma que le mot de costume était le même que celui de coutume — comme investiture et vêture, ou vêtement et investissement. « D'où ma raideur, affirma-t-il, qui est liée à un imperméable. D'ordinaire, ajouta-t-il avec un air songeur, j'ai peine à dire ce que je pense...

— Aussi, poursuivit Quoeun plaisamment, la nudité est-elle un vêtement consacré par l'usage pour une fin toute privée et particulière.

— Le *costume d'Adam*, dit Ieurre avec enjouement, est une *petite tenue* dans la cité ! Elle est toute *tissue* des coutumes propres à la culture et à la langue de ceux qui s'exhibent alors !

— Aussi bien, ajouta Quoeun, n'a-t-on jamais soutenu qu'Adam ait été créé nu par Dieu : mais vêtu de son innocence. Ou encore revêtu de la grâce et de la lumière de la Gloire. »

La discussion passionnait la table. Elle était interminable comme la reproduction qu'elle évoquait. Je n'y prenais pas part. Tant de nudité m'enivrait. Quoeun reprit la parole :

« Une petite peau travaillée en sus, qui supplée pour une part l'incertitude de la nature en nous. Un petit treillis signalétique : classe, sexe, fonction, goût, pouvoir... Une robe dit plus qu'un corps nu, serait-il vu de face. Ce qui est déshabillé est ce qui hait les signes. C'est la Pallas de Bauge. Haine qui délivre du corps de la bête et de la mort.

— Mais ceci ne concerne pas mes statuettes chinoises », fit remarquer Wensleydale.

On apporta une remarquable blanquette de veau.

Hélas Recroît connut une nouvelle crise de nudité :

« Nous ne sortons pas nus du ventre de nos mères, s'écria-t-il. Nu comme un ver. Nu comme la main ou le visage. Nous sommes des hommes tissus de langues et de tissus. Souvenez-vous de la page où Ulysse naufragé et nu, sur la plage... Il est totalement silencieux, incapable de communiquer avec Nausicaa et les suivantes palatiales parce qu'il est nu. Incapable même de toucher aux genoux la fille d'Alkinoos et de la supplier, d'être pris en pitié... »

Je m'étonnai alors qu'on recherchât dans ce cas des significations à la nudité. N'avaient-ils pas dit du vêtement qu'il cherchait à séduire, mais aussi qu'il cherchait à soustraire ? Qu'il cherchait à montrer, mais aussi qu'il parvenait à cacher ? Qu'il attribuait un sexe quand il le dérobait ? Qu'il communiquait, quand il recelait ? « Prenez donc en considération la notion de signe, dis-je, et son penchant si insistant pour l'autodestruction ! »

Recroît reprit un morceau de blanquette. Nous mangions avec émerveillement. Nous nous taisions.

« Et la pudeur ? — dit E. soudain dans le silence, nous faisant tous, d'un même mouvement, lever la tête — vous n'aurez même pas prononcé le mot de pudeur ! Ce qu'a de bouleversant l'attitude de la pudeur... » Elle ajouta :

« Plus inconcevable que la menace qui pèse sur ce qui est laissé à découvert et de là exposé. Ou encore désarmé et de là vulnérable.

— Le corps *mangé des yeux*, dit Suzanne avec un air rêveur.

— Pudeur plus inconcevable, reprit Élisabeth, que ce corps mis à nu, mis au pilori de vos signes, exposé sans recours aux regards, totalement retranché de la *langue* de Ieurre, du *corps social* de R...

— Et comme s'engloutissant à nouveau dans le règne animal, releva Bauge. L'absence de signe, l'*asémie*, l'*infamie* de la sauvagerie... »

Ieurre interrompit Bauge, marmonnant à voix basse :

« Vieille formule attribuée aux copistes médiévaux : " Passages cités en langue grecque ? Je saute. "

— Comme infondable est le fait même de la peur. Ou bien le sentiment incompréhensible du deuil », reprit Marthe.

Mais Élisabeth, soudain inspirée, continuait :

« Pudeur plus énigmatique encore que la honte, puisqu'on peut concevoir — par *privation* pour parler comme Quoeun ou Recroît — l'humiliation qui résulte des habits arrachés dans la torture ou dans le viol...

— Arrachant de la sorte tout ce qui retient à un monde qui est " anti-animal ", plutôt qu'il est humain, dit Bauge.

— Dénudation qui suscite le mépris ou le dégoût,

dit R. Qui abaisse dans la contradiction soudain risible de ces signes, et ravale dans le sans fond de ce qui n'a plus de mesure ni de signification.

— Pudeur plus énigmatique que l'obscénité, dit Bauge à son tour. Puisqu'on peut concevoir — par *négation* alors — la provocation qui résulte d'une inversion des signes. Ou encore l'excitation que peut entretenir un temps le fait que soit donné ce qui était soustrait, le caché se montrant, bête montrant le museau, retrait qui se met en avant et se dresse, ce dont on était frustré tombant sous nos regards tel le mirage d'une palmeraie dans les dunes se révélant eau et dattes réelles...

— Des dattes !, soupira Ieurre.

— Mais ceci sans durée — poursuivit R. avec plus de force —, le désirable n'étant pas la nudité elle-même. Cette dernière n'étant, comme toutes les choses sont par elles-mêmes, par elle-même des plus insignifiantes, incroyablement chaste, bête, peut-être même " naturelle "...

— Où mettez-vous la position debout, la voix, la forme du dos, l'indépendance de la main droite ?, demanda Suzanne.

— Comme Tirésias voyant, perdant la vue, dit Bauge. Sinon quand elle est dotée de la signification de ce qui est refusé. Du moins la nudité peut-elle apparaître au regard comme le contraire des signes.

— Mais la pudeur... », recommença E. C'était sans rapport à cela.

« Peut-être, par l'origine et par la mort, un *trouble* de néant, dit M.

— Oui, reprit E. Peut-être une *délicatesse* de

néant... » Et que cela lui paraissait comme l'origine de la beauté.

Alors on desservit. T. E. Wensleydale apporta lui-même un plateau immense et circulaire où étaient disposés des fromages. Bauge dit que dans le *De Officiis* Cicéron prônait le port des caleçons.

Thomas s'en prit une fois encore — avec quelque retard — à l'Ancien Testament. Que les Juifs estimaient que, comme le dieu n'avait pas forme humaine, l'homme non plus, et qu'il fallait empêtrer le corps — au contraire des Égyptiens qui revêtaient des voiles transparents soulignant les vestiges de l'animalité — de matières opaques et qui n'épousaient pas l'apparence des membres. Et, de même qu'il n'était pas possible de voir la face du dieu sans mourir, il ne serait pas possible d'apercevoir la nudité de l'homme sans tout à coup être bouleversé d'une culpabilité effroyable.

« Cela m'ouvre des horizons..., dit W. tout soudain, visiblement surpris.

— Le moyen d'ouvrir ce qui borne ? », fit Ieurre. De toute façon, — reprit-il — le plaisir n'allait pas sans ce sentiment d'une faute. I. prétendit — au contraire de Thomas — que la fonction du vêtement était de suppléer les déficiences du désir. Loin de l'entraver : il le stimulait. Et qu'il ne fallait jamais dénuder un corps avant qu'il n'ait témoigné des marques du désir.

« Comment peut-on prétendre cela ?, interrogea Thomas, outré.

— Le vêtement, lui répondit-il, suscite le désir en ce que la vision de la nudité est immanquablement ordinaire, — ou elle-même trop défectueuse pour émouvoir. Pallier son corps d'un manteau pour atténuer l'horreur, ou l'absence d'attrait : voilà un admirable pléonasme ! — ajouta-t-il en se tournant vers R. —, non, le vêtement renforce la beauté du corps en contraignant l'imagination et son absence excite d'autant plus volontiers la passion que sa dissimulation le désigne avec intensité et permet toutes les illusions. Comme ce corps n'est pas exposé à la convoitise des regards ni à la répulsion au contact de ses défauts, il institue cette chair, si l'on veut, comme à jamais dérobée aux regards d'autrui. Sans doute son appropriation est-elle alors à jamais interdite parce que son identité ne se fonde pas sur cet état, et dans la mesure où elle voue, quelque acte de " chair " qu'on commette, à une construction perpétuellement verbale et imaginaire. Mais en ce sens sa propriété est possible...

— Et en ce sens, répliqua R. en le parodiant, le vêtement nous sauve de la chasteté des petits et des grands mammifères et nous distingue de leur sauvagerie — qui ne sait rien des attitudes plaisantes et des sentiments impudiques ! »

E. haussa les épaules et dit que tout cela lui paraissait trop clair, toujours injuste, vaguement ignoble. Ieurre rétorqua qu'au contraire de ce qu'elle avait conclu il estimait que la pudeur était perverse et qu'elle reposait tout entière sur une contradiction : « Comme elle attire le regard sur ce qu'elle veut soustraire à la vue, dit-il, elle se désigne à la curiosité du témoin. Sorte d'ostentation qui fait que la bête qui tire ses jupes rappelle à l'attention de celui avec qui elle parle qu'elle cache quelque chose qu'il aurait tout à fait tort de tenir pour rien. Ses mains attirent l'attention sur l'invisible, soulignent l'existence d'un autre monde plutôt qu'elles ne le désavouent.

— Gestes et vêtements en effet — s'exclama Recroît — dont il serait vain d'imaginer qu'ils seraient dissuasifs, quand ils sont hantés. Ieurre a raison. Ils ne dérobent la peau que pour imposer à l'imagination de celui qui ne voit qu'eux l'invention d'une incarnation inapercevable et abstraite, et un besoin nouveau qui fonde l'interdiction...

— Alors qu'en tirant sur ses jupes — reprit Ieurre en lui coupant la parole — la femme pleine de pudeur offre à la vue le fait qu'il ne voit pas. Aussi bien cesse-t-il de voir et se fondant sur cette impossibilité qu'elle lui a si précisément remontrée, il s'essaie à cette autre *façon de voir* à laquelle elle l'oblige, et épie en rêvant ce que ses mains dérobent. »

E. dit en riant qu'à la vérité, aujourd'hui, c'était le puriste qui était en défaut. Que ce n'était plus pudeur, mais pruderie, qu'il fallait dire. Quoeun ajouta que les vieux théologiens nommaient pruderie la « hantise de lubricité ».

T. E. Wensleydale frappa sur la table et dit qu'il fallait jouer maintenant, tandis que Recroît surenchérissait. Il disait que tous les vêtements étaient des attributs sexuels : « Crête et ergots de coq, culs de paris, bois des cerfs, petits pieds, queue de paon, femmes à plateaux, ils tâchent désespérément à tenir la curiosité en éveil afin d'amener les parties, dont ils soulignent — sans doute à l'excès, j'en conviens avec Thomas — le caractère séparé, mutilé, à se joindre dans le très vain dessein de compléter une sorte d'objet sexuel chimérique, minutieusement emboîté, qui ne laisse pas passer le jour, et pour ainsi dire totalement replet et éminent. »

Nous nous levâmes. Nous nous accordâmes. Wensleydale — sans doute afin de nous presser — apporta contre toute attente un panier de fruits pour sucrer le café.

Nous jouâmes l'*ut* majeur de 1781 assez bien (malgré bon nombre d'appoggiatures ratées de Thomas, et un fou rire dans les sautillements du presto). A. nous joua de tête plusieurs sonates de Carl Philipp Emanuel Bach, que je ne parvins pas à trouver aussi médiocres qu'il disait.

Un jour à jouer du Haydn. Il faisait frais. De plus, suggéra leurre, après avoir traité de nus, le corps était plus sec.

Thomas et moi rangeâmes nos instruments. A la demande de Wensleydale, A. Marthe et Quoeun jouèrent encore le *sol* mineur de 1793, le merveilleux Esterházy.

Puis, tout à fait égayés, et vêtus, nous nous égaillâmes.

Mardi 9. Fête de D. Je passai à l'heure du goûter de l'enfant. Je lui offris une carte routière de la Normandie. A. eut des yeux éberlués quand D. la déplia sur le tapis du salon. Je lui dis que ce n'était pas une invention qui me fût imputable, mais une commande de son fils.

D. était passionné de parcours, de calculs d'itinéraires, de détours, — jouant avec gravité avec les signes qui symbolisent les routes. Souffrant aussi —

rappela-t-il — que son père ne fût pas propriétaire comme tout le monde d'une voiture automobile.

Mercredi 10 octobre. Quoeun me téléphona. Il me dit qu'il restait jusqu'à dimanche. Qu'il en avait fait la promesse à A. Pouvions-nous nous voir samedi ?

Jeudi 11 octobre.

Rue Séguier. Recroît agressa Ieurre. Personne au monde ne pouvait prétendre assumer à soi seul la totalité de la langue qu'il employait. Chaque parleur au même titre que le plus savant des philologues, ou l'écrivain le plus habile, exerçait à l'extrême rigueur un tout petit *droit de tenure* sur un infime *territoire de langue*. Mais ce droit d'usage ne faisait qu'attester son appartenance au langage et à la communauté, et il ne pouvait en aucun cas s'en prétendre régent ou propriétaire, ni y trouver de quoi sermonner ses amis.

Mais Ieurre ne démordait pas : il fallait une langue explicite. Qui fût tranchante. Qui fût précise.

« Et zut !, cria-t-il. Tout cela n'est pas de mon goût. Je fais ainsi que je fais. A chacun en effet la langue de son *cru*. Je fais comme bon me semble. Et faute de mieux ! Et crainte de pis ! »

Ils se disputaient comme des enfants. Parmi les poubelles en désordre, et l'âcre puanteur qui résultait de la grève.

13 octobre. Quoeun passa me prendre à la demie de sept heures. M'entraîna place Baudoyer. « Là, me dit-il, il y a huit cent quarante-huit ans, — le 13 octobre 1131 — Philippe, fils de Louis le Gros, passant à cheval, effrayé soudain par un troupeau de porcs, est mort tombant le crâne fracassé ! »

Je le laissai un quart d'heure dans le souvenir des porcs. Ils descendaient encore vers la rue des Barres. Jusqu'à ce qu'il les entendît trompeter comme des enfants qu'on tue dans la campagne allemande.

Nous dînâmes près de là.

Dimanche 14 octobre. Nous nous rendîmes à peu près tous rue du Bac à l'invitation d'Élisabeth et de A.

D. paraissait ravi de nous voir. Il nous passa en revue tel un petit sergent de semaine et, nous montrant du doigt, il dit qu'il n'avait jamais vu Wensleydale ni Quoeun.

Il demandait avec autorité que les inconnus se présentent. Il marqua une préférence pour Th. Les deux enfants mangèrent. Gladys partit coucher Henriette.

Nous nous mîmes à table vers deux heures. A. dit qu'il désirait nous remercier pour ces longs mois. « Du couteau, je ne garde pas que la trace sous la gorge, dit-il. Tout se rétracte et vacille encore sérieusement parfois. Mais cela va. L'inimitié est devenue une compagnie de tous les jours. J'aurai finalement attaché le grelot. » Qu'alors il avait essayé de nous plus que de nos médecines ou de nos arguments, et que cela était bon, et plus sûr, sans nul doute. Il se tourna vers Ieurre : et qu'ainsi, dit-il, il avait réchappé d'un véhément accès de mort.

« Si j'avais été que de vous, dit Ieurre, j'aurais loué Dieu d'être si sensible, vulnérable au néant même, et fait d'une étoffe si susceptible et souffrante même à l'absence d'impression ! Et si imaginatif que les songes font mal ! Quant au milliardaire en lubies — dit-il en se tournant vers R. — auquel, au moins un jour, les valeurs auront paru croyables, le sol solide, la langue significative, et le jour éclairant !... J'en serai de ma poche pour sept cierges — au bas mot —, pour sept chandelles blanches aux pieds de l'Assumpta !... »

Recroît demeura de marbre. Il fit simplement remarquer, quoi que prétendît Ieurre, que rien ne laverait aucun d'entre nous de la complicité que nous entretenions avec la violence dont nous étions issus. Dont l'état du monde, et jusqu'à la plus petite opération de pensée, jusqu'au plus petit geste de désir, procuraient un témoignage à tout le moins insistant. Elle renaissait neuve en nous à toutes les minutes, et aveugle autant sur le défaut de son dessein que sur l'aliment de sa fièvre. « Ce soufflé est délicieux », dit-il à Élisabeth.

Il reprit : « Le référent pour tout ce qui dure dure moins que ce qui dure. Aussi ne le mesure-t-il pas. Il faut d'ailleurs dire quand on se trouve devant lui : “ Le référent pour ce qui dure, comme il est périssable ! ”, et c'est mieux ainsi. Petite ficelle toute culturelle et verbale. »

Ieurre s'écria ridiculement : « Ainsi dit-il ! L'opération même de référer suppose l'autre ! Tout lui soit tribut et hommage ! »

A. servit à boire. Mais que c'était, dit-il, un hommage à tout ce qui peut survenir et à rien qui vaille : qui est l'amitié même, et son courage, et cette extraordinaire indulgence qu'elle n'hésite pas à tout instant à consentir.

Élisabeth servit des filets de saint-pierre nappés d'une sauce blanche aux moules. Hélas E. y avait introduit une quantité excessive d'*eau de moule.* Presque un bouillon de mer. Si épais à la bouche, et âcre. Bauge dit en souriant qu'il eût fallu débaptiser la recette, et plutôt qu'une *Saint-Pierre Normande* dire un *Ulysse Naufragé.* Cela eut l'heur de faire rire Quoeun.

Puis Thomas voulut que nous définissions la nature de l'amitié. Pour moi, je commençai par dire que je me garderais bien d'en rechercher les motifs ou les desseins, pour ne prêter attention qu'à ses effets. Que je me laissais de tout mon cœur enchaîner à cette sorte de lien qu'elle laissait voir dans le moment qu'elle durait. Mais que je me ferais un scrupule de ne pas y jeter un coup d'œil trop aigu, à tout le moins importun. Recroît acquiesça.

« C'est une civilité que l'interprétation ruine », dit-il.

Élisabeth, Thomas et Gladys marquèrent leur désaccord. Mais Gladys dut se lever. La petite Henriette l'appelait en poussant de grands hurlements aigus.

A la fin du déjeuner, d'excellents raisins muscats. Quoeun demanda si nous étions encore bien persuadés que les dieux parlent avec la *brise du soir.*

« C'est un *murmure léger* », dit Thomas.

Au café T. E. Wensleydale, un tout petit peu ivre, ou du moins attendri par l'alcool, nous déclara que Yang Tchou estimait que la longévité de la vie humaine connaissait dans sa plus extrême durée le terme de cent ans. Nous nous regardâmes. Pas un entre mille qui y parvînt. Nous respirâmes alors. Mais qu'on admît qu'un homme y soit parvenu : et notre souffle se suspendit à ses lèvres. Le temps d'enfance — dont l'impuissance et la dépendance étaient si marquées qu'elle requérait une protection de tous les instants —, le temps de la vieillesse — d'une si complète impotence, d'un si grand bégaiement, d'une telle confusion qu'il fallait la secourir —, ils occupaient la moitié des cent ans de la vie. Les nuits passées dans le sommeil, le temps de veille vaine qui le supplée ou qui les borne, prélevaient sur la moitié qui reste une nouvelle moitié. La souffrance et les maladies extorquaient pour moitié ; les deuils et les échecs en retranchaient une autre ; les pertes et les chagrins détournaient une ultime moitié de moitié de moitié de moitié de moitié des cent ans si peu communs de la longévité ultime. Je commençai de perdre pied. Et le laps de trois ans qui reste, et au cours duquel on aurait pu jouir de la vie librement, si on comptait le temps délivré de l'ennui, pur de tout souci, il se réduisait à l'espace d'une heure.

Que restait-il de la vie d'un homme ? « Hélas, où est ma joie ? », s'écria-t-il. Il restait peut-être le plaisir des corps, et la beauté des sons, et celle des couleurs. « Mais aucun plaisir ne dure longtemps, reprit-il, et l'on se lasse à la longue des sons et des couleurs. Le corps des femmes occupe si peu d'espace, ne vieillit-il pas à vue de l'œil ? Et la maladresse de leurs mains parfois confond. Et l'insistance des amis, l'impudeur des voix, et les livres qui radotent comme des vieillards ! A cela s'ajoutent les restrictions et les devoirs qu'on vous impose au moyen des récompenses et des châtiments, la faim où plonge la famine, la terreur qu'inspirent les guerres incessantes, les contraintes de toutes sortes qu'on vous inflige en recourant aux honneurs, aux discours et aux lois !

« Si je fais porter — ajouta-t-il — le calcul sur une vie plus brève, le décompte n'ira-t-il pas du quart d'heure à la minute de joie ? Un enfant ? rien. Un adolescent ? des secondes. »

Le petit D. musait autour de nous.

Nous riions.

Mardi 16 octobre.

Je me réveillai vers trois heures. Je n'avais plus moyen de trouver le sommeil. J'allumai la lampe, je pris le livre de Léonard de Marandé sur la table de nuit. Je retrouvai la page cornée avant l'été. Je me levai. Je partis à la cuisine boire un verre d'eau. Puis je trompai le temps en faisant de la copie :

« Il n'y a rien de si gueux et de si pauvre entre les êtres que le vide ; tout le monde l'abhorre jusques à la nature. Il se trouve si contrefaict en la posture qu'on luy donne, qu'il est presque aussi laid et aussi difforme que le néant... »

Cela se trouvait à la page 251. Peu avant, je trouvai une courte notation qui me plut. Mais mon exemplaire (si dépareillé, si dépourvu de valeur) présentait une page toute rongée à cet endroit, couverte de ces flaques sombres ou — ainsi que disent les femmes du flétrissement de leur peau — couverte de ces *marguerites de la mort*, de ces *fleurs de cimetière* qui affectent aussi avec l'âge les livres :

« ... Deux sortes d'amour : amour d'amitié, amour de convoitise. Par celuy-cy nous n'aimons autruy que pour nostre... bref par le bien que nous en attendons. Pour sçavoir si cet amour est en crédit dans le monde, il ne faut qu'ouvrir les yeux et se taster le poux. Par celuy-là nous aimons autruy pour son bien, son advantage et sa propre considération. C'est ainsi que l'homme d'honneur regarde son amy pour... luy faire plaisir et... »

Il faudrait que je consulte un des exemplaires de Quoeun. Tous en si excellent état.

Mercredi 17 octobre.

Dans la soirée E. m'appela. Me reprocha de n'être pas passé. Viendrais-je dimanche ? Je répondis que je partais chez V., en Bretagne.

La nuit du mardi, le petit D. avait eu un violent cauchemar. Il s'était réveillé en larmes, hoquetant, à deux heures. Il s'étonna que le jour ne fût pas levé, avec une insistance presque fiévreuse comme s'il découvrait que la nuit fût obscure. E. cousit près de lui jusqu'à ce qu'il se rendorme.

Il dit qu'il ne voulait pas que l'on meure.

Jeudi 18 octobre.

« Il n'y a rien de si gueux et de si pauvre entre les êtres que le vide... »

Je jugeai la page splendide. Mais le moyen qu'en son contraire nous puissions nous lier, et aimer ? Le plein — ou ce que les services commerciaux, les politiques, les prêtres nommaient « unanimité », « socialité », « convivialité » — ne nous suffoquerait-il pas dans une contiguïté et une solidarité insupportables ? Soudés alors les uns avec les autres comme la pelure en l'oignon. Comme le globe de l'œil dans l'orbite. L'amitié était un art du vide, comme tout sentiment suppose le contraste de son terme, et la mort dès la racine.

Plutôt un peu de mansuétude que de bienveillance.

Vendredi 19 octobre.

Commerce de la peur, des amis, du vide. Le très vieux mot d'affabilité signifiait une certaine distance passive dans la personne, mêlée à un *mixte* de douceur et d'une sorte de sérieux qui accompagnait le discours, capable — comme il laissait du temps et environnait du silence — de susciter et d'entretenir la conversation.

Samedi. La mer sous la pluie. Sous un vent véhément. Les vagues puissantes et épaisses.

Un ciel extrêmement bas, vaste, sombre.

Le sentiment que tout était trop grand pour des hommes.

Que nous étions des fétus très labyrinthiques, entortillés à force de différenciations mécaniques, — tournant à haute allure à vide — très raffinés et très confus, — mais sans taille.

Veteran's Day.

Gladys et Ieurre ne pouvaient prendre Élisabeth et A. Ils devaient revenir directement de leur petite maison toute fraîche bâtie auprès de Pontchartrain. Nous nous installâmes comme nous pûmes dans la voiture de R. (il revenait de chercher M.), arrivâmes sous la pluie avenue de La Bourdonnais.

T. E. Wensleydale nous attendait sur le pas de la porte. A. se précipita sur lui en riant, et lui tendit son parapluie.

« Voyez-vous, il me semble que vous vous portez mieux que l'an dernier à même date », dit W. en l'accueillant.

Nous ôtâmes nos manteaux. Passâmes au salon. T. E. Wensleydale arriva avec une casserole bouillante pleine de rhum — qui empuantit tout à coup la pièce — et nous servit des grogs.

Ieurre pénétra dans le salon, cravaté à défier toute la Croatie. Gladys le suivait avec un peu de gêne et s'empressa auprès d'Élisabeth. Quoeun arriva alors, suivi de près par Bauge et par Suzanne.

Bauge parlant de A. : « Samarobriva... », dit-il énigmatiquement. Karl, Thomas et Zaezon arrivèrent ensemble, trempés. Th. craignait pour son violon. Vainement.

Karl fit remarquer que *Veteran's Day*, c'était la fête des morts. Le culte de Quoeun. A. dit alors de façon inopinée :

« Les yeux grands ouverts des morts fixent un point qui est imaginaire.

— Ou plutôt la fête des livres ! », répondit Quoeun. Élisabeth souffla à Gladys combien au fil des jours nos manies s'étaient mêlées, se répétaient. Nous passâmes à table. Nous mangeâmes une soupe flamande.

Ieurre s'en prit à ceux qui s'obstinaient à dire « kouasi » en place de quasi ! Qui s'obstinaient à prononcer détritus « détritu » ! A ceux qui dans leur cours polycopié laissaient dire gageure « gageure », mangeure « mangeure », chenil « chenil » et cheptel « cheptel » ! Et qui pis est, ajouta-t-il, c'étaient des fautes *influentes !*

— Ah ! ces querelles de mots !, fit A. visiblement agacé. Le langage — ajouta-t-il —, est quelque chose de si inutile et de si fatigant... Vous lui accordez une importance bien ridicule !

— Il y a quelque chose qui *suppure* sur le silence..., commença R.

— Teneurs de cendres..., reprit A. Les petits contenus " sémiques " des mots, si on les analyse avec soin, ce sont des petites urines dues à la peur.

— C'est un des rares principes à peu près universels que dans l'homme — continua R. — l'air est inspiré puis, une fois utilisé à des choses autrement sérieuses, il est expiré dans la voix qui s'amuse à dire alors n'importe quoi, dans le dessein de souffler.

— Oh !, fit Ieurre comme s'il avait fait une découverte merveilleuse, le visage soudain épanoui, — les mots, c'est de l'air usé ! »

Alors nous parlâmes. Nous parlâmes comme à l'accoutumée, à tort et à travers. Quoeun dit : « Les larmes sont aussi incolores que ce souffle que l'homme expire, et par lequel il se fait connaître, quand il le rejette. Les vieux théologiens ont écrit que le caractère incolore à la fois de sa voix et de sa souffrance le rappelle au vide, et à l'invisibilité du néant. Seul le sang qui coule de la plaie de la victime du sacrifice se fait connaître par sa couleur aux regards des hommes.

— Alors, si nous sommes empêtrés dans les mots, repartit Ieurre, nous sommes tissés d'invisible, nous sommes tissus d'air...

— Et alors ?, demanda Recroît.

— Alors... il nous faut bien recoudre. Moi, je remmaille.

— C'est cela — dit R. tout à coup satisfait —, tu es une remmailleuse. Tu *rempiètes* pour ne pas glisser... »

Bauge défendit I. Que parler en grec, dit-il, c'était tisser ; le logos un tissu, un voile pour dérober à la vue la violence. De là les vieilles images du politique tisserand, du médecin ravaudeur de langage. Colmater ce qui fait brèche et risque de déchirer l'écran ou la muraille. Masquer le pire, c'est-à-dire l'utiliser en en déguisant les aspects et en lui attribuant une signification extérieure. Réparer l'ordre, en soustrayant à la vue ce que l'ordre suppose.

« Mais rien ne répare rien !, dit A. avec exaltation.

— Quel disciple n'ai-je pas trouvé en A. !, s'exclama Recroît. Il dit exactement ce que je puis penser. Rien n'est cassé et rien n'est réparable. Le monde n'est pas. La terre n'a d'autre règne que l'existence. Inconcevable. Indescriptible. *Quoi* pourrait la doter de sens ?, reprit-il avec ardeur. *Quoi* pourrait-il l'affecter d'absurdité ? Elle est sans légalité. Pas même identique. Et altérité au langage. Le réel est cet immense et imprononçable et indescriptible et inapercevable petit résidu qui reste quand tout le dicible a été dit, — et *après* que tout ce qui est a prétendu se convertir en unité, en totalité, en signification. Niais anthropomorphisme. Les astres ne connaissent pas la monnaie, ni les signes. Ni l'eau dans l'eau, ni la pierre dans la pierre, ne les connaissent. »

A la surprise générale, Ieurre marqua aussitôt son accord avec Recroît. Bauge se mit soudain à dire que le langage était *zooclasmie,* comme l'écriture *iconoclasmie.* Le visage de Ieurre se décomposa. « Tant pis pour les minus habentibus ! », s'écria Bauge alors. Nous le sifflâmes. Les signes cherchaient moins — continua-t-il — à se sacrifier pour ce qu'ils voulaient signifier, qu'ils ne consistaient dans le sacrifice de ce qu'ils signifiaient. Celui qui use des signes s'empêtre dans le sacré qui résulte du sacrifice. « Prier pour lui et se sacrifier pour lui. Pour ce vide, ce centre vide du mouvement de sacrifier. » A. devint lyrique :

« Clarté aveuglante pareille à la lumière, dit-il, qui s'éclaire elle-même, et qui ne peut se percevoir ! La transparence est telle qu'elle ne nous laisse pas de prise. Où que nous portions notre main, nous touchons si étroitement ce que nous sommes, autant que nous sommes. Indivisibilité de tout, qui est une espèce d'affection incommensurable, et dont nous ne pouvons même pas espérer sortir par la mort. »

Puis — sur un ton plus bas —, et se tournant vers Quoeun :

« Ne connaissent la durée de l'existence d'un être que ceux qui lui survivent, — à supposer que cet individu ne meure pas éloigné de tous ! Une existence, sa simple quantité, ne peut même pas être dite par celui qui en fait l'objet ! Et vous voudriez que tout ce que nous piaillons soit persuasif ou croyable ? »

Nous mangions une matelote d'anguilles, un peu soûlées à force de vin rouge.

I. nous entretint d'un journaliste qui avait parlé à la radio d'une *collusion* entre deux voitures, dont plusieurs morts seraient résultées. Recroît affirma que l'expression n'était pas si fautive : n'y avait-il pas de la part de ceux qui conduisent des automobiles sur les routes une entente secrète, immédiate, muette, fondée sur une aspiration en somme objective à la mort ? Nous donnâmes raison à Ieurre, estimâmes l'argument de Recroît trop tiré par les *cheveux*.

« Juste revanche !, dit Ieurre. C'est un *rendu* pour un *prêté.* » R. s'irrita :

« Euphuiste, gommeux, minaudeur !, lança-t-il à Ieurre.

— Peu confiant dans mes propres ressources — lui répondit celui-ci sur un ton onctueux —, et sceptique sur leur valeur, perplexe enfin quant à la perspicacité dont il leur arrive de faire preuve cependant, moi, pour parler, je m'en remets démocratiquement à tous ceux qui parlèrent, plus nombreux que moi, et à ce qui fut dit, plus vaste que ma bouche ne peut contenir.

— Et en quoi cela éclaire-t-il ?, dit Bauge. En quoi cela assure-t-il ? »

A. fit remarquer que si différents que fussent les mots qu'employait Ieurre, il n'était pas si évident — il était même fort improbable — qu'on pût jamais distinguer sérieusement des sentiments à ses yeux aussi foncièrement identiques que l'envie irrépressible qui décide tout à coup un homme à tout laisser tomber et à partir, l'impatience aveugle qui s'empare de lui les rares fois où il fait l'objet d'un désir évident et douloureux, et l'envie incoercible, effrayante, de s'abandonner à la mort, et qui se saisit de lui, le plus souvent, par le biais d'une angoisse insupportable. « Pourquoi ne serait-ce pas une seule et même chose ? », interrogeait-il. Mais Ieurre niait que ce que séparait le langage fût en réalité indistinct. Plus encore, il dit qu'il imaginait l'être plus divers et singulier encore que les langues ne le différencient. Que les découpages dont elles étaient les instauratrices étaient plutôt des sortes de généralités, plutôt des communions assez lâches et vagues, que des dissidences très concrètes.

Ieurre se servit de nouveau de l'anguille la plus soûle.

Puis il dit que Recroît, quoi qu'il prétendît, était un moraliste. Il voulait en produire des charretées de preuves. Qu'il en remontrait aux poissons, et qu'il leur apprenait comment il convenait de nager.

R. s'énervant : « Ieurre, tu nous fatigues tous. Et tout te fait peur. Non seulement les choses mais encore les idées. Tu n'es qu'un paquet de règles de grammaire... »

Ieurre l'interrompit avec une grande douceur, la

figure toute réjouie. Avec la componction, la suavité, l'air d'extrême indulgence du jésuite :

« Dieu donne les fèves à qui n'a pas de dents, dit-il. Tout ce qui est bruyant est humble — dit-il encore — et correspond à l'univers. Le murmure du lettré est orgueilleux.

— Menteur, cria Thomas de façon agressive. Vous n'êtes pas seulement un *tatillon*, un *chipoteur*, mais le garant de tous les ordres et de tous les pouvoirs !

— Tu ne peux en aucun cas te justifier, dit Recroît. Quelque effort que j'aie fait, tu n'as jamais su me répondre ! A., aussi bien que Bauge, m'en sont témoins ! »

Mais leurre était dans une heureuse forme. Il n'éleva pas la voix. Il susurra qu'il n'avait pas d'autre raison à mettre en avant que le plaisir qu'il y prenait. La défense de cette petite joie de langue, quand bien même les formes qu'il préférait nous paraîtraient tout à fait désuètes, était-elle donc trop mince pour ne pas le justifier pleinement ? Il renouvelait les cierges à un petit autel particulier — entre passé et avenir, entre déchets et fichaises — et qui ne procurait pas de gêne à autrui, et dont même l'esseulement, peut-être, alimentait la ferveur. Il revenait de l'autel, tenant entre les mains les cendres cinéraires, et il les protégeait un peu du vent. Il rappelait à la mémoire ce qui était abandonné, opposait quelque retard à l'oubli. Qu'à sa mort, au mieux, on se tairait, au pis peut-être dirait-on que sans laisser de traces qui fussent prétentieuses ou inopportunes, de façon toute verbale, il aurait dans le corps ou l'étui de sa langue *appuyé* sur la *chanterelle*. « D'autres se lavent les dents », dit-il. Devant l'évidence de sa chute prochaine — langue sentant assez fort le cadavre, n'est-ce pas ? —, et sans nourrir un seul instant l'espoir de la ramener à la vie, simplement il en aurait gratté avec un peu de précaution les plaies particulières.

« Je partage le sentiment de Ieurre, dit Quoeun alors. Et vos manies ne me paraissent pas si déroutantes. Sans doute votre malheur est aussi peu fondé que le monde...

— Et les vôtres ?, le coupa Th. agressivement.

— Et les miennes ?, dit-il, l'air songeur. Au vrai — reprit-il après un instant de silence — telles ou telles manies ne cachent rien. Elles sont la forme de notre ère. Aucune nature ne perce sous toute la psychologie que Recroît et A. ressuscitent malencontreusement autant qu'ils la pourfendent. Aucune langue n'est humaine. Il n'y a rien qui soit sous ce qui est. Il y a seulement certaines coutumes qui paraissent insolites... »

Ieurre. Dit que c'était là une réponse pour moitié de figue, pour l'autre de raisin. Puis, prenant un air de commisération :

« Une pauvre langue décrépite, mangée aux vers, aussi vieille que les chemins — dit-il — et harassée à force de l'usage. Et dont le monde ni ses cours n'usent plus. Une vieille étoffe dévorée par les mites... »

Ieurre détourna la tête avec dignité. Recroît se retourna vers Quoeun :

« Mais nous nous amusons, dit-il. Et rien ne saurait être vraiment ici motif de désaccord. Ieurre dit simplement que la langue est un ordre. Je dis simplement que toute langue est un délire. Où est le désaccord ? Hasard fondamental !, s'exclama-t-il. La première signification est un corps qui tombe sous la main, une mort tirée au hasard. Corps que désignent les courtes pailles et les fèves. Imposition des signes. Comment ils composent soudain entre eux : convention immédiate. Proche des jeux des spermatozoïdes. Désordre se ramassant en ordre, délire qui préside à l'unité. Hasard qui renverse à coups de hache : l'arbitraire est nécessaire, et fonde par rétroaction ! »

On servit une médiocre salade d'endives d'hiver, auxquelles étaient mêlées d'infectes psalliotes de Paris blond-beige.

Quoeun parla des nouveaux livres qu'il avait acquis. Suzanne se lança dans une discussion oiseuse : « Lire, commença-t-elle, consiste à désenrouler un volume. Quand Augustin...

— *Dérouler* suffit, coupa Ieurre.

— Oui, reprit-elle. Mais je veux dire : lire était désordonner l'espace du livre. Avec le codex, la lecture ne modifie pas sa forme...

— Mais c'est faux, dit Bauge. On déroulait en enroulant. L'homme est doté de deux mains, et d'un champ visuel — à cinquante centimètres — relativement restreint. Même un préfet de Rome. Même un père de l'Église.

— On lit “ sur ” un mur mais on lit “ dans ” un livre, dit Ieurre brusquement.

— Les bonnes lectures, déclara Quoeun, infectent l'esprit, souillent de solitude, altèrent par abstraction, gagnent la vie, et leurs effets ravagent et pullulent jusqu'au dernier jour et jusqu'à l'idée qu'on s'en fait. Cette abstraction est terrifiante et elle est irréversible. C'est magnifique — ajouta-t-il avec un air d'extrême contentement.

— Littré, dit Ieurre, disait qu'il avait préparé son

dictionnaire pour occuper le temps insupportable et vide et qu'il l'avait écrit par “ oisiveté de l'angoisse ”... »

Quoeun soutint qu'un dictionnaire qui aurait été exact était un cercle carré, un serpent à plumes. Une langue ne pouvait être traduite en elle-même qu'en étant elle-même. Un dictionnaire certain, qui ne souffrît pas contestation, et unanimement croyable, serait non seulement une œuvre tautologique, mais un volume capable de frapper l'imagination, parce qu'il s'étendrait à l'aire sur laquelle la langue qu'il aurait soin de consigner aurait été parlée, parce qu'il enregistrerait la totalité des formes auxquelles cette espèce de *grande locution* aurait donné cours, parce qu'il épouserait sans qu'il soit possible d'exception tous les corps qui l'auraient articulée, et couvrirait toutes les époques où elle aurait été employée et écrite. Non seulement sa confection requérait un usage exhaustif la concernant, mais sa véracité posait la condition de sa mort. Quoi qu'il en fût, d'une part il était matériellement impossible, de l'autre il était logiquement inutile : puisqu'il existait déjà et que sa réalisation eût prétendu assez vainement, dans le même temps, sur le même espace, par le biais des mêmes suppôts, redoubler son existence.

Il imagina le sort d'un rédacteur de dictionnaire, qui mît un peu de conscience et de passion dans son travail. Il serait tombé en arrêt devant la risible volonté de définir. Son front se couvrirait de sueur, quand il se trouverait confronté à l'impuissance propre à l'analogie, à l'hypothèse contradictoire de la synonymie, à la notion de rectitude concernant les noms, à la sensation même, enfin, d'être avec quelque *attache* sans doute, mais sans *approche* vis-à-vis d'une langue se traduisant en elle-même.

Figure pathétique, de plus en plus larvaire. Ses cheveux blanchissent : il ne trouve plus même d'exemples où les mots soient employés pour eux-mêmes. Précision qui devient peu à peu muette. Il écoute, mais il n'est plus très sûr que ce qu'il écoute, il l'entende. « Cela sert à bruire sans doute, murmure-t-il, à exprimer le simple fait qu'on est vivant, à signaler peut-être qu'on éprouve quelque désir, quelque peur, quelque haine, sans monter le projet de dire quels ; mais une langue, j'en ai la preuve maintenant, ne sert pas à dire, ne sert pas à entendre, et surtout pas à s'entendre elle-même. » — Sa main tremble alors, l'œil s'éteint : à tous les mots qu'il avait recensés rien ne répond. Un escalier de pages qui sont blanches. L'évidence consternante de l'indicible à chaque fois. Ses doigts ne retiennent plus rien, le jour passe entre les doigts, et si sa bouche est assez largement ouverte, c'est pour refouler ou pour avaler l'air nécessaire au fonctionnement des poumons. »

On apporta un plateau de fromages sur lequel étaient disposés un saint-nectaire, un reblochon, un pont-l'évêque. On admira que les Américains, même sinologues, fussent de ce goût. Mais Suzanne entendit continuer d'exposer la thèse que les remarques de Ieurre, que les digressions de Quoeun, affirma-t-elle, avaient interrompue. Elle fit donc remarquer que quand Augustin expose ses thèses sur le temps, il s'appuie sur la lecture d'un livre, en sorte que le temps coïncide puis peu à peu s'échange au déroulement du livre.

« Incessante distance au cœur de tout instant —

poursuivit-elle avec émotion — dont toute langue, dont chaque mot procède, et qui est comme l'ouverture d'un livre. »

En bref, continua-t-elle, c'était pour cette raison qu'il y eût eu des livres, et qu'au déroulement du volume se fussent substituées l'ouverture et les pages. Tout le monde éclata de rire. Bauge fit remarquer que le caractère latin du temps avait d'ailleurs pris en français le sens — d'un caractère beaucoup plus négatif, et plus restreint — de tempête. S. sur-le-champ — un peu vexée — en profita pour dire que ce qui sans cesse fait irruption ainsi, ne cesse de survenir, était précisément un hôte qui ne pouvait être reçu. De là que l'imagination était nécessairement portée à le présenter sous un jour violent. De même que les apparences de l'orage — ajouta-t-elle avec beaucoup de sens — passaient, si erronée que cette impression fût, pour plus mouvementées, pour plus naturelles, pour plus évidemment temporelles, *tempétueuses*, — qu'un ciel simple et serein une journée de printemps.

« Corps de guimbarde dont le sexe s'écoule », me souffla Ieurre à l'oreille.

C'était peu amical, lui dis-je.

Thomas — assis en face de nous — nous avait entendus. Il nous remontra que notre amitié n'était pas si excessive. Même, — dit-il en élevant la voix — qu'elle était bien peureuse et chétive. Il dit qu'une antique coutume maori disait : « faire ikoa avec quelqu'un ».

« Où allons-nous ? », demanda Ieurre.

Th. dit qu'*ikoa* était le mot maori qui signifiait le nom. Se lier d'amitié avec quelqu'un, faire *ikoa* avec lui, cela revenait à échanger son nom avec lui.

Échanger un nom consistait à échanger les biens, les enfants, les femmes, les esclaves, etc. Ainsi le nom propre était-il d'une nature effective, il rassemblait la totalité des signes qui confèrent l'identité, et la signification étant de part en part matérielle l'échange qui la fondait reposait sur une obligation irréversible entre celui qu'obligeait l'amitié et celui qui l'obligeait en elle. Alors les enfants avaient deux pères, deux mères, deux demeures, etc.

I. fit observer qu'on ne pouvait conclure de la nomination à la désignation, qu'il y avait là quelque inconséquence, ou bien de l'utopie. Puis il se pencha vers moi et, soufflant de nouveau dans l'oreille, me demanda quels désirs Th. nous épargnerait. En quelle suspicion on pouvait tenir ses digressions ethnologiques. Et quelle était la surdité de A.

Nous mangions des œufs à la neige, servis avec une crème anglaise au café. T. E. Wensleydale déboucha deux bouteilles de vin de Champagne.

« L'idée même de constitution de sens — disait Suzanne répondant alors à je ne sais quelle affirmation de R. — est risible pour une raison beaucoup plus simple que celle que vous dites : pour que la vie — qui affronte la mort dans le dessein de devenir intelligible — le soit, il faut qu'elle reste en vie. Qu'elle affronte la mort sans mourir : n'est-ce pas plutôt l'affronter sans l'affronter ? Imposteur, celui qui prétend maîtriser ce qui ôte la maîtrise ! »

Recroît devint rouge. Resta muet. Pour sa part Zaezon (avec le goût qui le caractérise) prétendit nous donner un exemple qui lui paraissait définitif sur ce que présentait d'inintelligible et d'inutilement compliqué la notion de sens. Il parla du tremblement mécanique dû aux excitations arbitraires. Ieurre dit : « trémulation du sexe ». « Une main posée sur un corps — reprit Zaezon —, puis qui s'en détourne. Le sexe laissé seul, ses façons lentes, et qui sont comme automates. Et à échéances plus espacées le tremblotement haut en bas. Au moment d'amour, dit-il, c'est à la fois l'inéluctable et le plus accidentel. Le *soudain.* Ce n'est pas nécessaire. Et d'ailleurs, souvent sans succès. Cela demeure fortuit même quand le cours de la série paraît donner l'assurance de l'infaillibilité. Aussi peut-on faire l'économie d'une notion de peureux, d'une rêverie touchant à la raison et à la nécessité de ce qui survient. L'inéluctable est là et il est de part en part aventureux. Le reste à cette image. Qui au demeurant hante aisément les têtes. »

T. E. Wensleydale s'escrima ensuite : le *pavor,* les métamorphoses dues à la progressive flaccidité. Conversations spécifiques de fin de dîner.

Nous nous levâmes. A. installa les pupitres. Nous nous accordâmes. Le finale de *L'Alouette* fut raté. Quelque effort que fît A., nous ne sûmes pas le placer. Et d'autant moins que la pique de Quoeun glissait sur la planche : il prétendit qu'il ne parvenait pas à la ficher à sa convenance. Nous chevauchâmes sans cesse. Nous riions. Et puis le solo de Marthe grinçait.

A. nous dirigea mieux par la suite, pour le quatuor *la* majeur de Mozart. Si tard qu'il fût, A. voulut jouer à son tour. Avec Marthe et Quoeun, il joua un de ces si étonnants et si difficiles petits trios post-londoniens de Haydn.

Mardi 23 octobre. Vers six heures je voulus passer rue du Bac. Rue de Grenelle je tombai sur Ieurre et Élisabeth. D. les devançait en tenant un pain de deux livres qu'il grignotait, prélevant les morceaux de croûte les plus cuits.

Je lui dis que ce croûton paraissait fameux.

« Le *grignon*, dit Ieurre. Ronger le *grignon* — répéta-t-il, c'est-à-dire le morceau de l'entamure du pain du côté où il est le plus cuit ! »

Par chance, Ieurre nous laissa. Nous montâmes tous trois l'escalier humide.

A. travaillait. D. m'entraîna dans sa chambre. Il avait peinturé un petit établi en bois avec de la gouache bleue. Et paraissait émerveillé par cette horreur.

Mercredi 24 octobre. Je passai rue des Bernardins dans la journée. De retour chez moi, Quoeun m'appela de Bavière. Je lui dis que j'arriverais le mercredi 31, mais que je le rappellerais.

La sensation aussi — un peu plus tard — d'un vœu que rien ne commuerait, — un vœu muet, établi entre nous tous —, et qui ne nous aurait liés aussi longtemps que par l'insatisfaction où son absence — dans le temps de cette absence — nous plonge, c'est-à-dire par le désir, l'abstraction de haine, le nombre et l'étroitesse des rets d'obligations qui aient des *apparences* désintéressées — tout étant sacrifié à ces seules apparences — plutôt que par l'espérance d'avantages matériels, ou de secours, ou d'affection. Ce n'était pas à mes yeux déprécier l'amitié que de ne pouvoir la penser que sous un jour négatif. Remise de la guerre. Délai de courtoisie.

Quoique cela ne se définît pas vraiment ainsi. Peut-on nourrir plus d'illusion que celle que suppose cette paresse tout à coup, et qui se résume peut-être entière dans le fait de temporiser avec l'exceptionnelle négligence, inconséquence, sur lesquelles cette attitude repose ? Goût qui porte si évidemment à atermoyer, à surseoir, à désespérément surseoir. C'est un ridicule raffinement sans nul doute, que cette trop vive sensibilité au *répit*, — à un répit à peu près chaleureux. C'est comme une distraction parmi les émotions, les circuits de sang.

La politesse dans ce sens : moins les emblèmes d'une trêve, l'hypocrite feinte du repos, le congé donné à tout sentiment exclusif, — qu'une sorte d'égarement. Peut-être le motif un peu plus secret et souvent ressenti d'un respect dû au pire, et l'assurance de son retour, et les rites superstitieux pour le retarder un instant. — Et au cœur même de la courtoisie alors, une visitation du rien, une salutation de l'instant mort, une oisiveté extraordinaire et très curieusement faite de règles, une considération de l'égalité à terme, et de la sensation d'un vertige inutile et circulaire de tous autour du même vide entre nous et en nous.

Souhait d'un plaisir tout social, — que social. Espoir de consonance immédiate, tout à coup, mais de temps à autre, entre des hommes qui nourrissent cette passion et qui trouvent le temps de parler entre eux.

CHAPITRE VII

Jeudi 25 octobre.

Rue des Deux-Ponts. Avec Ieurre et Recroît. Thomas avait demandé que nous visitions le petit studio que lui louait Zaezon.

A. dit que la nouvelle maîtresse de D. avait lancé à ce dernier une gifle qui lui avait un peu arraché l'oreille. Le petit D. demeurait hébété de peur. Et aussi de crainte. Ieurre fit remarquer qu'une *gifle* ne s'appliquait que sur la joue, mais une *calotte* à la tête. A. le regarda un moment sans comprendre.

Recroît demanda à quoi appartenait l'oreille ? Et comment nommer une « gifle d'oreille » ? Thomas, le visage en feu, les fit taire. Il le fit avec une véhémence excessive. Nous chassant presque, il traita le langage de « camelote ».

Vendredi 26 octobre. Rue du Jardinet.

Recroît me dit que Ieurre faisait attention à ne pas trop mouvoir sa tête parce qu'il redoutait vraiment sa fragilité et qu'il vivait dans la terreur qu'elle ne se *déglingue* tout à coup.

Samedi 27 octobre.

Je passai rue du Bac. A. travaillait avec Otto. Un travail considérable. « De longue *haleine*, dit-il. Le présent est à peu près complètement absent, le proche se fait de plus en plus lointain, comme le corps tout cérébral, tout culturel, les choses familières sont des choses extrêmement étranges, parce que nous ne sommes pas un repère suffisant. Nous n'offrons ni face ni dos, ni n'affrontons ni ne fuyons. Ni haut ni gauche, droite ni bas. Autrefois, futur, avant nous ni après. Pendant, à peine pendant, à peine pendant, nous sommes vides ! Nous n'avons pas de dimensions. Et c'est très bien. »

Visiblement ils avaient hâte de reprendre leur travail. Je n'osai demeurer plus longtemps.

Le dimanche 28 octobre.

J'allai à Sèvres voir Xavier Ieurre. Sa tête était en très mauvais état. Il me parla de I. et de Gladys dans des termes curieux. Il n'avait pas compris qu'il était le grand-père de la petite Henriette. Vers six heures il me raccompagna à la gare. Il faisait froid. Au-dessus de nous il y avait des arbres. Nous attendîmes longtemps le train ensemble. Nous nous serrâmes brusquement la main. Le voyage me parut beau : la brume, les coteaux, les usines, la misère, la Seine, et les lumières des maisons.

Le lundi 29 octobre.

J'appelai Quoeun en Bavière. Je lui dis que j'arriverais le jeudi matin au train de 5 h 20. Quoeun me dit qu'il le notait, qu'il irait me chercher à la gare. Je répétai l'heure d'arrivée. Il avait une voix étrange : « Hier, il a écrit à Daia, me dit-il. Il y a mille six cent soixante-sept ans jour pour jour...

— Et à quelques minutes près..., répondis-je, tout à fait interloqué.

— ... l'empereur d'Occident décida l'horreur. »

Les bras m'en *tombèrent.* Je restai muet. Je lui répétai que j'arriverais le jeudi au matin.

Le mardi 30, j'allai faire mes adieux rue du Bac. D. s'entendait mieux avec sa maîtresse et ne lui gardait pas de rancune. Élisabeth me plaisanta sur mes petits voyages rituels en Bavière. Je dis qu'on ne m'avait consenti de *relâche* que du jeudi au dimanche. J'avais préparé la cinquième sonate. Je serais de retour le lundi 5.

Jeudi 1er novembre.

Dans la bibliothèque de Quoeun.

Quoeun dit que les atolls étaient d'immenses nécropoles couvertes d'une mince couche vivante d'animaux minéraux microscopiques qui construisaient des montagnes pour l'eau et le silence. Au cours de millions d'années.

Qu'en regard d'eux, nous étions plus microscopiques encore.

Vendredi 2, jour des morts. Avant le dîner nous jouâmes en duo. Puis nous jouâmes la cinquième sonate à l'unisson. Avec un accompagnement de piano particulièrement mental.

Quoeun, après le dîner (un dîner totalement silencieux) :

« Nous sommes dans ce qui est — de même qu'un petit poisson tiré hors de l'eau suffoque dans l'air et la lumière. »

Samedi 3 novembre.

Par-delà les branches, dans le sous-bois, la lumière qui tombe, et cloue ce qu'elle touche.

Écœurement d'avoir tant marché pour *reconnaître*. Pour retrouver ce qu'on avait abandonné pour marcher, ce qui avait été à l'origine de la marche, — pour retrouver cette violence, cette passion de lumière cette transparence, cette abstraction, cette absence d'âge.

L'horreur de la lumière.

Dimanche 4.

Bavière. Descendant au village. Une petite fille parlait en français dans la rue. Un instant, peut-être compris-je Ieurre. C'est une très grande joie : entendre parler sa langue dans la rue.

Et une langue ferme. Une petite langue calleuse et osseuse.

Lundi 5 novembre.

Six heures passées, j'allai voir le petit D. rue du Bac. Je lui rapportai une petite boulangerie allemande à construire, et des petits bonshommes de plastique. Il parut plus heureux qu'il ne l'avait été il y a un an de là. Son oreille s'était remise.

Comme nous installions cette petite boutique sur le parquet de sa chambre, il me dit tout soudain :

« Nous, les enfants, quand nous parlons, c'est que nous ne savons plus à quoi jouer. »

Je conçus qu'il pouvait sembler avec quelque raison que, pour nous, comme nous nous taisions, des sortes de cartes, de petits simulacres, de petits talismans, nous tombaient des mains.

Mardi 6 novembre. Ieurre m'appela. On avait hospitalisé son père. Pourtant, quand j'étais passé fin octobre..., dis-je. Mais il m'interrompit et il me dit qu'il revenait de Sèvres. Xav. Ieurre avait pour ainsi dire *perdu* la tête.

Mercredi 7 novembre. Je ne dormis pas. Je rangeai des papiers. Je lus.

Ce mot de la princesse de Neufchâtel concernant le prince de Navarre, au matin de la nuit de noces : « ... il venait d'écrire ; je l'ai connu à ses mains. »

Je savais peu de chose qui fût plus péremptoire. Le fait d'écrire se trahissant aussitôt. Secret que seuls ceux qui n'écrivent pas sont à même de percer, et sont fondés à mépriser.

Jeudi 8 novembre. Je passai rue de Nesles. Gladys ouvrit la porte : il n'était pas là. Il était à Sèvres. Non, elle ne savait pas s'il allait mieux.

J'allai embrasser la petite Henriette.

Samedi 10 novembre. V. et moi partîmes pour la Bretagne.

Le 11 novembre.

Je marchai seul non loin de la mer, dans un coin de campagne assez pauvre. Quand on marche, le vent soudain qu'on « rencontre ».

Comme il fouettait tout à coup le corps, démontant et brouillant vêtements et cheveux, je ressentis de la joie, et je sentis dans le même temps l'intense envie de pleurer qui lui correspond.

Lundi 12 novembre.

Ieurre passa me voir. Il avait l'air bouleversé. Non : Gladys, Henriette, tout le monde allait bien.

Il s'assit.

Il revenait de voir son père, me dit-il. L'âge, les effets dus à l'hospitalisation, une sorte d'autisme tout récent, une amnésie courant galop (Ieurre dans l'inquiétude consentait à employer des mots nouveaux, et des tours dans sa bouche d'une imagination ou d'une hérésie déconcertantes ; du moins la peine les lui arrachait-elle) l'avaient rendu soudain d'une infirmité à peu près complète. Il fit état d'un désarroi extrême à connaître son père sous ce jour. Le respect qu'il portait à ce corps, devenu malade, puis si vieux, puis étranger et mourant — d'une enveloppe si intime mais aussi comme laissant passer le jour, cet « ajouré » connaturel à la mort — à force d'usure. Qui ne gardait même plus le souvenir de lui, — qui possédait des souvenirs de lui à l'âge de l'enfance qu'il ne connaîtrait pas lui-même, et qu'il les avait définitivement abandonnés. Qui se dessaisissait lentement à un monde qu'il était naturellement impuissant à imaginer, mais qui suscitait depuis toujours l'épouvante, — tout cela l'avait plongé dans la détresse. Non seulement ces sensations avaient ranimé des peurs remontant à l'enfance, et comme rapetassé leur pouvoir, mais dans le même temps la perception et la connaissance de ces souvenirs qui feraient à jamais défaut, qu'il mourrait sans qu'il les lui ait dits, étaient contrebalancées par l'évidence si abrupte que, même devant son père, ils ne pouvaient déjà plus être partagés. Enfin elles avaient lancé en lui d'inévitables racines en le contraignant à anticiper désormais pour lui-même une condition un beau matin semblable.

Il dit qu'il comprenait mieux A.

Mercredi 14 novembre. Je passai rue du Bac. D. était chez des amis. E. était à la galerie. A. travaillait. « Nous ne sommes que l'objet de la mort. Comme la mort : j'arrive à *tuer* le temps !, dit-il. C'est le bonheur ! » Je le laissai.

Jeudi 15 novembre. Je passai chez Ieurre. Le week-end suivant : il comptait emmener Henriette et Gladys à la campagne. Il passerait vendredi au soir à Sèvres, près de son père. Pouvais-je y aller dimanche ? Il y retournerait dès le lundi dans l'après-midi.

Dans la soirée E. me téléphona. Que je vienne dîner le samedi au soir.

Vendredi 16 novembre. Otto v. B. m'appela. *Busstag* le 21. Tout le monde était prévenu. Non pas chez Karl cette année : chez lui. Rue du Pas-de-la-Mule.

Samedi 17 novembre. J'apportai un minuscule bégonia touffu et blanc pour la Sainte-Élisabeth.

« C'est très gentil, dit-elle en m'accueillant.

— Et le “ langage ” en est l'*amitié*, dit A.

— Non, la *cordialité* », reprit Élisabeth.

Marthe était là. Je l'embrassai. Elle semblait d'un autre âge. Et prit peu part à la conversation.

E. était silencieuse aussi, et belle.

A. parla beaucoup. Parla de son travail. Évoqua l'année écoulée avec un enjouement qui me paraissait peu proportionné :

« J'ai *curé* le fossé, dit-il. J'étais envahi par une force dont je ne savais que faire. Qu'aucune passion n'utilisait tout à fait. Ou plutôt dont aucun attachement ne connaissait vraiment l'usage.

« Vraiment, reprit-il, connaissez-vous une tâche qui trouve à occuper le vide ? A mettre à profit cet excès en nous, — cette si contradictoire et si fumeuse idée d'un trop de vide en nous ? Cette réplétion de néant, cette enflure ? A dépenser ce rien en attente que seule la mort en vérité consomme ?... Eh bien, je sais que c'est l'amour du vide !

— L'amitié, dis-je.

— Ou la musique, répondit-il. Choses qui sont au fond assez semblables, et arts des plus sociaux... », ajouta-t-il.

Enfin, après le dîner, — comme nous-mêmes à quelques mois de là — il s'efforçait de consoler Marthe. Interpréter, c'était voir au travers de quelque chose qui fait obstacle. « Paul est parti, dit-il, et si terrifiante que soit sa vie, la raison ne peut rattraper ce *retard* qui fait sa condition... » Il reproduisit les vieux arguments que Recroît, Bauge et Ieurre lui avaient serinés :

« Ce qui est là n'est la conséquence de rien... La brutalité, le caractère imparable de ce qui est... Tout est occasion de vivre, tout est occasion de désespérer, et pourquoi pas d'envier les précipices et les périls : l'appréciation est si déroutée et si couarde. » Aussi le fortuit était-il à proprement parler *irrémédiable*, quelque conviction ou nécessité dont nous le pourvoyions. Et dans ce sens il n'était pas *inéluctable*. Comme jamais aucune joie, aussi joyeuse fût-elle, n'aurait eu la maladresse de se concevoir comme définitive. Ah ! c'était une pensée qui pouvait donner du secours !

Marthe voulut jouer la sonate *mi* mineur de Fauré.

Dimanche 18 novembre.

Je pris le train pour Sèvres. Vers dix-sept heures j'arrivai à son chevet.

Mais il avait été placé dans une salle commune, à l'agonie. J'assistai à sa mort dans la stupeur et dans l'impuissance. Je vis la vie qui se retirait peu à peu du visage, du moins je crus que je percevais cet invraisemblable retrait, entre quelques grimaces épouvantablement laides de douleur, dans le silence, posées sur le drap blanc.

Un peu avant six heures, il expira. Je le regardai. Comme je le regardais, l'angélus sonna. Le premier des angélus qu'il n'entendrait plus sonna.

Lundi 19 novembre. Je dormis mal. Je songeai à C. J'avais imaginé que Ieurre rentrerait dans la soirée du dimanche. Je ne voulais pas le joindre par téléphone. J'avais sonné en vain rue de Nevers à sept heures, à neuf heures, à onze heures.

Ils ne rentrèrent que dans la matinée du lundi.

Mardi 20 novembre.

Ieurre ne voulut pas aller le voir mort. Gladys s'occupa de tout.

La nuit, je songeai de nouveau à C. Tout s'empêtra dans mon esprit. Il me sembla que la mort tenait le *dé* sur le désir : on touchait au doigt alors l'ordre sans ordre, l'absence de nécessité, l'absence de nature, l'impossibilité de l'interprétation, l'incapacité de la représentation, le ridicule de la justification, le primat vide de ce qui se trouve là.

Mais ce n'était pas une spéculation de Recroît. Ce n'était pas une pensée de veille. Et je ne sais pas la dire.

Je pensai soudain que l'air ne servait de rien aux morts. Comme le jour à un aveugle. Comme le langage aux vivants.

Busstag. Marthe ne vint pas. Elle me dit au téléphone que le *Thanksgiving Day* suffisait. Que tous ces banquets étaient de vrais pensums. Elle avait appelé Otto von B. Je passai chez Ieurre : il ne voulut pas venir. Il dit qu'il souffrait à parler. Gladys voulut rester de même. Ils me promirent qu'ils iraient chez T. E. Wensleydale le lendemain.

Place des Vosges, je tombai sur Karl, Zaezon et Thomas, qui arrivaient ensemble. La voiture de Recroît était garée rue du Pas-de-la-mule. Nous entrâmes dans la magnifique maison d'Otto von B. Quoeun était là, ainsi que Wensleydale. Bauge et Recroît parlaient ensemble. Élisabeth et A. venaient d'arriver. Ils ôtaient leur manteau.

Je justifiai l'absence de Marthe, celles de Gladys et de Ieurre. Parlai de la mort de Xavier Ieurre. Qu'il n'aurait pas fêté ses quatre-vingt-un ans.

R. sourcilla. Je fis aussitôt remarquer que cette étonnante liaison, c'était Ieurre qui me l'avait apprise.

Nous passâmes à table. La conversation ne fut pas des plus gaies. Nous mangeâmes une soupe de Guérande. Nous parlions d'une façon non pas contrainte, mais plus rassise, moins exaltée qu'avenue de La Bourdonnais. Il y eut plus de silence. On devisa sur la mort avec amabilité. De façon compassée et polie.

On servit une lotte au cognac, fumante, sortant du four. « Le regard de la bête Gorgone, disait A.

— L'œil du basilic », répondit Bauge.

Quoeun affirma que jadis les paysans croyaient que certains vieux coqs pondaient. Que cet œuf particulier qui leur était dû ne pouvait éclore qu'à la condition que, sur un tas de fumier, à l'instant de l'aurore, un crapaud le couve. Qu'alors venait à l'existence ce petit reptile rose et redoutable, portant nom basilic. Qu'il avait le pouvoir de tuer en voyant. Ou plutôt de se tuer lui-même quand il se découvrait sur la surface d'un miroir, ou son reflet dans l'eau.

A. conclut — avec quelque pathétique — qu'en effet se voir, ou laisser voir ce peu de chose rose, c'est-à-dire rien, mais rien doublé de vide, c'était — comme peau et chemise — approcher, monter, toucher, donner vie et épouser la mort.

Zaezon dit que la mort n'était pas un mot plus pondéré qu'un mot. De là une fiction, comme le basilic ou bien le turlupin. Une mauvaise croyance.

« Non, dit R. Car ce mot par malchance renvoie à ce qui fonde tous les mots, et les suscite dans la fuite éperdue, et dans l'exaspération de toutes différences.

— Mais c'est un mot..., reprit Z.

— Non, coupa R. La mort traîne un peu partout. Il n'est guère besoin de fouiller bien profond dans la tête. Il suffit de remonter doucement dans la mémoire pour éprouver que nous n'étions pas, et concevoir que nous sommes nés. La vie de tous les jours est tissue de ces considérations comme de ses lambeaux. Tout modèle est rival, et celui qui vous intime de lui ressembler vous interdit la ressemblance et se défendrait dans le sang d'une assimilation où son être serait dévoré et à ses propres yeux se confondrait, partirait en charpie, — son propre principe s'échangeant tout à coup aux doubles indescriptibles et à la passion de la mort. Il redoute autant une différence qui ne ferait fond sur rien — de là ne différerait de rien au monde — qu'une identité si absolue qu'elle éteindrait toute identité.

— Je comprends mal cette construction elle-même, repartit Zaezon. Fiction elle-même ! La peur de la mort n'est pas grand-chose, et une chose domestique, aucunement universelle. *Enzootie* propre à l'homme, qui ne touche pas d'autres espèces, et qui s'oublie avec lui.

— Les bandits ! — répondit R. curieusement. Ils réprouvent la sexuation des corps. Ils écartent la mort. Ils blâment ce qui est d'être. Ils font souffrir leurs proches avec un jeu infernal : le mirage du sens. Ils aiment la poésie, les ouvrages de philosophie, l'histoirc, ct lcs rêves *interprétés*.

— Celui — intervint Karl fort habilement —, celui qui ne détache pas ses yeux des fleurs du prunier, il ne sait pas répondre à la question : quand se fanent-elles ? »

Nous mangeâmes des épinards de Perse. Ils étaient sans grand goût. T. E. Wensleydale se tourna vers Zaezon :

« Pourquoi chercher à ôter de la vue ce qui fait la vision ?, dit-il. On conçoit la crainte qu'inspire l'idée de métempsycose. Le cycle des réincarnations successives a été fixé à douze millions d'années. A ce compte l'appréhension de la mort est un petit gâteau apéritif ; d'autant plus que la délivrance de la Roue est la mort elle-même, puisque dans ce cas c'est l'immortalité qui nous sépare de la mort. Aussi les secours se retournent-ils comme des gants dans la terreur et dans le désespoir, et les potions, inventions, arrière-mondes, remèdes empoisonnent-ils et ne remédient rien qu'ils ne l'empirent.

— Sans doute ne faut-il pas trop proroger le délai que fixe la mort, avança Bauge. Les plus belles civilisations ne repoussaient pas si avant la date de la fin du monde.

— C'est plus que cela, dit Quoeun. Les civilisations, les langues mortes, les mémoires, les livres, ceux qu'on aime, les quatuors de Haydn que vous jouez..., n'est-ce pas tout simplement la mort ? »

Recroît excipa des failles tectoniques des vallées de l'Afar. Élisabeth répondit qu'il n'était pas besoin de potassium argon pour conclure à la peur de la mort.

Mais qu'il fallait « laisser faire » à la mort, reprit Quoeun. Il fallait beaucoup espérer de ceux qui n'étaient plus. C'étaient les vrais amis. « Pour moi, dit-il, j'espère qu'ils furent heureux, ceux que je lis ou dont je garde le souvenir, et ce bonheur se communique à moi, il... »

A. l'interrompit :

« Si Ieurre était là, dit-il, il exclurait l'emploi d'*espérer* avec un verbe au passé. Il m'a dit qu'il fallait dire : Je veux croire qu'ils furent heureux..., — sur le prétexte qu'on ne peut, en bonne grammaire, rien désirer ni attendre du passé. »

Quoeun protesta que c'était toute sa vie contre une règle de grammaire. Il aurait passé son temps à « espérer » qu'il y eût jadis des bouts d'époques, des morceaux de langues, des parcelles de feu oubliées dans les cendres, des petites clairières de joie et de sociabilité... Quoeun eut alors un mot qui me fit frémir (du moins dont les conséquences me paraissaient redoutables), et qui était un aveu :

« Nous devons entrer dans le dessein de ce qui nous oblige à la mort, et nous porter dans l'impuissance et dans l'inutilité qu'elle fait de tout. C'est une difformité qui lui est particulière et dont elle *arrose* infiniment ceux qui lui sont sujets. De même la pluie et le printemps font-ils pousser aux branches des arbres les petites fleurs qui les couronnent. Nous devons donc être dans l'inclination que tout cela meure. Même, nous devons aider en nous-mêmes à ce que cela se détruise. »

Nous mangeâmes un lourd gâteau au chocolat de Metz.

« C'est un vœu assez vain que d'espérer nous employer à cet égard, et redondant aussi, — déclara W. — ou même en tentant d'apporter notre concours. Yang Tchou notait il n'y a que quelques millénaires que les morts ne sont pas plus morts par eux-mêmes que les vivants ne vivent de leur fait. Il ne dépend pas de nous que nous naissions, ni d'être sujets à la mort. Nous ne dépendons pas de nous.

— Je n'ai rien perdu. Personne n'a jamais rien possédé ni perdu. Cette pensée fait du bien », dit A.

Zaezon répéta qu'il trouvait dans ce que nous disions des certitudes excessives : « La mort ne rend pas différent d'un tronc d'arbre, et d'une motte de terre. Pourquoi présenter ses effets pour plus désastreux ?

— Ou pour plus négligeables ? », rétorqua R.

Bauge parut partager la perplexité de Zaezon. A ses yeux, nous nous fiions exagérément à nous-mêmes, à la constitution de nos corps.

« A quel autre corps fallait-il donc se fier ?, intervint R. Et quel était son *totem ?* »

Bauge s'irrita : « Sénèque dit que l'homme est trop mortel pour connaître plus que la mort — dit-il avec un ton cassant. Cela ne veut pas dire qu'elle se réduit à la fiction de Z. Comme l'œil ne connaît pas le toucher, ni l'oreille l'odeur. Comme les fleurs ne connaissent pas que les saisons se répètent et que l'apparence qu'elles offrent n'est pas unique...

— D'où tiens-tu donc qu'elles se croient singulières, repartit R., et qu'elles lisent dans cette particularité, dans ce peu de durée, le seul étalon qu'elles sachent pour se mesurer au jour ?

— Elles sont persuadées — reprit Bauge, ignorant délibérément la remarque de R. — qu'elles sont fraîches, et nées de la veille par une sorte d'exception remarquable, d'une existence si incomparable que rien ne saurait la suppléer tout à fait si elle venait à s'éteindre : elles ignorent que dans le même temps elles radotent, et que depuis des cents de milliers d'années elles accordent à leur périssement une importance qu'aucune d'elle n'a vis-à-vis de toutes ni d'elle-même. Elles lisent " origine " plutôt que le cercle maniaque, oublieuses quant aux temps et aux formes, et oublieuses plus encore qu'elles ne sont depuis la *nuit des temps* qu'une intense récidive, qu'un insistant effet de redondance pour supplanter à force d'accroissement l'effet de symétrie, et se rééquilibrer dans la destruction. »

Nous passâmes au salon. Bûmes du vin cuit. Alors nous rîmes davantage. « Oh !, — dit Z. à l'instant de nous séparer. Nous avons *tonné sur des choux !* »

Thanksgiving Day.

Ieurre fit un effort et vint avec Gladys, Élisabeth, et A. Nous ne fûmes tous rassemblés que vers neuf heures.

Zaezon, Suzanne, ne purent venir. Ni Otto.

Nous bûmes un peu de porto. « Venu à résipiscence, dit A. en riant, ermite retrouvant le syndicat.

Franchissant le seuil de son club. Avec une joie un peu malade pourtant. Une vie un peu atteinte...

— Mais vacciner ne veut rien dire, fit Ieurre. J'en fais en ce moment l'expérience. Une maladie a été inoculée. Le verbe *mithridatiser* est inutile : celui d'empoisonner ne suffit-il pas ?

— Avoir réchappé n'annule pas l'infection, reprit A. en approuvant de la tête. Le *mauvais sang* que je me suis " fait " coule toujours dans les veines. Je demeure tel, malgré tout le *flafla* que j'ai fait. Tête saignant entre le couteau et l'autel. »

Nous nous mîmes à table.

« Et c'est mon tour !, dit Ieurre. C'est moi que le vide vient sonner à tour de bras ! »

A. se mit à rire. Il parodiait les vieux arguments dont il avait été abreuvé. Qu'il lui fallait ôter de l'âme toute tache d'estime, dit-il en faisant des grimaces. Qu'il se désapproprie du souvenir qu'il conservait de lui. Qu'il n'hésitât pas à user des vices monstrueux d'abstraction et d'abnégation, afin de le faire entrer dans le très bas sentiment de rien. Qu'il passât à l'*ébouage*. Et qu'il ait entretien avec la mort comme s'il lisait sur un papier.

Bauge : qu'il fallait s'étourdir, se distraire, travailler... Alors Ieurre nous avisa que *distraire* était un verbe sans passé : « Action qui ne s'est jamais accomplie. Dans le passé aucun homme ne fut heureux, ni ne se distr... de la mort ! Que voulez-vous que je vive si je suis impuissant à le dire ?, ajouta-t-il.

— Quoi qu'il en soit, intervint R., se pelotonner dans la souffrance qui grandit est peut-être plus sûr que de recourir à ce qui la dissipe un instant. Mais ce n'est pas sûr. *Composer avec.* Au contraire de la victime qui en anticipant sa souffrance l'accroît. Traiter avec mépris, *satisfaire* le mal. Ne jamais se risquer à " faire front ", puisque chercher à faire cesser un malaise le transforme immanquablement en panique.

— Non, dit A. Regardez-moi. J'ai donné les mains à ce qui m'étrangle. »

Wensleydale apporta une collection de plies sautées dans l'huile. E. demanda si nous étions aussi *déglacés* qu'elles, — qui étaient savoureuses.

— Pas au vinaigre, hélas !, répondit Ieurre.

Mais Quoeun — qui était assis à côté de Marthe — mettait en doute l'assurance de Recroît :

« Le cardinal de Bérulle, bon freudien comme vous — ajouta-t-il en se tournant vers M. —, avertissait qu'il n'était peut-être pas recommandable de mettre plus d'allégresse, de complaisance, de suavité dans l'imitation du supplice de la croix, que Jésus ne connut.

— Voyez !, s'écria-t-il en se tournant vers A. Vous vous souciiez alors à l'excès. Ce péché est d'orgueil ! »

Nous continuions à nous délecter avec les petites plies au vinaigre.

« Mais d'où vient ce mal ? », demanda Th. Nous suspendîmes nos fourchettes dans l'air.

Que c'était vieux comme les chemins, dit Ieurre en haussant les épaules.

« Pourquoi, pour l'heureux, tout redouble sa joie, et pour l'angoissé, tout redouble l'angoisse ? », recommença Th.

Nous nous tûmes.

« C'est un mal qui n'a quand même pas précédé les collines et les petits oiseaux ! », dit-il encore. A. parut perplexe. Ne parut pas trouver cela absolument impossible.

« Qu'il y ait tout ce bavardage, dit-il, et ces milliers de langues, suppose ce mutisme qui les précède sans répit et autour duquel elles tournoient en piaillant. La possibilité et la multiplicité des ordres et des systèmes tâchant à articuler le réel, leur existence même supposent cette absence de raison qui les fonde, de fin qui les ordonne, taciturnité du silence qui les terrifie, absence qui *est*.

— Ôté la totalité des hommes, répliqua Bauge, il ne reste pas *rien*, et c'est à peine moins bruyant.

— Mais tout de même, s'écria Thomas, les hommes servent à quelque chose !

— En effet, dit Wensleydale, vous avez raison. Nous avons teint la terre de sang.

— L'homme — décréta à son tour Recroît — est un animal avide, pourvu d'une double voix admirable s'employant à transformer la part d'excès de souffle qu'il restitue pourtant à l'air, assez lâche pour refuser de donner cours à sa haine en sacrifiant, obscène et hanté par ses chairs et ce sang qu'il aime jusqu'à l'*effusion*, — qu'apeure la mort, qui court pour imiter ce qu'il ne possède pas et dont l'inutile propriété lui pèse et le couvre d'angoisse, usant une agressivité naturellement en excès en donnant jour à des artifices variés dont la profusion — qui est sans dimension, et le moteur de la mort — prend la forme de la débauche du vide, où il se met à flotter dans un incroyable vertige.

— Telles les vieilles images médiévales, dit Bauge, c'est très précisément ce qu'on nommait le *cœur vide*. C'est le vieux thème des premiers sermons en roman.

Ce qui faisait le cœur vide : le dégoût et l'ennui, l'abandon et le désespoir, qui faisaient le détachement. Celui-là ne cherche plus le sens ni la paix. Il n'apprécie plus ni nécessité ni hasard. Aucune alarme ne le dérange : il est tout alarme, et détresse ; aussi est-il la paix même. Il est le *cœur du typhon*, la sérénité de celui que le sang excite, le grammairien sans les mots. Il bénit le malheur. Il est le sacrifice, il est à la fois l'extrême violence qui lui donne naissance et la victime sanglante et expulsée sous les pierres qui le couronne. Il est le *neuvième chœur*, et l'*absence de chant*. Ce qui le fait sortir de soi est cette expulsion : c'est la mort d'un pour tous, la métonymie de tous les sens, la constitution des sociétés, l'opération de la pensée et le *comme* pour tout ce qui compare !

— Quelque chose d'assez comparable a commencé vers 1260 — dit Quoeun avec pompe, une certaine exaltation — près de Gotha, dans le bourg de Hochheim. Alors la faculté suprême de l'âme, qu'on appelait en latin *mens*, dans notre langue esprit, de vieux lettrés l'appelèrent peu à peu, non sans raison, un bahut, une sorte de coffre où serrer le surplus, à l'intérieur duquel étaient superposés un certain nombre de morceaux de victimes, et un nombre plus grand encore parmi les mouvements maniaques ou rituels qui les ont suscitées. Sans doute faut-il reconnaître que ces mécanismes, par le poids qu'exercent les sédiments entre eux, ainsi que par l'intervention du temps et du hasard, et aussi par l'oubli des mécanismes que ces traces conservent imparfaitement (puisque d'une part elles ne laissent d'empreinte que celle de leur effet, et non de leur action, et de l'autre puisqu'elles sont dans l'état de vestiges détériorés, sujets à une incessante métamorphose du fait de leur distribution et de leur association) se sont détraqués les uns les autres et parfois aussi, en s'entassant, peu à peu enchevêtrés ensemble, puis imperceptiblement confondus. On comprend mieux, par cette considération, que leur office ne soit plus si aisément rempli, les directions insensées où ces étranges sédimentations entraînent soudain, le luxe de moins en moins convaincant à quoi sont réduites les fonctions qu'elles exercent, l'angoisse enfin où elles soumettent celui qui les abrite : elles se situent sous les cheveux, entre les oreilles, derrière les yeux et par-dessus l'orifice de la bouche. Mais de temps en temps elles descendent. »

Ieurre pleurait de rire. R. prétendit que la pensée, le transport de pensée, à vrai dire ne rivalisait jamais avec la rencontre qui lui avait donné naissance. Elle restait au-delà, usait de ce surplus qu'avait dit Quoeun, réfléchissait, doublait vainement, enchevêtrait elle aussi, médiait et remédiait, oubliait, rassurait. « La rencontre d'êtres ou d'objets, dit-il, qui suscite la pensée, dépasse toute pensée. » Même l'expérience nue — la fiction pour la pensée de cette notion — n'était pas ressaisie par la pensée ; et la pensée pour autant n'était pas dessaisie à elle. « Le sensible confond toujours, reprit-il, et la pensée dépasse vainement ce qui la dépasse comme sa vie ou sa mort. La pensée — la conscience, la lucidité — ne tient devant rien au monde. En quoi la confusion, ou l'encéphalogramme plat, seraient-ils de pires approches ?

« La réflexion ne reflète rien, continua-t-il, sinon une fuite qui prend les *jambes* à son *cou.* Elle est un emploi à l'émotion. Tâchant à prendre de vitesse ce qui la suscite, la conscience oppose un refus, désire la différenciation et le meurtre de ce qu'elle prend à son compte, expulse la perception qui la relie au monde, régit une exclusion et non une transparence ou bien une communion. Entrouvre, déchire, met à mort pour ne pas épouser ce contre quoi elle bande ses forces, divise l'immédiateté qui la confond — car en vérité il n'y a rien à voir, rien à sentir, rien à penser, rien qui supposerait un double, c'est-à-dire qui en fasse l'expérience — en anticipation ou en retard, pour ne pas recouvrer ce qui la sépare d'elle et qui l'a déclenchée et la dépasse.

« Le sensible non réfléchi, ajouta-t-il, est un défi que la pensée ne relève pas et auquel elle substitue le réel.

« Quand on a dit tout ce qu'il était possible de dire, dit-il encore, ce qui est est ce qui reste.

« Au terme de la philosophie, déclara-t-il enfin, il faut mettre la sophistique...

— Comme à son origine !, prétendit Wensleydale. Les philosophies qui ont quelque conséquence sont amenées par leur opération même à se détruire. Leur fonctionnement devrait supplanter leurs thèmes. Toute pensée développée se résout à néant. Vapeur résoute en petites gouttes d'eau le long de la paroi du crâne. La mort l'assèche. Pensée *imaginaire*...

— Tout logicien est un persécuté, répéta R., toute interprétation, un délire...

— Tu nous chantes *pouilles !* », dit Ieurre alors avec l'accent du Midi (de façon ridicule, affectée).

Wensleydale se leva pour chercher une autre bouteille de vin.

« Comme nous sommes calembredaines, dit Bauge. Comme tout sonne faux ! Tout, de nos jours...

— Il me semble — dit W. revenant avec deux bouteilles de vin de Bourgogne — que ce que nous souffrons en effet ne devrait jamais être dérobé à l'affirmation inconditionnelle des choses qui sont. Pourquoi refuser la brève expérience à quoi le hasard nous dessaisit la demie ou les trois quarts d'un siècle ? Pourquoi soustraire dans tout ce qui nous arrive une part de ce qui arrive, et selon quoi être capable de trier : jeter au rebut ça, et mettre à bonifier dans le tonneau au risque de n'en jouir jamais ceci, ceci ? Car le choix est aussi rassotant que celui-ci : ou se solidariser sans réserve à l'aventure imprévisible où le fait de la naissance — sur lequel l'objet qui en résulte au premier chef est sans pouvoir — a mené, ou bien le refus de cette existence même, et l'autodestruction plus “ accélérée ”...

— Mort et vie, pour un Chinois, devraient être inséparables, et cette séparation inconcevable, dit Karl.

— Je ne sais. Mais on ne peut guère composer, cuisiner entre ces partis, et mêler un peu de solidarité, une grande réserve ombrageuse, une part non négligeable de désapprobation, quelques grammes de tuerie et de la vapeur d'espoir. Mitiger ce serait ou bien empoisonner l'approbation ou bien s'empêtrer et moraliser devant l'abîme, ou le revolver, ou la fiole. Bref, une vie dégoûtante ou une mort à laquelle on a trop douloureusement sursis.

— Je crains que l'approbation ne soit un philtre comme un autre, dis-je. Une petite invention morale.

Les pierres ne tiennent pas debout à force d'approbation.

— D'où tenez-vous qu'elles tiennent debout ? », dit R.

W. compta tout à coup un à un les maux que la chimie a rendus indolents.

Nous mangeâmes un gâteau des fées, peu exaltant.

« Mais comment se sauver de ce trou noir en nous ? », demanda derechef Thomas. Marthe évoqua l'analyse. Recroît se mit à sermonner. Wensleydale dit qu'il pensait à Quoeun.

Ieurre lui dit qu'il était bien naïf. Qu'un homme qui est né, qui a surmonté l'état d'enfance, et qui s'est élevé à une vie à peu près consciente, le moyen qu'il soit aussi libre de toute impression que quand il n'était pas ?

Karl s'adressa à Marthe :

« Un corps se meut, dit-il, il porte une ombre sur la terre ; et il porte un reflet sur les surfaces qui sont polies. Produit-il un son, ce dernier connaît l'écho. Cela veut dire qu'il n'y a pas de psychanalyse, que nous n'avons pas d'identité. Que nous ne sommes pas à l'intérieur de ce que nous sommes. Que nous ne correspondons pas à nous-mêmes. Qu'en nous un principe autre nous adresse et nous rompt. Et que sujets à nous excéder dans la mort — entourés par ce qui nous précède et par ce que nous appelons de tout notre corps à la fin — nous flottons comme des bouchons d'enfant sur un océan de non-vie. Telles les grenouilles qui sautent dans la mare quand on leur présente un leurre qui est aussi rouge que le coquelicot dans le champ, ou que le sang sur le couteau du sacrifice. Aussi, tant que nous vivons, ne sommes-nous jamais entièrement vivants, et un peu soucieux.

— Il est de plus très difficile, poursuivit R., de mettre la main sur la transgression qui terrifie vraiment ou sur l'interdit qu'elle requiert. Quelque culpabilité dont nous fassions l'objet, elle ne sanctionne rien que nous aurions dépravé ; elle nourrit seulement un désir en installant une petite forteresse qui nous enferme dans des idées dont nous croyons la protection satisfaisante, et le poison savoureux, très revigorant, très propice, et dont nous préférons la privation plutôt que l'absence, la négation plutôt que le défaut, parce que la punition nous réconforte, pour ajouter une sorte de vigueur à son attrait, et parce que nous tenons à donner du poids, de la nécessité, du sens à une existence dont la seule chance tient peut-être, pourtant, à ce qu'elle est dénuée de principe, impuissante à signifier, et ahurissante.

« La psychanalyse est un art à vrai dire — continua-t-il —, en un peu plus grossier mais en beaucoup plus malsonnant, peut-être aussi pernicieux que la lecture des romans, en ce sens que nous soumettons sans nul doute notre existence à des lois, mais précisément parce qu'elle n'y est pas spontanément soumise. Des sortes d'individus s'imaginent être des “ sujets ” qui s'inventent des “ âmes ” qui se suscitent des “ lois ” pour les régir. Belle *imagination*, à laquelle il n'est pas forcément judicieux de prêter main-forte, ou qu'il n'est pas absolument besoin de ficeler à d'autres combinaisons, d'abord inter-individuelles, puis sociales, — c'est-à-dire à l'empire ! Mais du même geste, si rien ne permet de fonder quelque préférence que ce soit, rien ne peut rendre plus légitime ni plus nécessaire quelque réserve qu'on puisse faire à leur égard, et il peut paraître avantageux d'utiliser ces narrations et ces embrigadements, dont beaucoup tirent du plaisir.

— Comme le héros légendaire, intervint A., qui pour se protéger de la *mouillure* progressive et insupportable de la pluie se plongeait dans l'océan. Comment nier ce seul secours qui consiste à prendre de vitesse l'appréhension dans l'acte même de s'exposer ? Et comment s'appelait ce supplice dans les geôles chrétiennes, où la folie ne résultait que de la lenteur, de l'insistance, de la répétition toute mécanique et si chétive d'une goutte d'eau sur un front ?

— Tout ce qui interprète est en retard, recommença R., rationalise. Tâcher de " rendre compte ", c'est avouer non seulement sa peur mais confesser le caractère d'abord inassignable de tout ce qui arrive. Quand nous réfléchirions durant des millénaires, nous ne comprendrions pas un instant. Même en le disant, en parlant de ce que nous voyons, de ce fait nous témoignons de la rébellion absolue de ce qui tombe sous nos regards.

— C'est loin d'être certain, dit A. Bavardage ! Et pourquoi parler de parler, etc. ? Qu'est-il jamais sorti du langage qu'un produit vain, un chant régulier et problématique, et d'un fonctionnement des plus pauvres, sans fonction précise, et qui n'a presque jamais varié ? C'est une entreprise condamnée par l'étendue même des siècles à la stérilité, au regard du peu d'avancement qu'on y découvre. Ou plutôt : au regard de l'absence stupéfiante de progrès ni dans l'usage, ni dans le dessein, ni dans la fonction, ni dans les systèmes qu'elles supposent, que des milliers de langues sur des milliers de siècles attestent à en crever les yeux. »

Je répondis que les recherches les plus vaines pouvaient être entreprises pour occuper le temps. Et que l'absence de profit, l'extrême probabilité de l'insuccès, le défaut en effet remarquable de résultats un peu probants présentaient l'avantage — à tout le moins réconfortant pour ceux qui s'adonnaient à ces recherches — d'assurer d'une durée indéfinie. Comme les amateurs de puzzle quêtent un nombre de pièces de plus en plus élevé, ou les amateurs de roman des suites interminables, tout le prodige qu'ils attendaient de tels objets et d'une ingéniosité à certains égards si futile consistait en un passe-temps qui ne connaîtrait pas de terme.

A. mettait en place les pupitres. Une nouvelle fois Quoeun passa son temps à chercher sur sa planche l'emplacement préférable. Nous jouâmes, à la demande de Thomas, le *ré* mineur de 1826. Pour contenter Quoeun, on joua le deuxième quatuor du roi de Prusse. Puis ils jouèrent (sans Marthe ni moi) le trio en *mi* bémol majeur de Schubert, — que Marthe ne révérait pas.

Thomas solfia tout de travers, et parvint rarement à mettre en place les mouvements de triolets qu'il avait à jouer, sur une base de doubles croches qui revenait à A.

Vendredi 23 novembre.

Élisabeth m'appela. A. voulait de nouveau nous réunir dimanche. — Était-ce tout à fait judicieux ?, demandai-je. Marthe sans Paul, Ieurre endeuillé... — Que vinssent ceux qui voulaient, dit-elle ; l'enfant avait pris goût à nous voir. Et son anniversaire tombait le 30...

Je dis que j'irais.

Samedi 24 novembre. Je passai rue de Nesles. Gladys souhaitait venir. Ils viendraient tous trois.

Ieurre ouvrit une bouteille de vin. Paraissait altéré. Thomas s'était obstiné à prononcer dégingandé « déguingandé ». Recroît avait dit « vilni » pour vilenie, Élisabeth... Je coupai court. Je le priai de se taire.

Alors il s'exalta. Il se leva. Tournant en rond dans la pièce, tenant dans une main la bouteille et de l'autre son verre, il dit qu'il concevait la langue comme une Érinye parasitant le corps des hommes. Que sa passion n'était pas une manie plus ou moins importune, mais une guerre sans merci, une résistance désespérée devant l'*envahisseuse.* Chaque langue, chaque *déesse vengeresse,* suivant le sacrifice qui l'avait destinée, imposait à l'homme sa capacité propre de monde et l'assujettissait à ses lois. Agencements assez peu organiques et incompréhensibles qui assuraient des fonctions ambivalentes et plus souvent encore impénétrables, et qui traquaient le corps dans des exercices réguliers qu'il ne pouvait — au mieux — que tâcher à les bien utiliser, — c'est-à-dire à les dévitaliser autant qu'il pût, pour les rendre insensibles. « Hélas, autant mener les chevaux à l'étable, dit-il, mettre les bœufs à l'écurie ! » Systèmes en effet immortels, continua-t-il, ou du moins non sujets à la mort, ni à la maladie, ni au vieillissement. Dont la disparition ne résultait pas d'un disfonctionnement ou d'une consomption interne mais de la « vitalité » du groupe qui en était l'otage. Ou de son extermination. Ou de sa conquête. Systèmes qui ne dépendaient pas finalement de l'organisme vivant qui leur prêtait sa voix : son existence n'étant jamais que systématique et abstraite. Métamorphoses de langue à langue qui étaient sans blessures, sans ruptures, et équivalaient à des substitutions d'univers à univers, — sans qu'une échelle de castes ou d'aptitudes ou de valeurs permît de les hiérarchiser selon leur maîtrise ou de fonder dans le temps la surprise de ces remplacements. — Ses efforts, conclut-il, étaient donc sans espoir. Il était comme A. Il essuyait l'eau du déluge.

Il se servit de nouveau à boire.

Puis il dit :

« La pauvreté qui est au fond extrême de la tête est extrême, et le rien en quoi sa pensée s'échange confond. »

J'en tombai d'accord.

Dimanche 25 novembre.

Je passai rue de Nesles vers midi. Gladys faisait manger la petite Henriette. Ieurre partit monter une petite poussette moderne dont le mécanisme visiblement lui échappait, sans doute à force de simplicité. Je le secourus. Nous arrivâmes tous quatre rue du Bac. Thomas était là et aidait D. et Élisabeth à mettre la table.

Marthe — qu'accompagnait Recroît — survint dans un moment dramatique. Une carafe d'eau était échappée des mains du petit D. soudain en larmes. Nous épongions comme nous pouvions. Sa mère — que la passion des parquets cirés égarait —, blanche d'une douleur pas tout à fait contenue, était presque étendue sur le sol et frottait avec des gestes emphatiques et désespérés.

Tout asséché, nous passâmes vite à table. Nous mangeâmes des brocolis de Loire dans un grand silence intense. Ieurre prétendit faire diversion. Remarqua tout à coup, avec la naïveté qui est celle des petits enfants, les circuits de complaisance où nos professions nous tenaient tous enfermés, tous les marchés, traités et conventions tacites, guerres ouvertes, armistices de saison — souligna-t-il en regardant Recroît du coin de l'œil —, bref combien nous composions. Combien nous calculions : addition de ceux qui nous étaient obligés, soustraction de ceux que nous servions —, et malgré l'étiolement des peaux, tout le vieux corps couvert de plaies et de rancunes vives, de susceptibilités extrêmement irritables ! Et tous les verres, les pots, les recettes, dîners, intrigues, brigues et coups, faux secrets et doubles ententes, prévenances à effet de retour, ménagements automates et affaiblissements de toutes les rébellions...

« Seuls les amis, dit A., vous soutiennent le *menton !*

— Les magnifiques *moulures* de l'amitié, dit Ieurre.

— Du *toc*, répondit Th.

— Mais tout cet artifice fait la condition de ce jeu », prétendit R.

Je rétorquai que pour mon compte je ne savais pas s'il fallait faire entrer une sorte de prévenance, de bienveillance dans l'amitié, par crainte qu'elle ne se subordonnât à un échange voué à réciprocité et qui trouvât de l'utilité et de la signification dans son exercice : qui étaient les meilleurs moyens de l'anéantir.

« Mais vous..., dit A. Pourquoi as-tu tant fait pour moi ? »

Je répondis que depuis le temps que nous naviguions de conserve... Que comme le soutenait Recroît il me paraissait que dans ces liaisons le refus des desseins et l'absence de causes étaient plus sûrs.

R. acquiesça : l'inutilité, un vide relatif entre les êtres étaient le meilleur, dit-il. Et qu'il était si difficile de le préserver du sens, qui est un calcul, et de le dérober aux rôles.

« La politesse, l'amitié : la pratique des *temps morts,* dit Ieurre. Sous ombre de l'amitié, tuer le temps, et la mort. Des *temps morts,* répéta-t-il. Se fier aux *temps morts...*

— Ainsi en musique..., dit A.

— L'expression étant d'autant plus judicieuse — l'interrompit Ieurre — que le verbe *se fier* suppose une confiance qui ne connaît pas l'abandon !

— Temps morts, accords, reprit A., curieuses conjonctures d'une rencontre à tout instant inextricable.

— Pourtant, dit Thomas, vous n'êtes pas si insensibles. Nous nous portons une affection réciproque que vous cherchez bien curieusement à nier... »

Tous parurent gênés.

« Comme ils sont pudiques », dit Marthe en souriant. Ieurre marmonna que de toute façon elle était dans ce cas moins réciproque que mutuelle. Du moins en formait-il le vœu.

« Une main lave l'autre et les deux le visage », dit E. en apportant une daube au vin blanc.

Nous convînmes que nous n'aurions pas supporté que l'amitié fût ouvertement patronage, numéro d'entraide, charité. Ieurre dit qu'il fallait aimer des mœurs plus polies et plus fourbies que l'amour. Plus éteintes, et que l'usage a eu énervées, ou dont les règles et le temps ont érodé peu à peu la violence, la sincérité, la vulgarité, l'effusion.

« Sommes-nous des amis ?, demanda Th.

— Ne faisons-nous pas régner entre nous, pour parler comme Quoeun, le mérite de bienséance et celui de condignité ?, repartit Ieurre.

— Supposer que l'amitié *cache* quelque chose, c'est la perdre, dit R.

— Il est probable que nous sommes amis », dit A. avec une gravité qui fit rire.

Élisabeth se leva et, prenant nos assiettes, elle déclara que nous formions une bonne *troupe d'indigènes.* Puis elle partit pour la cuisine.

Mais le soc ne voulait pas quitter le sillon. Thomas se fit plus insistant. L'association d'individus par le moyen de l'amitié, dit-il, représentait à ses yeux le modèle d'un groupe dont la constitution ne reposât que sur la liberté — mais aussi, du fait du temps, sur une relative fidélité — avec si possible la visée d'aucun avantage collectif, ni individuel, ni ligne d'horizon, ni entreprise commune. J'évoquai les quatuors. Ieurre dit : « J'ai trouvé ! C'est *tondre sur un œuf* », dit-il. A. remontra qu'hélas nous y trouvions toujours quelque intérêt, ne serait-ce que la peur où nous sommes de demeurer seuls, et la crainte de nous ennuyer.

Qu'il ne fallait rien confier à des mots trop généreux, trop vagues, ajouta R. Ne rien confier à l'esclavage. Ne rien fonder sur la liberté, pour que rien ne l'asservisse. Recroît se lança alors dans une explication confuse. Codes, contrats, pactes, liaisons et jeux ne se conformaient à rien qui en rende raison, et leur fonctionnement même supposait cette autonomie et cette indépendance. Des motifs économiques, religieux, politiques, ou coutumiers, si l'on avait besoin de sens, pouvaient leur conférer des sortes de significations mais ce sens éventuel n'était pas lié à leur fonctionnement, et ce fonctionnement était insensé.

« De vieilles manies et découpages de bêtes de part en part *asémiques,* dit-il, présidaient aussi bien à l'unanimité, au consensus, aux liens de l'amitié, en sorte que la connaissance, la conscience, la pseudo-lucidité que présuppose — pour ceux qui y adhèrent — toute forme de contrat — fût-ce celle de l'amitié qui les uns aux autres nous unissait — étaient elles-mêmes parfaitement aveugles sur le fonctionnement de ces agrégations elles-mêmes : vieilles obsessions rituelles, sanglants nœuds mythiques, tissus tout animaux quelles que fussent formes, couleurs, subtilités, civilités qui les paraient, comme sur les ailes des papillons.

« Sociétés et voix : asymétries de symétries automates », dit-il encore. Ieurre parut consterné.

« Ce gigantesque dépendeur d'andouilles va encore

nous... », se mit-il à dire. Mais Élisabeth revenait de la cuisine portant une charlotte aux poires. Ieurre s'écria qu'il n'aimait rien tant que la charlotte.

Nous mangeâmes. Marthe demanda à Recroît quels livres il avait acquis, et qu'il eût fallu lire. R. multiplia les titres —, au grand amusement de Ieurre —, en soulignant les qualités qu'ils offraient. La discussion s'avachit, et porta sur le bénéfice qu'on pouvait retirer de la lecture des livres.

Marthe se souvint d'une phrase que lui avait dite Ulrike, et qui l'avait frappée. Un vieux psychanalyste aurait écrit que cette attache qui nous unit à ce monde d'air et de lumière dans lequel nous voyons et nous respirons ne nous paraissait supportable que de façon intermittente. Alors nous nous retirons périodiquement dans la condition qui nous paraît avoir été la nôtre avant cette entrée dans le monde : nous nous recroquevillons durant le sommeil, et nous lisons des livres.

« Des livres : il faut dire aussi des garde-boue, dit A.

— Des protège-solitude, répondit Marthe.

— Remailler le haubert, dit R.

— Ramender le filet », dit Ieurre.

Nous entendîmes soudain monter, dans la chambre du petit D., des cris extrêmement aigus et joyeux, le bruit d'une construction de cubes s'effondrant, puis s'établir un gazouillis très vif et exubérant entre Henriette et D. « Les *turlupins !* », dit Ieurre.

Marthe avait apporté son violon. Elle joua avec A. la deuxième sonate *mi* mineur de Fauré. A. posa comme condition qu'ils jouent ensuite la K.454 de Mozart. Ce fut très beau, un tout petit peu fastidieux.

Quatre heures passées, D. vint chuchoter à l'oreille de sa mère qu'Henriette comme lui souhaitaient goûter. Un peu plus tard, Élisabeth revint avec un merveilleux *kugelhopf*, passé au four, avec du thé. Le terme dont elle s'était servie suscita une petite querelle.

Recroît avait mordu dans une pêche à deux noyaux, proclamait Ieurre. Ieurre avait fait éclater sous les doigts un grain de raisin à pépin unique, lui lançait R. L'un mangeait du kouglof, dit le premier. Le second un kugelhopf, dit R. « Nous ne mangeons pas la même chose et... », mais Ieurre, comme il parlait, éternua. « A tes souhaits, vieille branche ! », lui lança le petit D. Ieurre ravi. Mais j'avais sursauté et ma tasse de thé s'était pour partie renversée sur le parquet ciré de E. Alors, lentement, avec courage, je levai la tête. Puis j'affrontai le regard de E. avec terreur.

Lundi 26 novembre. Je notai que l'anniversaire de D. tombait vendredi.

Th. me téléphona. Quelle était la hauteur d'étiage du fleuve, du moins cet été ? Je ne sus que répondre. N'avais-je — de ma vie — jamais entrouvert ma fenêtre ?, demanda-t-il. O. von B. l'employait à plein temps.

Mardi 27 novembre.

A. passa me voir. Il était heureux de dimanche. Il

m'offrit sans raison un très beau stylo à encre. Il resta un peu.

« Je me suis la plupart du temps monté le bourrichon, n'est-ce pas ? me dit-il. Et ai-je jamais répondu de moi ? Je n'ai jamais rien été. Proie des passions, et plus souvent dépouille, peau vide, exsangue, qu'abandonne après quelques faux éclairs l'absence de sens et de passion... »

Il se tut. Je cherchai une bouteille d'encre noire et remplis le stylo. L'encre arrivait à la plume aisément.

« Comme c'est indescriptible !, souffla-t-il alors. Ce qui est est tellement inabordable, et nous y sommes inclus.

« Vois-tu, dit-il, c'est une expérience dont tous font l'objet mais qu'il leur faut encore éprouver après qu'ils l'ont connue. Comme pour reparcourir la distance qui nous en sépare, et où l'on tombe. »

Je lui dis qu'il n'allât pas faire une vertu d'une infirmité de quelques mois. Et qu'il n'organisât pas sa vie en un système de nouveau si rigoureux et si emboîté qu'il s'expose au moindre heurt au bris total et à la tombée en poussière. Mais il sourit.

« La joie, répondit-il.

« C'est un des beaux puits qui se rencontrent dans les livres d'histoires de fées, qui ne s'épuise jamais, parce que le rien l'alimente. »

Il dit enfin : « Prodigalité inintelligible de l'inintelligible. » Et il partit.

Mercredi 28 novembre.

E. me téléphona. On ne se voyait plus. A. de

même : on ne le voyait plus. Jamais il n'avait tant travaillé. Je lui dis qu'il était venu la veille et que je comptais passer le 30, pour l'anniversaire de D.

L'application qu'il mettait à démoraliser ce qu'il éprouvait lui assurait désormais une sorte de joie — continua-t-elle —, du moins le principe d'une joie, ou plutôt une impétuosité devant la peur — sans doute si audacieuse qu'elle la suscitait pour la dévorer —, une telle impatience devant la peur qu'il la transformait en défi, en excitation, en joie : elles ne s'effaçaient sans cesse que pour être multipliées. Elle savait maintenant — me dit-elle —, que, pour quelques mois, il était sauvé. Que le pire ne méritait plus soudain cette complicité atroce dont il avait donné les témoignages inquiétants et puérils, et que ce « soi » ne pouvait plus s'enorgueillir de soi.

J'achetai un tank téléguidé à D. Il me sembla que nous passerions bien l'hiver.

DU MÊME AUTEUR

L'ÊTRE DU BALBUTIEMENT, *Mercure de France,* 1969.

ALEXANDRA DE LYCOPHRON, *Mercure de France,* 1971.

LA PAROLE DE LA DÉLIE, *Mercure de France,* 1974.

MICHEL DEGUY, *Seghers,* 1975.

ECHO, *suivi d'*EPISTOLE ALEXANDROY, *Le Collet de Buffle,* 1975.

SANG, *Orange Export Ltd,* 1977.

LE LECTEUR, *Gallimard,* 1976.

HIEMS, *Orange Export Ldt,* 1977.

SARX, *Maeght,* 1977.

LES MOTS DE LA TERRE, DE LA PEUR ET DU SOL, *Clivages,* 1978.

INTER AERIAS FAGOS, *Orange Export Ltd,* 1979.

SUR LE DÉFAUT DE LA TERRE, *Clivages,* 1979.

CARUS, *Gallimard,* 1979.

LE SECRET DU DOMAINE, *Éditions de l'Amitié,* 1980.

LES TABLETTES DE BUIS D'APRONENIA AVITIA, *Gallimard,* 1984.

LE VŒU DE SILENCE, *Fata Morgana,* 1985.

UNE GÊNE TECHNIQUE À L'ÉGARD DES FRAGMENTS, *Fata Morgana,* 1986.

ETHELRUDE ET WOLFRAMM, *Claude Blaizot,* 1986.

LE SALON DU WURTEMBERG, *Gallimard,* 1986.

LA LEÇON DE MUSIQUE, *Hachette,* 1987.

LES ESCALIERS DE CHAMBORD, *Gallimard,* 1989.

ALBUCIUS, *POL,* 1990.

KONG-SOUEN LONG, SUR LE DOIGT QUI MONTRE CELA, *Michel Chandeigne*, 1990.

LA RAISON, *Le Promeneur*, 1990.

PETITS TRAITÉS, tomes I à VIII, *Maeght Éditeur*, 1990.

COLLECTION FOLIO

Dernières parutions

2071.	Nicolas Bréhal	*L'enfant au souffle coupé.*
2072.	Driss Chraïbi	*Les Boucs.*
2073.	Sylvie Germain	*Nuit-d'Ambre.*
2074.	Jack-Alain Léger	*Un ciel si fragile.*
2075.	Angelo Rinaldi	*Les roses de Pline.*
2076.	Richard Wright	*Huit hommes.*
2078.	Robin Cook	*Il est mort les yeux ouverts.*
2079.	Marie Seurat	*Les corbeaux d'Alep.*
2080.	Anatole France	*Les dieux ont soif.*
2081.	J. A. Baker	*Le pèlerin.*
2082.	James Baldwin	*Un autre pays.*
2083.	Jean Dutourd	*2024.*
2084.	Romain Gary	*Les clowns lyriques.*
2085.	Alain Nadaud	*Archéologie du zéro.*
2086.	Gilles Perrault	*Le dérapage.*
2087.	Jacques Prévert	*Soleil de nuit.*
2088.	Sempé	*Comme par hasard.*
2089.	Marcel Proust	*La Prisonnière.*
2090.	Georges Conchon	*Colette Stern.*
2091.	Sébastien Japrisot	*Visages de l'amour et de la haine.*
2092.	Joseph Kessel	*La règle de l'homme.*
2093.	Iris Murdoch	*Le rêve de Bruno.*
2094.	Catherine Paysan	*Le nègre de Sables.*
2095.	Dominique Roulet	*Le crime d'Antoine.*
2096.	Henri Vincenot	*Le maître des abeilles (Chronique de Montfranc-le-Haut).*
2097.	David Goodis	*Vendredi 13.*
2098.	Anatole France	*La Rôtisserie de la reine Pédauque.*

2099. Maurice Denuzière — *Les Trois-Chênes.*
2100. Maurice Denuzière — *L'adieu au Sud.*
2101. Maurice Denuzière — *Les années Louisiane.*
2102. D. H. Lawrence — *Femmes amoureuses.*
2103. XXX — *Déclaration universelle des droits de l'homme.*
2104. Euripide — *Tragédies complètes,* tome I.
2105. Euripide — *Tragédies complètes,* tome II.
2106. Dickens — *Un conte de deux villes.*
2107. James Morris — *Visa pour Venise.*
2108. Daniel Boulanger — *La dame de cœur.*
2109. Pierre Jean Jouve — *Vagadu.*
2110. François-Olivier Rousseau — *Sébastien Doré.*
2111. Roger Nimier — *D'Artagnan amoureux.*
2112. L.-F. Céline — *Guignol's band, I. Guignol's band, II (Le pont de Londres).*
2113. Carlos Fuentes — *Terra Nostra,* tome II.
2114. Zoé Oldenbourg — *Les Amours égarées.*
2115. Paule Constant — *Propriété privée.*
2116. Emmanuel Carrère — *Hors d'atteinte ?*
2117. Robert Mallet — *Ellynn.*
2118. William R. Burnett — *Quand la ville dort.*
2119. Pierre Magnan — *Le sang des Atrides.*
2120. Pierre Loti — *Ramuntcho.*
2121. Annie Ernaux — *Une femme.*
2122. Peter Handke — *Histoire d'enfant.*
2123. Christine Aventin — *Le cœur en poche.*
2124. Patrick Grainville — *La lisière.*
2125. Carlos Fuentes — *Le vieux gringo.*
2126. Muriel Spark — *Les célibataires.*
2127. Raymond Queneau — *Contes et propos.*
2128. Ed McBain — *Branle-bas au 87.*
2129. Ismaïl Kadaré — *Le grand hiver.*
2130. Hérodote — *L'Enquête,* livres V à IX.
2131. Salvatore Satta — *Le jour du jugement.*
2132. D. Belloc — *Suzanne.*
2133. Jean Vautrin — *Dix-huit tentatives pour devenir un saint.*

2135.	Sempé	*De bon matin.*
2136.	Marguerite Duras	*Le square.*
2137.	Mario Vargas Llosa	*Pantaleón et les Visiteuses.*
2138.	Raymond Carver	*Les trois roses jaunes.*
2139.	Marcel Proust	*Albertine disparue.*
2140.	Henri Bosco	*Tante Martine.*
2141.	David Goodis	*Les pieds dans les nuages.*
2142.	Louis Calaferte	*Septentrion.*
2143.	Pierre Assouline	*Albert Londres (Vie et mort d'un grand reporter, 1884-1932).*
2144.	Jacques Perry	*Alcool vert.*
2145.	Groucho Marx	*Correspondance.*
2146.	Cavanna	*Le saviez-vous ? (Le petit Cavanna illustré).*
2147.	Louis Guilloux	*Coco perdu (Essai de voix).*
2148.	J. M. G. Le Clézio	*La ronde (et autres faits divers).*
2149.	Jean Tardieu	*La comédie de la comédie* suivi de *La comédie des arts* et de *Poèmes à jouer.*
2150.	Claude Roy	*L'ami lointain.*
2151.	William Irish	*J'ai vu rouge.*
2152.	David Saul	*Paradis Blues.*
2153.	Guy de Maupassant	*Le Rosier de Madame Husson.*
2154.	Guilleragues	*Lettres portugaises.*
2155.	Eugène Dabit	*L'Hôtel du Nord.*
2156.	François Jacob	*La statue intérieure.*
2157.	Michel Déon	*Je ne veux jamais l'oublier.*
2158.	Remo Forlani	*Tous les chats ne sont pas en peluche.*
2159.	Paula Jacques	*L'héritage de tante Carlotta.*
2161.	Marguerite Yourcenar	*Quoi ? L'Éternité (Le labyrinthe du monde, III).*
2162.	Claudio Magris	*Danube.*
2163.	Richard Matheson	*Les seins de glace.*
2164.	Emilio Tadini	*La longue nuit.*
2165.	Saint-Simon	*Mémoires.*
2166.	François Blanchot	*Le chevalier sur le fleuve.*
2167.	Didier Daeninckx	*La mort n'oublie personne.*

2168.	Florence Delay	*Riche et légère.*
2169.	Philippe Labro	*Un été dans l'Ouest.*
2170.	Pascal Lainé	*Les petites égarées.*
2171.	Eugène Nicole	*L'Œuvre des mers.*
2172.	Maurice Rheims	*Les greniers de Sienne.*
2173.	Herta Müller	*L'homme est un grand faisan sur terre.*
2174.	Henry Fielding	*Histoire de Tom Jones, enfant trouvé, I.*
2175.	Henry Fielding	*Histoire de Tom Jones, enfant trouvé, II.*
2176.	Jim Thompson	*Cent mètres de silence.*
2177.	John Le Carré	*Chandelles noires.*
2178.	John Le Carré	*L'appel du mort.*
2179.	J. G. Ballard	*Empire du Soleil.*
2180.	Boileau-Narcejac	*Le contrat.*
2181.	Christiane Baroche	*L'hiver de beauté.*
2182.	René Depestre	*Hadriana dans tous mes rêves.*
2183.	Pierrette Fleutiaux	*Métamorphoses de la reine.*
2184.	William Faulkner	*L'invaincu.*
2185.	Alexandre Jardin	*Le Zèbre.*
2186.	Pascal Lainé	*Monsieur, vous oubliez votre cadavre.*
2187.	Malcolm Lowry	*En route vers l'île de Gabriola.*
2188.	Aldo Palazzeschi	*Les sœurs Materassi.*

Impression Bussière à Saint-Amand (Cher),
le 24 octobre 1990.
Dépôt légal : octobre 1990.
Numéro d'imprimeur : 2593.
ISBN 2-07-038301-6./Imprimé en France.

[illegible] à Saint-Amand (Cher),
le [illegible] 1990.
Dépôt légal : [illegible]
[illegible]
[illegible]

50511